Rosa Speyer & Else Otten (Hg.)

Spanische Novellen

CLASSIC PAGES

Speyer, Rosa; Otten, Else (Hg.)

Spanische Novellen

Reihe: *classic pages*

ISBN: 978-3-86741-550-7

Auflage: 1
Erscheinungsjahr: 2010
Erscheinungsort: Bremen, Deutschland

© Europäischer Hochschulverlag GmbH & Co KG, Fahrenheitstr. 1, 28359 Bremen (www.eh-verlag.de). Alle Rechte beim Verlag und bei den jeweiligen Lizenzgebern.

Cover: Foto © tob man/Pixelio

Inhalt

Zur Einführung	5
Die beiden Berge – José Echegaray	7
Der Schutzengel – Pedro A. de Alarcon	11
Pedro Mari – Arturo Campion	18
Der Taler – Eduardo de Lustono	41
Sonnenstich – Emilia Pardo Bazân	47
Manolitas Telefongespräch – Juan Valera	134
Lebensabend – Frei nach dem Spanischen von Else Otten	144
Und das alles durch den Dudelsack! – Alfonso Peréz Nieva	149
Die Kreolin – Frei nach dem Spanischen von Else Otten	153
Widersprüche – Antonio de Valbuena	156
Das erste Kind – Luis Taboada	163
Die »Nona« – Ernesto Garcia Lavedese	166

Zur Einführung

So seltsam fern entrückt uns das Land der schönen, verschleierten Señoritas erscheint, so fremd wir uns seiner unruhigen inneren Politik gegenüber fühlen, so wenig bekannt ist uns auch – im Gegensatz zu der geradezu vorschriftsmäßigen Kenntnis seiner Klassiker – Spaniens Literatur der Moderne. Und das ist und bleibt bedauerlich; denn möge sie auch, an dem unversiegbaren Born der klassischen Schönheit gemessen, etwas dürftig anmuten, – doch bietet auch *sie* genug des Typischen und Urwüchsigen, um einen Einblick in die geistige Werkstatt ihrer Vertreter zu lohnen. Eine Reihe kleinerer und größerer Beiträge berühmter und minder berühmter Namen haben wir hier versammelt, und aus jungen Knospen und reifen Blüten ein Kränzlein geflochten, das eine Gruppe volltönender Namen umschließt.

Da ist, räumlich mit der umfangreichsten Erzählung vertreten, die bekannte Gräfin Emilia Pardo-Bazan, die in der Gilde der spanischen Romanschriftsteller (beiderlei Geschlechts) einen allerersten Platz einnimmt. Sie hat außer der in diesem Bändchen enthaltenen Erzählung »Sonnenstich« die durch ihr lebhaftes Lokalkolorit und die äußerst fesselnde Schilderung spanischer Sitten und Gebräuche ein ganz besonderes Interesse erweckt, noch zahlreiche Novellen und Romane geschrieben, von denen ein großer Teil auch bereits ins Deutsche, Englische, Französische und Tschechische übersetzt wurde. Besonderes Aufsehen erregte wohl seinerzeit die Veröffentlichung der beiden Romane *»Doña Milagros«* (Frau Wunder) und *Memorias de un solteron* (Memoiren eines Junggesellen), die gleichfalls Sittenschilderungen und Provinzbilder enthalten und sich zum Teil auch mit der Frauenfrage beschäftigen. Auch diese Werke wurden in die vorgenannten Kultursprachen übertragen.

Dieser interessanten Erscheinung reiht sich würdig Arturo Campion an, dessen sympathische, bunte, bewegliche Natur- und Charakterschilderungen aus den baskischen Provinzen besondere Beachtung verdienen. Campion, von Hause aus Rechtsgelehrter, trat zunächst mit philologischen Arbeiten an die Öffentlichkeit, und hat unter anderem eine Grammatik der vier euskarischen Dialekte herausgegeben, der von fachmännischer Seite hohe Anerkennung zuteilwurde. Da er in günstigen Vermögensverhältnissen lebte, konnte er sich völlig seiner Familie, der Politik und dem Studium widmen, bis plötzlich der Künstler in ihm erwachte. Sein Künstlerberuf ist aus reiner, hell auflodernder Begeisterung entstanden; er schildert das Leben der baskischen Provinzen, klagt über die Zügelung ihres wilden Freiheitssinnes, das Verblassen ihrer Traditionen, ihrer alten, klangschönen

Sprache. Arturo Campions hervorragende Begabung hatte sich bereits in seinen bedeutenden Novellen gezeigt, sein Roman »*Blancos y Negros*« (Die Schwarzen und die Weißen) stellt ihn Spaniens ersten Romanschriftstellern als einen Ebenbürtigen an die Seite. Seine bunten, lebhaften und dabei doch knappen Darstellungen, sein echtes, tiefes Empfinden, seine warme Überzeugungstreue warben und werben ihm allüberall ehrliche Sympathien. Campion gehört keiner Schule an, hat sich keiner Richtung angeschlossen, sondern ist sich selber unverbrüchlich treu geblieben, und das kann, da er die Verkörperung eines gesunden, kraftvollen und poetischen Künstlers darstellt, nicht freudig genug begrüßt werden.

Und außer den größeren Erzählungen dieser beiden Erstgenannten geben wir noch eine ganze Reihe kleinerer Skizzen und Novelletten, – von denen gleichfalls manche mit bekannten Namen, wie zum Beispiel José Echegaray, Juan Valera und so weiter gezeichnet sind, – die in ihrer naiven Eigenart, mit ihrer oft primitiven, ja sogar fast elementaren Ausdrucksweise und Kompositionstechnik als die typischen Merkmale für die besondere Eigenart eines jener romanischen Völker gelten können, die unter den Strahlen einer heißeren Sonne, angesichts einer üppigeren Vegetation und den auserlesensten Naturschönheiten sich frei zu halten wussten von den vielfach naturfeindlich wirkenden Einflüssen der Länder des kalten Nordens.

Die beiden Berge – José Echegaray

1832-1916

Es war ein Land ohne Namen und ohne bekannte geographische Lage, eines von jenen Ländern, wie sie in den Gedanken der Dichter und Träumer leben. Eine Ebene ohne Grenze, und inmitten dieser Ebene zwei hohe Berge, von denen einer den anderen bei Weitem überragte. Der kleinere Berg war ein Wunder an Schönheit und Anmut; und hätten sein Inneres nicht wilde Leidenschaften durchtobt, gleich denen, die das Herz der Menschen vergiften, so hätte er sehr glücklich sein können, denn er war schön wie das Paradies. Von seinem Gipfel senkten sich eine Menge lieblicher, malerischer Abhänge, die wie grüne Flüsschen in die weite Ebene mündeten.

Da waren kristallklare Bächlein, blaue Seen und schäumende Wasserfälle und Blumen und Vögel, sodass es durch das Murmeln der Quellen und den Gesang der Vögel scheinen wollte, als lachte und jubelte der ganze Berg, als seien die hochroten Blumen mit ihren glühenden Farben die Lippen, die sich dem Gesang und der Freude öffneten, und die blauen Blümelein unzählige Augen, die gen Himmel blickten. Der Berg war die lebendige Freude, verkörpert durch grüne Blätter, durch weißen Schaum, durch Duft und Farben.

Wie die Freude, die in den Zweigen tanzt, die im Walde zwischen dem Schatten und dem Licht Verstecken spielt und zu den Wipfeln der Bäume und den Gipfeln der Berge aufsteigt, um die Unendlichkeit zu schauen. Sturm und Getöse ließen von Zeit zu Zeit die Blumen, das Laub und das Wasser erzittern.

Der Berg hätte sehr glücklich sein können. Er war ganz von Liebe durchtränkt. In allen Bäumen saßen versteckte Nester. Auf allen Blüten tummelten sich Schmetterlinge, und sogar in den Kelchen der Blumen baute sich die Liebe ein Heim.

Das Leben pulsierte überall, und während das Wasser leicht und schäumend dahinfloss, durchrieselte der Saft die Stämme der Bäume wie der Strom des Lebens. Weder auf den Felsen, noch in dem Boden, noch in den Pflanzen, noch in den Flüssen, noch in der ganzen Luft war auch nur ein Stäubchen, das nicht köstliche Wärme atmete.

Der Berg hätte also wahrlich sehr glücklich sein müssen und schien es auch zu sein. Keine Klage, kein Schmerzensseufzer, und keine von jenen Pflanzen, deren Schatten tötet.

Aber das alles war nur Schein. Im Innern dieses Berges glühte ein Feuer, versteckt, verräterisch, zerstörend, ein Feuer ohne Flamme, ein Feuer ohne Licht: das Feuer des Neides.

Der kleine Berg war neidisch auf den großen, und während er äußerlich glücklich und lachend erschien durch das Rauschen seiner Wasser und das Zwitschern seiner Vögel, verzehrte er sich innerlich vor Neid. Und warum war er neidisch auf den größeren Berg? Nur weil der höher war als er! Er war nicht schöner, er war nicht fröhlicher, er war nicht glücklicher, aber er war höher.

Er hatte dunkle Wälder, so dunkel, dass sie Furcht einflößten. Er hatte breite Flüsse, so breit, dass sie zuweilen aus ihren Ufern traten und alles zerstörten. Von Zeit zu Zeit umkreisten Adler seinen Gipfel. Aber dafür beherbergte er auch viel weniger Singvögel und Schmetterlinge, als der kleine Berg, und auf dem Rasen seiner Abhänge und zwischen dem Laub seiner Wälder schlichen gefährliche Reptilien umher.

Aber das alles konnte man von Weitem, vom kleinen Berge aus nicht sehen. Von dort aus sah man nur, dass er höher war und dass Adler über seinen Gipfeln Kreise zogen, die sich wie herrlich leuchtende Bogen vom Himmel abhoben. So wenigstens erschienen sie den Augen des Neides.

Und die blauen und roten Blumen des kleinen Berges wurden gelb.

Und mit jedem Tage wuchs der Neid des kleinen Berges. Seine unterirdischen Feuer flossen über und drangen bis zum Mittelpunkt der Erde und baten den Genius der Vulkane, er möge dem Berge helfen, dass er größer werde. Und der Genius half ihm und trieb ihn in die Höhe. So wurde der kleine Berg größer und größer, aber noch immer war er nicht zufrieden. Mit seiner Größe wuchs sein Neid mit jedem Tage.

Denn wenn die Gipfel des Berges vor ihm noch längst in Gold getaucht, war er selbst schon in tiefe Nacht gehüllt. Stets deckte der Schatten des großen Berges den kleinen, und das war für diesen eine unerträgliche Demütigung.

Und er wollte wachsen, und er wuchs und wuchs und wurde endlich noch höher als der große Berg. Aber was für Mühen und was für Schmerzen kostete es ihn, so hoch zu werden! Wie wurden seine Abhänge zerklüftet, seine Täler aus den Fugen gerissen, seine Wälder zerstückelt, seine Flüsschen in stürzende Bäche verwandelt!

Jetzt floss das Wasser nicht mehr sanft dahin, sondern brauste so jäh zu Tal, dass der Gipfel des Berges bald ganz dürr und trocken war.

Seine Blumen, die der Neid schon gelb gefärbt, welkten völlig dahin; die Schmetterlinge entflohen. Die Nester fielen aus den Bäumen; die Vögel flogen fort und mit ihnen die Lieder. Kein fröhliches Gezwitscher mehr, nur noch das heisere Krächzen der Raubvögel. Der Berg wurde immer größer, aber auch immer schroffer, und je höher er in den Äther hineinragte, desto jäher floh das Leben in die Abgründe, die die Riesenspalten der verdorrten Klüfte bildeten.

Von Weitem sah er viel gewaltiger aus; dafür aber in der Nähe betrachtet unendlich traurig; statt der Täler wilde Bäche, statt der lieblichen Hügel jähe Abhänge.

Die Adler begannen nun auch, seinen Gipfel zu umkreisen, aber dafür mieden all die andern Vögel seine Nähe. Und noch immer war der Neid nicht gesättigt, denn für den Neid gibt es keine Sättigung. Der kleine Berg war jetzt der größere geworden. Wohl überragte er den anderen bei Weitem, aber er hatte noch immer nicht genug. Und der neidische Berg – er kann jetzt nicht mehr der kleine heißen, da er riesengroß geworden – wollte noch höher werden und wurde noch höher. Er wurde riesenhaft, ragte in die Wolken, und fast sah es aus, als wolle er den Himmel erklimmen. Aber war er nun glücklicher als damals, da er noch klein war? Nein, er war es nicht.

Seine Gipfel waren nicht mehr freundlich und lachend, nicht mehr, wie einst, von einem grünen Mantel umhüllt, sondern von harten, spitzen Eisnadeln, und seine Abhänge waren mit Schnee bedeckt. Auf den warmen Hauch des Lebens war die kalte Starre des Todes gefolgt.

Er hatte keine lieblichen Täler mehr. In den rauen Klüften konnte nichts gedeihen. Sie waren wie tiefe Risse, die durch die Klauen eines Ungeheuers entstanden. Es waren in Wahrheit die Tatzenhiebe des Neides.

Keine Wasserfälle, keine Flüsse, lauter Eis. Und da der Fluss sehr groß und breit gewesen, vermochte die Sonne all das Eis nicht zu schmelzen und der Fluss blieb trocken, sodass jedes Wachstum erstarb.

Dürre, Eis, Trockenheit und Schroffheit, ringsumher. Die Blumen waren verwelkt, es flohen die Schmetterlinge, es flohen die Bienen, und der Berg hatte keinen Honig mehr. Die Bäume waren verdorrt, und da die Vögel keine Nester mehr bauen konnten, flogen sie auf und davon; und da war kein Zwitschern mehr.

Nicht einmal die Adler wollten mehr zu den Gipfeln aufsteigen, wozu auch? Um dort oben vor Kälte elend umzukommen? So wurde jener Koloss zu einem eisigen Leichnam, aber noch immer brannte in seinem Innern das verzehrende Feuer ohne Flamme, ohne Licht, das Feuer des Neides, das seine Nahrung stets in sich selber findet und doch niemals gesättigt wird.

Jetzt vermisste der große Berg schmerzlich alles das, was er verloren, und neidete sich selber seinen einstigen Besitz: Täler, Wälder, Schatten und Frische, kristallklare Flüsschen, schäumende Bäche, Blumen, Schmetterlinge, Nester, das süße Gezwitscher der Vögel und die wohlige Wärme. Alles, alles dahin!

Auf den Höhen gibt es keinen Schatten. Der Gesichtskreis erweitert sich, aber die Kälte wird unerträglich.

Die Mächtigsten sind nicht immer die Glücklichsten.

Der Schutzengel – Pedro A. de Alarcon
1833-1891

I.

»Am 1. Mai kommen die Schwalben,« so sagt man in Spanien, solange die Welt besteht. Aber was bisher noch niemand gesagt hat und was ich aus voller Überzeugung bestätigen kann, ist, dass die Schwalben noch niemals an einem schöneren Tage ihre Nester wieder aufgesucht haben, als am 1. Mai des Jahres 1814.

Das tiefblaue, friedliche Meer erschien wie der Anfang der Ewigkeit und des Unendlichen. Lächelnd empfingen Felder und Wiesen den zärtlichen Kuss der Sonne und dankten ihr durch herrliches Blühen und das Verheißen kommender Früchte. Die ganze Atmosphäre hauchte Liebe und Leben, und ein sanfter Zephyr trug den Duft des Frühlings mit sich.

Aber dieses herrliche Frühlingsweben war nicht das Einzige an diesem unvergesslichen Tage. Auch den Städter erfüllten beim Gedanken an die Wiederkehr der Zugvögel und den Beginn des Blumenmonats große, erhabene, patriotische Empfindungen, die ihm von Auferstehung und neuer Blüte sprachen. Seit kaum vierzehn Tagen herrschte nach sechsjährigem, wütendem Kampfe Frieden in Spanien. Der Freiheitskrieg, dessen Helden unsere Väter waren, hatte sein Ende erreicht. Napoleons Generäle waren mit ihren Truppen geflohen, um dem Beherrscher so vieler Nationen zu sagen, dass es ein Wahnsinn sei, an die Eroberung Spaniens zu denken. Schon gab es auf der ganzen Halbinsel nicht einen einzigen fremden Soldaten mehr. Unser armes, erschöpftes Vaterland ruhte aus wie ein Genesender, der nach langem Leiden zum ersten Mal wieder das Bett verlässt. Ein melancholischer und doch erhabener Augenblick! Von Neuem riefen die Glocken der halbverbrannten und zerstörten Kirchen zum Gebet, von Neuem stiegen friedliche Rauchwolken in die ruhig-heitere Atmosphäre empor, und der Sang fröhlicher Stimmen klang zum Himmel. Der erschöpfte Bürger warf die Waffen fort und kehrte zu seiner Arbeit zurück, Trost suchend für den Kummer um verlorene Lieben, in dem Gedanken, sich den eigenen Boden erhalten zu haben. Von St. Sebastian bis nach Cadiz, von der Coronna bis Gerona herrschte sanfte Trauer, tiefer Friede. Ringsum hörte man von den Heldentaten dieser oder jener Provinz, dieser oder jener Stadt, dieses oder jenes Fleckens, von den Bestrebungen, das fremde Joch abzustreifen; ringsum schickte man fromme Dankgebete gen Himmel, gedachte man voller Pietät der Verstorbenen; ringsum begann man Häuser und Städte wieder aufzubauen, in der frohen Hoffnung, glücklichere Tage darin zu verleben, als die heroischen Märtyrer des Vaterlandes.

II.

An jenem Tage traten ein hübscher Bursche und ein schönes Mädchen in einfacher, aber geschmackvoller Kleidung aus der Kirche von St. Domingo in Tarragona, wo sie soeben getraut worden waren.

Der Priester, der ihnen den Segen erteilt hatte, begleitete sie und schritt so froh und glücklich zwischen den beiden einher, als ob sie ihm ihr Glück zu danken hätten.

Und sie verdankten ihm wahrlich viel. Klara und Manuel, so hießen die jungen Leute, hatten beide ihre Angehörigen am 28. Juni 1811 verloren, an jenem Tage, da der General Suchet Tarragona im Sturm genommen hatte. Beim Ausgang des 1813er Feldzuges zog er durch dieselbe Stadt und nahm von ihren Befestigungen und einigen Häusern Besitz. Eines derselben, sowie das ganze Vermögen Manuels, der sich damals mit Klara und deren Mutter auf der Flucht befand, wurde zu jener Zeit vom Erzähler dieser Geschichte verwaltet. In diesen Tagen war mehr als die Hälfte der Bewohner von Tarragona umgekommen, sodass der arme Verwaiste, der zurückgekehrt war, um sein Haus und seine Güter zu suchen und sie den armen unglücklichen Frauen anzubieten, nicht genügend legitimiert werden konnte, um sein Recht auf die Erbschaft seiner Väter geltend zu machen.

In der zerstörten Stadt erschien damals jener ehrbare Priester, mit dem wir Manuel hier wiederfinden, und den er seit seiner Geburt kannte, denn er war seit vielen Jahren Priester dieser Gemeinde, hatte Manuel getauft und ihm den ersten Unterricht erteilt. Dank seiner glaubwürdigen Aussage wurde der Jüngling, welcher beinahe zum Bettler geworden wäre, am nächsten Tage ein reicher Mann.

Wenige Wochen später vollzog sich seine Ehe mit Klara.

III.

»Wohin wollt ihr, Kinder? Sagt mir, um was es sich handelt,« sagte der Priester an der Kirchentür.

»Wir haben Ihnen ein Geheimnis mitzuteilen,« sagte Klara niedergeschlagen.

»Ein Geheimnis – mir? ... Warum habt ihr es mir denn nicht heute Morgen gebeichtet?«

»Aber, Herr Pfarrer,« entgegnete Manuel tiefernst, »unser Geheimnis ist keine Sünde.«

»So, so, das ist etwas anderes.«

»Wenigstens ist unsere Sünde ...« stammelte die Neuvermählte.

»Lasst mich hören. Was gibt es?«

»Sprich du,« sagte Klara zu ihrem Gatten.

Dieser beschränkte sich darauf, hinzuzufügen:

»Ach nein, kommen Sie nur, wir wollen bei diesem herrlichen Wetter einen Spaziergang machen, und an dem Ort selbst werde ich Ihnen erzählen, was sich zugetragen hat.«

»An welchem Ort?«

»Kommen Sie nur,« sagte Klara, ihn am Arm fortziehend.

Der Pfarrer beeilte sich, dem Wunsche der beiden zu entsprechen, und so wanderten sie zusammen zu den Toren der Stadt hinaus.

Nachdem sie einige Tausend Schritt zurückgelegt und an die Ufer des Francoli gelangt waren, blieb Manuel stehen und sagte:

»Hier war es!«

»Nein, nein,« erwiderte Klara, »noch weiter.«

»Ja, wirklich, es war in jener Bucht, wo jetzt eine Frau zusammengekauert sitzt.«

»O still, jene Frau ist meine Mutter.«

»Wie, deine Mutter?«

»Gewiss ... es ist kein Zweifel! Sie ging auch heute wieder morgens aus dem Hause, ohne zu erlauben, dass man sie begleite, und seht nur, wie weit es mit der Armen gekommen ist. ... Sie wundern sich wohl nicht darüber, Herr Pfarrer, denn Sie wissen, dass die Unglückliche wahnsinnig ist. In jener entsetzlichen Nacht hat sie ihren Verstand verloren.«

Inzwischen hatten sich die drei Personen jener Frau genähert, welche am Ufer des Flusses hockte, die Augen starr auf das Wasser gerichtet.

Sie war eine ehrwürdige Matrone mit ernsten, abgehärmten Zügen, schwarzen Augen und weißem, wallendem Haar, eine echte Katalonierin.

»Was für ein schöner Tag, Mutter,« sagte Klara, sie umarmend.

»O Kind, was für eine entsetzliche Nacht,« antwortete die arme Wahnsinnige.

»Und nun hören Sie, Herr Pfarrer, wie sich alles zugetragen hat,« sagte Manuel, während er sich mit dem Geistlichen von den beiden Frauen entfernte.

IV.

»Hier,« fuhr Manuel fort, während er auf den Fluss zeigte, »in diesen Wellen, welche seit fünf Jahren so viel Blut hinweggespült haben, ruht ein fünfzehn Monate altes Opfer der spanischen Unabhängigkeit ... dem diese beiden Herzen, welche Sie für immer vereint haben, Leben und Glück verdanken. Von Klaras Mutter spreche ich dabei nicht, trotzdem auch sie diesem heiligen Kinde ihr Leben verdankt, – denn es wäre besser gewesen, sie wäre mit ihm umgekommen. Und nun hören Sie, wie sich das Unglück zugetragen.

Sie werden sich darüber wundern, Heiliger Vater, wie ein unschuldiges Geschöpf von fünfzehn Monaten einer ganzen Familie eine solche Wohltat erweisen konnte.«

Bei diesen Worten zeigte Manuel dem Pfarrer die rechte, durch eine große und tiefe Wunde entstellte Hand.

»Mit fünfzehn Monaten, ja! Er starb mit fünfzehn Monaten, und dennoch war sein Leben nicht unnütz!

Sie wissen, Herr Pfarrer, was für ein trauriger Tag der 28. Juni 1811 für Tarragona war, trotzdem Sie selbst Gefangener waren und das Elend in der Stadt nicht sahen. Sie sahen nicht, wie fünftausend Spanier in zehn Stunden starben, wie Häuser und Kirchen in Flammen aufgingen, wie schwache und hilflose Frauen gemordet und ehrbare Jungfrauen und Nonnen geschändet wurden! Sie sahen nicht, wie Raub und Trunkenheit, Leidenschaft und Gemetzel aufeinanderfolgten. Sie sahen nicht eine der größten Heldentaten des Welteroberers, des Halbgottes Napoleon!

Ich sah das alles! Ich sah, wie diese Totkranken sich von ihrem Sterbelager erhoben und das Leichentuch mit dem Säbel vertauschten, um von der Hand fremder Krieger zu fallen. Ich sah in dieser nämlichen Straße ein geköpftes Weib, den Säugling noch an der Brust, und laut weinende Kinder, die umherirrten. O, verflucht seien die fremden Waffen!

Mein Vater und meine Brüder kamen an jenem entsetzlichen Tage um. Glücklich sind sie!

An der rechten Hand verwundet und daher kampfunfähig, floh ich in das Haus von Klaras Mutter.

Klara stand, ängstlich um mein Leben besorgt, bleich und zitternd auf dem Balkon, und jauchzte auf, als sie mich auf der Straße erblickte.

Ich trat ein; aber schon hatten meine Verfolger sie gesehen. – Und sie war so schön!

Mit rohem Gelächter und brutalem Geschrei begrüßten sie die Schöne.

Einen Augenblick später stürzte unsere Tür laut krachend unter den Axthieben der Feinde zusammen. Wir waren verloren!

Klaras Mutter, welche das unglückliche Kind in ihren Armen hielt, das nun sanft im Bette dieses Flusses schlummert, floh mit uns in die Zisterne des Hauses, welche sehr tief, und da es schon seit Monaten nicht mehr geregnet hatte, völlig trocken war. – Jene Zisterne, welche etwa acht Quadratmeter Flächeninhalt hatte und nach oben hin immer enger wurde, vertiefte sich in unterirdischen Abstufungen und bildete so eine Art Brunnenröhre, welche ungefähr in der Mitte des Hofes mündete, wo an ihrem Geländer ein eiserner Flaschenzug hing, vermittelst dessen das Wasser mit zwei Gefäßen ausgeschöpft wurde.

Miguel, so hieß das kleine Kind, war ein Bruder Klaras und der jüngste Sohn der Unglücklichen, welche die Franzosen zur Witwe gemacht hatten.

In jener Zisterne konnten wir uns alle vier bequem bergen, und so waren wir gerettet. – Kein Mensch konnte ahnen, dass wir uns an diesem Ort versteckt hatten, noch auch, dass dieser Ort überhaupt existiere! Von oben gesehen, erschien die Zisterne wie ein einfacher Brunnen. Die Franzosen glaubten, dass wir über das Dach des Hauses geflüchtet seien.

Ja ... wir waren gerettet! Klara verband meine Wunde, während die Mutter ihrem Säugling die Brust gab, und trotzdem meine Wunde furchtbar schmerzte, fühlte ich mich glücklich und lächelte ...

Da hörten wir plötzlich, wie die Franzosen halb verdurstet versuchten, Wasser aus dem Brunnen zu schöpfen, in dem wir uns befanden.

Sie werden sich denken können, Herr Pfarrer, in welch furchtbarer Todesangst wir in jenem Augenblick schwebten!

Wir drückten uns alle in eine Ecke, während sie das Gefäß so tief hinunterließen, dass es auf den Boden stieß ...

Wir wagten kaum zu atmen.

Der Eimer schnellte wieder hinauf. »Der Brunnen ist trocken!« riefen die Franzosen aus.

»Weiter oben wird's Wasser geben!« fügte ein anderer hinzu.

»Nun gehen sie!« dachten Klara, ihre Mutter und ich.

»Wenn sie mal hier unten wären!« rief einer in katalanischer Sprache. ...

»Es war ein Überläufer, Herr Pfarrer, ein Spanier verriet uns!«

»Wie dumm!« antwortete der Franzose, »sie hätten sich unmöglich so rasch herunterlassen können.«

»Du hast recht,« sagte der Überläufer.

Sie wussten nicht, dass zu dieser Zisterne ein unterirdischer Gang führte, dessen Falltür durch den Boden eines entfernt gelegenen Weinkellers verdeckt und infolgedessen schwer aufzufinden war.

Wir hatten die Dummheit begangen, die Verbindungstür zwischen der Zisterne und dem Keller zu verschließen, und konnten sie nun nicht öffnen, ohne großen Lärm zu machen.

Nun stellen Sie sich unser entsetzliches Schwanken zwischen Furcht und Hoffnung vor, während wir dies Gespräch hörten. Von den Winkeln aus, in denen wir uns versteckt hielten, sahen wir die Schatten ihrer Köpfe in dem hellen Schein, den die Brunnenöffnung in den Keller warf, hin und her huschen. Jede Sekunde erschien uns wie ein Jahrhundert.

In diesem Augenblick fing Miguel an zu weinen.

Aber kaum hatte er den ersten Schrei ausgestoßen, als seine Mutter die Stimme, welche uns verraten sollte, auch schon dadurch zu ersticken versuchte, dass sie das zarte Kind fest gegen ihre Brust drückte.

»Habt ihr's gehört?« schrie einer dort oben.

»Nein!« erwiderte ein anderer.

»Lasst uns horchen,« sagte der Überläufer.

So vergingen drei furchtbare Minuten.

Miguel kämpfte noch mit dem Weinen ... und je fester seine Mutter es drückte, desto unruhiger wurde das Kind.

Aber man hörte auch nicht den leisesten Schrei mehr.

»Es wird das Echo gewesen sein!« riefen die Franzosen aus, sich langsam entfernend.

»Das kann sein,« bestätigte der Überläufer.

Sie gingen dem Ausgang des Hofes zu, während das Klirren ihrer Säbel und das Lärmen ihrer Tritte noch lange widerhallte.

Die Gefahr war vorüber!

Aber zu spät wurde uns das Glück zuteil!

Miguel weinte nicht mehr. ...

Er war tot!

V.

»Herr Pfarrer, Herr Pfarrer!« schrie Klaras Mutter, Manuel unterbrechend, plötzlich auf. »Sagen Sie, dass es nicht wahr ist! Ich habe mein Kind nicht getötet, sie haben es umgebracht. Ich erwürgte es, um sie zu befreien. Ach,

Herr Pfarrer, vergeben sie mir, ich bin keine schlechte Mutter, ich bin wahnsinnig geworden um mein Kind, um meinen Sohn! Ich bin keine schlechte Mutter!«

»Herr Pfarrer!« sagte Klara; »wir haben Sie hierher geführt, damit Sie das Wasser segnen, welches den Leichnam meines kleinen Bruders birgt. Die Gefahr ließ uns keine Zeit, ihn zu begraben.«

»Nicht wahr, Herr Pfarrer, Miguel wird doch im Himmel sein?« fragte Manuel mit tränenerstickter Stimme.

»Ja, meine Kinder,« sagte der Priester, »ich gebe euch die Versicherung im Namen Gottes und des Vaterlandes! Und du, meine Schwester, weine nicht mehr!« fuhr er fort, sich zu der alten Mutter wendend, »Gott segne das Martyrium, welches du erleidest, wie ich jetzt dies unschuldige Kind segne, das es dir auferlegte. Im Himmel wirst du dein Kind wiederfinden, und mit ihm wird sich deine Seele freuen; und ihr, die ihr euch liebet, vergesst nicht, dass ihr euer Glück erkauft habt mit der Qual anderer. Seid hilfsbereit für eure Nächsten!«

So sprach der Pfarrer, im Glanz der Frühlingssonne, inmitten blühender Blumen, beim fröhlichen Sang der Vögel, und segnete die Fluten des Francoli, in denen das unglückliche Kind, der kleine Schutzengel der Familie, ruhte.

Pedro Mari – Arturo Campion
1854-1936

I.

Er mochte gehen, wohin er wollte: Das letzte Band, das ihn noch an die alte Hütte fesselte, war zerrissen: Die Großmutter lag dort unten auf dem Kirchhof von Errazu.

Er würde sich die Stirne nun nicht mehr im Schatten der Kastanienbäume kühlen, würde das Plätschern des Wassers und den fröhlichen Sang der Bauerndirnen nicht mehr hören, nie mehr die erhitzten Köpfchen der spielenden Kinder und das glückliche Lächeln der Mutter sehen.

Er war allem, ganz allein in der verräucherten Hütte, durch deren kleine Scheiben man hinter den Zweigen des Kastanienbaumes das tiefe Tal erspähte.

Seine vier Schwestern waren in verschiedenen Ortschaften verheiratet; die älteste in Berrueta, zwei in Arizcun und die jüngste in Errazu. Mit knapper Mitgift versehen, hatten sie das heimatliche Haus verlassen.

Pedro Mari, der Erbe des Hofes, wollte ledig bleiben, nicht, weil er keine passende Frau finden konnte, sondern nur, weil er seit seiner frühesten Jugendzeit eine bestimmte Idee, einen bestimmten Plan hegte.

In dem Kopfe dieses Jünglings mit den stahlblauen Augen, dem maisfarbenen Teint und den lächelnden Zügen, der schlank wie eine Tanne und stark wie eine Eiche war, lebte ein Gedanke, der ihn völlig beherrschte: Er wollte nach Amerika auswandern, und sich dort, wie viele seiner Landsleute, bereichern.

Wie? Darüber war er sich nicht klar. Er wusste nichts und glaubte doch genug zu wissen. In Amerika werden die Leute reich, das genügte ihm.

Nach dem Tode der Großmutter verkaufte er die Schafherde und das Hausgerät an seine Schwester Leocadi, die in Errazu lebte und die reicher, oder besser gesagt, weniger arm war als die andern.

Die heimatliche Hütte behielt er selbst, um einst mit gefüllten Taschen dorthin zurückkehren zu können.

Veranlassung zum Auswandern fand sich bald. Man sprach viel von dem nahe bevorstehenden Krieg zwischen Spanien und Frankreich. Die Hütte lag hart an der Grenze, und daher würde er wohl Soldat werden und in französische Lande eindringen müssen ...

Und Pedro Mari hasste den Krieg, mehr noch den Dienst, die Disziplin und die Kaserne. Das Leben in den Bergen hatte in seiner Seele die Liebe zur ländlichen Ruhe, seine Herkunft die Liebe zur persönlichen Freiheit erweckt, weder der Hirt noch der Baske in ihm konnte sich mit dem Militärdienst befreunden.

II.

Er hatte seine Reise auf den folgenden Tag festgesetzt: eine weite beschwerliche Fußwanderung bis zu dem einzigen andalusischen Hafen, wo er sich einschiffen konnte, ohne andere Hilfsmittel als ein wenig Geld, ohne andere Aussichten als das Empfehlungsschreiben des Herrn Pfarrers an einen verwandten in Valparaiso.

Nach einem frugalen Mittagessen schlug er gegen Abend freudigen Herzens den Pfad nach Izpegi ein. Er hatte es sich in den Kopf gesetzt, von jenen blauen Gipfeln aus den letzten Blick auf das Tal zu werfen, warum gerade nördlich von Izpegi an den Apfelbäumen entlang, auf dem schönen, grünen Rasen, von dem sich wie reine, frisch zum Trocknen aufgehängte Wäsche, das Häuschen von Eyaraldea abhebt? Dort wohnte Katalin, die schöne und lustige Bäuerin, die beinahe Pedro Maris abenteuerliche Pläne gekreuzt hätte. Und vielleicht lebte, ihm unbewusst, in der Tiefe seines Herzens die Erinnerung an seine einzige Liebe fort: wie die glühende Asche auch in der kältesten Nacht im ausgebrannten Herdfeuer fortglüht.

Es war im Monat März eines Jahres, in dem es nur wenig Schnee und Eis gegeben hatte. Die milde, feuchte Witterung hatte schon früh alles zur Blüte gebracht; hinter frischen Blättchen im Gebüsch waren die jungen Nester der piependen Vögel versteckt. Ab und zu zeigte der Frühling sein lachendes Gesicht, um ebenso rasch wieder hinter Wolken zu verschwinden; aber wohin man sah, in Feld und Wald, überall leuchtete der Saum seines vielfarbigen Gewandes.

Pedro Mari setzte sich auf einen Stein. Der Himmel wechselte fast unmerklich seine Farbe: dort ein mattes Blau, hier kristallner Glanz. Im fernen Westen schwebte ein Wölkchen langsam dahin, wie eine schwimmende, von Goldadern durchzogene Insel. Der wundervolle Wasserfall verlieh den hohen Felsen und den Hügeln von Astate und Arieta einen seltsamen Glanz; rückwärts zogen sich die Berge hin, deren höchste, immer umwölkte Gipfel beinahe in den Himmel ragten. Ihnen zu Füßen erstreckten sich rechts und links die Täler von Baztan und Baigorri mit ihren Dörfern, Hütten, Flüssen, Wäldern und selben Saatfeldern, die einen güldenen Glanz über die grünlichen Schattierungen breiteten. Fröhliche Vogelstimmen erfüllten die Luft, und es rauschten die Bächlein, die wie tanzende Bauernburschen über Bergabhänge ins Tal hinuntereilten.

Mit dem Lärmen in der Natur vereinte sich das Echo ferner Gesänge: Weibliche Stimmen mischten sich mit dem lieblichen Geläute der Schafherden und dem Rauschen der schnell fließenden Bäche, ohne es zu übertönen. Pedro Mari begann den Abhang hinunterzusteigen. Ihn lockte die Hütte Katalins mehr als der Gesang. Auf den an die ersten Hütten stoßenden Feldern war ungefähr ein Dutzend Bauernmädchen mit dem Jäten beschäftigt. Hell beschien die Sonne ihre roten Röcke, ihre bunten Kopftücher. Die Mädchen sangen:

»Ich spinn und spinn
Und sinn und sinn
Und meine Tränen fließen.«

Die fröhliche und tändelnde Melodie, in der doch eine leichte Melancholie lag, stimmte merkwürdig gut zu Pedro Maris Empfindungen.

Die Bauerndirnen bemerkten ihn sofort und lächelten ihm freundlich zu, mit ihren schrillen Stimmen singend und nach jeder Strophe in lautes Gelächter ausbrechend.

»Schwestern, wollt ihr einen Mann,
Geht hinab zur Mauer,
Für fünf Sous man finden kann
Achte auf der Lauer.«

Pedro Mari legte die Hand an den Mund und antwortete mit folgender Strophe:

»Männer, wollt ihr eine Frau,
Geht hinab zum Garten,
Dort findet ihr im Abendtau
Achtzehn auf euch warten.«

Während seines Gesanges tanzte und hüpfte eine etwa sechzehnjährige Bäuerin, klein und behände wie ein Eichhörnchen, auf dem Felde herum.

»Für 'ne gute Tänzerin gibt's kein schlechtes Tamburin, – nicht wahr?« rief ihm eine hübsche, rothaarige Bäuerin mit schwarzen Augen entgegen, die mit herausforderndem Lächeln auf ihn zukam.

»Komm mir nicht nahe, Kind!«

»Warum?«

»Du kennst doch das Sprichwort:

»Manches, was von Weitem schön,
Darf man nicht genau besehn!«

»Ich kann auch Verse machen; mich nennen sie die Dichterin.«

»Sage mir einen; in deinem Munde werden sie süß sein wie Honig.« –

»In dem kleinen Dorf Baztan
Sieht viel große Esel man.«

Lautes Gerächter erscholl darauf und klang von Berg zu Berg, bis es in dem Rauschen der Bäche erstarb.

Pedro Mari war zu dumm, zu schwerfällig und zu denkfaul, um einem Dutzend scherzender Frauen antworten zu können. Ihr Gelächter brachte ihn aus der Fassung.

Er errötete, machte kehrt und verschwand in den nahen Wäldern, tief betrübt, Katalin nicht gesehen zu haben. Spottend klang der Gesang der Bäuerin hinter ihm her:

»Verliebte sehen schrecklich aus,
Bleich wie der Tod, ein wahrer Graus.«

III.

Als er seine Schritte in andere Richtung lenkte, kamen ihm drei Burschen entgegen, – einen von ihnen kannte er, Martin aus Zamukegi.

Dieser antwortete ihm auf seine Fragen:

»Meine beiden Kameraden sind aus Bidarray – wir gehen nach Elizondo, um Vieh zu kaufen, was du wohl wissen wirst, wir wandern aus, kehren Frankreich den Rücken und wollen in Pamplona bleiben, bis alles vorüber ist. Ich fürchte, wenn wir zurückkommen, werden die Bäume ihre Wurzeln in den Himmel und ihre Zweige in die Erde strecken. Die Aufwiegler sind in das Tal gedrungen, haben die Kirchen gestürmt, mit Heu gefüllt, die Kelche, die heiligen Gefäße und die Monstranzen geraubt und einen Baum aufgepflanzt, um den sie, Gotteslästerungen heulend, einen wüsten Tanz aufführen. Unter ihnen sind viele abtrünnige Priester, Schweinehunde! – die gern heiraten wollen und dem Teufel die Hand bieten.«

Pedro Mari bekreuzigte sich.

»In Wirtshäusern und Hütten verkünden sie, das heilige Gefäß in der Hand, neue Lehren und erwarten, dass wir alle dieser Republik zujauchzen, die sie auf den Königsthron setzen wollen. Sie sagen, dass sie die Republik auch in Madrid verkünden werden, und dass es von nun an in ganz Spanien weder Mönch noch Inquisitor mehr geben soll. Manch einem rauben sie das klare Urteil. Sie bilden ein Heer von Freiwilligen, und da sich zu wenige melden, fangen sie jetzt an, die Burschen gewaltsam einzuziehen, heute werfen sie ihre Netze nach uns aus, und so werden wir von den Gendarmen mit gezücktem Säbel durchs Gebirge verfolgt! So geht es in Spanien zu. Mag da dienen, wem es gefällt, und rufen, es lebe die Freiheit! Wir sind frei, frei in Pamplona!«

Martin wandte sein Gesicht gen Frankreich und stieß einen jubelnden Ruf aus, der kräftig widerhallte.

Beim Abschied trat er an Pedro Mari heran und flüsterte ihm zu:

»Weißt du schon das Neueste? Katarin von Eyaraldea heiratet Miguel Elorga, das heißt, wenn sie ihn nicht zum Soldaten machen.«

Wenige Augenblicke darauf waren die drei Burschen im Schatten der Bäume verschwunden. Pedro Mari verharrte unbeweglich und nachdenklich, bis ihn ein leises Geräusch aufschreckte. Ein Vogel pickte mit seinem schwarzen Schnabel an einem dürren Ast. Er hob den Kopf. Die ersten Sterne breiteten einen matten, goldigen Schein über das Laub der Bäume. Der melancholische Ruf des Kuckucks übertönte das leise Murmeln der Quellen und Bäche. Langsam senkten sich die Nebel über das Tal.

IV.

Kaum drang der Strahl der ersten Morgendämmerung durch die schlecht schließenden Fenster der Hütte, als Pedro Mari, der nur wenig geschlafen hatte, sich von seinem Lager erhob. Er kleidete sich an, schnallte den Gurt mit dem Geldbeutel um, ergriff den Stock, an dem sein Bündel, der Korb mit Lebensmitteln und seine Stiefel hingen, und trat, nachdem er einen flüchtigen Abschiedsblick auf das Haus geworfen, hinaus. Den Schlüssel legte er so nahe an die Tür, dass man ihn von außen bequem erreichen konnte; gerade als beabsichtige er, bald zurückzukehren.

Ihn dürstete, und er nahm einen Schluck Wasser aus der Quelle. Der Morgen war frisch, aber schön, ein Junitag im März: die Luft rein, der Himmel klar, die Berge rosig und die Wälder ruhig.

Freudige Hoffnung verdrängte bald die Traurigkeit, die jeder Abschied mit sich bringt. Die gesunde Bewegung erhöhte sein Wohlbefinden; weit ausschreitend, schlug Pedro Mari den beschwerlichen Weg zum Hafen ein. Unweit der Schenke von Ulzama stieß er auf einen Trupp Soldaten und später auf zwei Regimenter und zahlreiche, kostbar gekleidete Reiter. Sie erzählten ihm, dass der Vizekönig ernannt und Frankreich der Krieg erklärt worden sei.

Um allen neugierigen Fragen aus dem Wege zu gehen, hielt er sich von den Dörfern fern und suchte die abgelegensten einsamsten Schenken auf.

Auf seiner Wanderung durch Pamplona, das öder und weniger bebaut ist, schien es ihm durch die Ähnlichkeit der Trachten, Sitten und Sprache dennoch, als habe er Baztan nicht verlassen. Trotz des lachenden Himmels und der fruchtbaren Erde lag über den Bergen, der hügeligen Ebene ohne Flüsse, Wiesen, Schaf- und Kuhherden etwas wie düstere Trauer.

Bald erreichte er Altkastilien und bemerkte zu seinem Ärger, dass trotz des klaren Himmels die Gegend immer reizloser wurde; kahle Gebirgszüge, schroffe Felsblöcke, düstere Engpässe, dürftige Pinien und unweit davon die endlose, staubige, braune Steppe, begrenzt von den Bergen, die wie von großen Riesenmaulwürfen aufgeworfene Erdhügel aussahen. Unter der goldigen Lichtflut der Sonne machten die elenden Dörfchen, die Lehmhütten, die zitronengelben, mageren, zerlumpten Männer und Weiber einen besonders jämmerlichen Eindruck. Und auf den ärmlichen Gehöften verkündete weder Lachen noch Gesang den Anbruch des Feierabends. Mürrisch und schweigsam wie die Lastesel traten sie den Heimweg an.

Nach langen, anstrengenden Tagesmärschen bat ihm die Nacht in schmutzigen, unordentlichen Schenken, deren Boden niemals ein Besen berührte, nur wenig Erholung. Als einziger Hausrat hing ein irdenes Trinkgefäß zum allgemeinen Gebrauch an der Wand, und oft bestand der ganze Proviant nur aus ein wenig Brennholz, Wein und Öl, sodass jeder, der nicht mit leerem Magen zu Bett gehen wollte, gezwungen war, sich sein kärgliches Mahl selbst mitzubringen. Unfreundliche Wirte, zerlumpte und liederliche Kellnerinnen mit schmutzigem Mieder und zerrissenem Flanellrock, abends kein Gast in der Schankstube, nur einzelne Passanten und zuweilen ein paar lustige Maultiertreiber aus der Nachbarschaft, das Bett ohne Decke und die Unterhaltung karg.

Unzählige Male kam Pedro Mari das Bild alter Freunde und ein Lied seiner Heimat in den Sinn, und so summte er es, sich auf seinem Strohsack ausstreckend, leise vor sich hin.

Jeden Morgen trat er von Neuem und mit größerer Sehnsucht seinen Marsch an, sich über jede Strecke freuend, die ihn dem andalusischen Hafen näher brachte, in dem er sich nach Chile einschiffen wollte.

V.

Eines Abends, als seine Vorräte erschöpft waren, trat er in eine kleine Dorfschenke und setzte sich an einen Tisch. Zwei Männer näherten sich ihm, höflich grüßend, sie sahen nicht allzu vertrauenerweckend aus, aber als Pedro Mari an seinen verbrannten Teint, seinen verschossenen Anzug, das schmutzige Hemd, die zerrissene Jacke und die geflickte Hose dachte, gab er sich zufrieden. Einer der beiden war groß, der andere klein, der eine sah aus wie ein Hamster, der andere gelb und dürr wie ein Tamburin; Stirn und Wangen mit Narben bedeckt.

Ihr Aussehen und ihre Tracht brachten Pedro Mari auf den Gedanken, dass sie keine Bauern seien, sie kamen aus dem nahe gelegenen Madrid und begannen sogleich ein Gespräch. Der größere war Soldat gewesen und hatte die Bestürmung von San Sebastian mitgemacht. Er sprach baskisch und Pedro Mari kastilianisch, sodass sie sich sehr gut verständigen konnten. Sie ließen Wein kommen aus Freude über die vornehme Bekanntschaft, wurden aber während ihres Hin- und Herredens plötzlich durch den Lärm von der Straße aufgeschreckt.

Die beiden Freunde stürzten hinaus; auch die übrigen Gäste verschwanden durch die Hintertür. Nur Pedro Mari blieb allein zurück und verzehrte sein Mahl mit der größten Seelenruhe.

Dann erhob er sich, um zu bezahlen, leichter und behänder denn je, so leicht, dass er das Empfinden hatte, er habe ein Gewicht, eine hindernde Last abgestreift. Unwillkürlich griff er nach seinem Beutel: Das Geld war verschwunden. Blass und verstört stieß Pedro Mari, am ganzen Leibe zitternd, ängstliche Hilferufe aus.

Von seinem Schanktische aus beobachtete der Wirt ihn scharf und fragte kurz:

»Was ist los, Brüderchen? Seid Ihr verrückt geworden? Hört auf mit dem Kauderwelsch und dem Geschrei.«

Schreck und Bestürzung hatten Pedro Mari derartig in Aufregung versetzt, dass er kein einziges kastilianisches Wort herauszubringen vermochte. Endlich stieß er jammernd hervor:

»Sie haben mich bestohlen! Sie haben mich bestohlen!« Der Wirt schnitt eine Grimasse. »Das macht einem andern weis! Solche Finten nützen hier nichts, Brüderchen. Ich bin ein armer, alter Mann und lasse mich nicht von Schmarotzern aussaugen. Entweder Ihr bezahlt, oder ich hole die Polizei.«

Pedro Mari verstand ihn nicht, holte aus der Westentasche das Geld, das er zum täglichen Gebrauch dort eingesteckt hatte, und rief noch wütender: »Sie haben mir mein Geld gestohlen, hier, hier haben sie mir mein Geld gestohlen!«

Diese Worte brachten den Wirt zur Raserei.

»Verdammt!« rief er aus. »Das fehlte mir nur noch, dass solch ein Gauner einen armen, ehrlichen Christen wie mich ins Verderben stürzt!«

Der Streit wurde immer heftiger, und Pedro Mari wiederholte immer lauter: »Sie haben mir mein Geld gestohlen!«, während der Wirt ihn mit Vorwürfen und Drohungen überhäufte, sie schrien so laut, dass sie den Eintritt mehrerer Soldaten ganz überhört hatten und ihre Gegenwart erst bemerkten, als der Sergeant Pedro Mari die Hand auf die Schulter legte mit den Worten:

»Soldat Seiner Majestät!«

Pedro Mari, erschreckt durch den Anblick der Gewehre und Bajonetts, begann zornig den Hergang der Geschichte zu erzählen und versuchte sich schreiend loszumachen.

»Mir hat man mein Geld gestohlen, und nun soll ich ins Gefängnis?«

Niemand hörte auf ihn. Die Soldaten banden ihm die Hände und trieben ihn unter Stoßen und Schlagen auf die Straße.

»Herr Sergeant!« schrie der Wirt hinter ihm herlaufend, »dieser Schurke hat noch nicht bezahlt!«

»Wer dem König dient, kann sich doch wenigstens umsonst satt essen,« lautete die lakonische Antwort.

Pedro Mari wurde einem Trupp zerlumpter, wüster Gesellen zugeteilt, die unter der Aufsicht einer Kompanie Soldaten vor der Tür standen. Man rührte die Trommel, und nach Aufstellung der Truppe verlas ein Offizier mit lauter Stimme einen Erlass seiner katholischen Majestät, des Königs D. Karlos IV., und darauf einen anderen von dessen Vorgänger D. Karlos III. vom 11. September 1773, der unter dem Vorwand eines Krieges zwischen Spanien und der französischen Republik die militärische Einberufung aller Müßigen in Madrid und den umliegenden Ortschaften befahl.

VI.

Nun befreiten die Soldaten Pedro Mari von seinen Fesseln, denn er war für sie nicht der Dieb, als welchen der böse Wirt ihn bezeichnet hatte. Sie wollten ihn zum Soldaten machen. Vergebenes Bemühen! Von der kastilianischen Aushebung befreiten ihn sowohl seine navarrische Herkunft als auch sein Grundbesitz in Baztan. Wie aber das hier beweisen? Für den Augenblick war es unmöglich, denn die Soldaten hörten auf keinen, und sobald einer laut sprach, schlugen sie ihn ... aber über kurz oder lang würde sich wohl Gelegenheit dazu bieten.

Er beschloss, sie ruhig abzuwarten; inzwischen hatte er reichlich Zeit, über sein Missgeschick zu grübeln. Man hatte ihn bestohlen! Seine Ersparnisse waren verschwunden, und ihm war die Möglichkeit benommen, den Spuren der beiden Diebe zu folgen. Als er die Schenke betrat, hatte er das Geld noch, das wusste er genau. O, über diese verdammten Freunde! Zweifellos hatten sie ihn bestohlen. Würde er mit dem bisschen Geld, das ihm geblieben war, den fernen Hafen erreichen und die teure Überfahrt bezahlen können? Vielleicht, wenn er sich alle nur denkbaren Entbehrungen auferlegte ... Aber wovon sollte er die erste Zeit in Amerika leben? Wäre es nicht besser, wenn er einfach umkehrte und seinen Plan ganz aufgäbe? Aber ohne Geld, ohne Vermögen nach Baztan zurückkehren, das war unmöglich!

Eine schöne Reise! Er konnte sich dann als Hirt oder als Knecht verdingen. Und der Hohn der Freunde, der Verwandten, der Nachbarn! Mit Spottliedern würden ihn die Mädchen am Brunnen empfangen. Nein, tausendmal nein! Lieber betteln gehen, lieber beim Militär dienen, als das ertragen!

Diese Gedanken durchkreuzten sein Hirn, als er während des ganzen Abends und der halben Nacht über die öden, ausgedörrten Felder marschierte. Endlich erreichten sie eine Stadt, Alcala, und wurden nun in einen niederen Stall geführt, der nichts anderes enthielt, als eine Pritsche. Man brachte ihnen einen großen Kessel mit Essen, das Pedro Mari lebhaft an das Schweinefutter in Baztan erinnerte. Ein Hauptmann, gefolgt von vier Unteroffizieren, machte die Runde, untersuchte die Taschen der Ausgehobenen und nahm ihnen das Geld ab. Pedro Mari widersetzte sich ihm, und nach derben Faustschlägen drohte man ihm sogar mit Gefängnis. Nun begann er sich bitterlich zu beklagen und mit leidenschaftlichen Worten und Gebärden sein unglückseliges Geschick zu verwünschen. Niemand hatte Mitleid mit ihm, sogar seine Schicksalsgenossen machten sich über ihn lustig und verhöhnten ihn. So fügte er sich denn schweigend, flüchtete in einen Winkel und verbrachte die Nacht wachend, ohne einen Bissen zu sich genommen zu haben. Bald verfiel er in völlige Ermattung; ihm war es klar geworden, dass er in eine Falle geraten, aus der es keinen Ausweg gab.

Die ersten Strahlen der Morgensonne drangen durch das schmale Fenster. Die Hitze war drückend, die Luft schwer, die Atmosphäre verdorben.

Hier schnarchte der Auswurf der menschlichen Gesellschaft, ein Haufen zerlumpter, blasser Gesellen, den Stempel von Elend und Laster auf den Zügen.

Und zu derselben Zeit ging die Sonne in ihrer strahlenden, goldenen Schönheit über den baztanesischen Bergen auf.

Die Gefangenschaft dauerte noch den größten Teil des folgenden Tages. Die schlechte Luft verursachte ihm Übelkeiten. Pedro Mari schmerzte der Kopf so heftig, als drücke ein eiserner Ring auf seine Schläfen. Vergebens war die Bitte um Nahrung und frische Luft; die Türen blieben hermetisch verschlossen. Zuweilen ließ sich der Schritt der auf- und abgehenden Schildwache vernehmen. Die Reste des Essens wurden unter hässlichen Streitigkeiten verschlungen. Pedro Mari ekelte sich davor und wäre lieber Hungers gestorben, als dass er auch nur einen Bissen zu sich genommen hätte, heftiger Durst quälte ihn, und so entschloss er sich, einen Schluck von dem warmen, schlecht schmeckenden Wasser zu trinken, das am Boden stand. Um vier Uhr nachmittags wurde die Tür geöffnet, und wie losgelassene Stiere stürzten alle hinaus in die frische Luft.

Ein Hof mit hohen, kahlen Mauern; zwei Reihen Soldaten mit gezücktem Bajonett; in der Mitte eine Gruppe von Offizieren in den verschiedensten Uniformen, die lachend und scherzend ihre Pfeife rauchten.

Sie befahlen den Ausgehobenen, sich aufzustellen, und begannen die Reihen zu inspizieren.

»Teufel auch! Das ist ja das reine Gesindel!« rief ein Reiteroffizier von aristokratischem Aussehen und in prächtiger Uniform, mit verächtlicher Gebärde aus. »Die sehen aus wie entlaufene Sträflinge, nicht wie Bauern. Ist das ein Pack!«

»Mit Ausnahmen, Pepita!« entgegnete ein Hauptmann der Infanterie, »hier ist ein Bursche, groß und schlank wie eine Tanne, den stecken wir zu den Grenadieren. Er sieht anständig aus und scheint ein Fremder zu sein. Wie zum Teufel kommt Ihr zu dem?«

Die Soldaten wurden in kleine Trupps geteilt, und Pedro Mari dem kleinsten zugewiesen.

Als der Hauptmann sich näherte, um dem Sergeanten seine Befehle zu erteilen, grüßte Pedro Mari respektvoll und äußerte verlegen und demütig seine Wünsche.

Dieser hörte ihn geduldig und mit wohlwollender Miene an.

»Wem sagst du das, mein Sohn? Der König befiehlt und« ... militärisch grüßend setzte er hinzu: »Auch du musst gehorchen. Und ich glaube kaum, dass die Bewohner von Navarra den Wunsch hegen, daheim still am Herd zu sitzen, während sich die übrigen Spanier mit den Franzosen schlagen. Dort oder hier, das bleibt sich gleich.«

Pedro Mari wollte noch etwas erwidern, aber der Hauptmann schnitt ihm mit strenger Miene das Wort ab.

»Schweig' oder ich lass dich Spießruten laufen.« Mit diesen Worten drehte er sich kurz auf dem Absatz herum.

Einer der Offiziere, der den Vorgang beobachtet hatte, rief wütend aus:

»Diese Hunde haben immer eine Ausrede, wenn es gilt, dem König zu dienen, wenn mir so einer in die Hände fällt, soll's ihm schlecht ergehen, Herr Hauptmann!«

VII.

Es war unnütz, absolut unnütz, sich aufzulehnen. Das wurde Pedro Mari bald klar. Nachdem er einmal zwischen die Räder der militärischen Maschine geraten, sah er keinen Ausweg mehr.

So ergab er sich denn geduldig in sein Schicksal, mit der schwachen Hoffnung auf bessere Zeiten. Wie oder wann würde das sein? Jeder Mensch, auch der verzweifeltste, hegt noch unbestimmte Hoffnungen.

Wie gewöhnlich traf der Krieg Spanien auch dieses Mal ganz unvorbereitet. Täglich wurden neue Rekruten aus allen Gegenden zur Instruktion nach Alcala befohlen. Früh von sechs bis elf und nachmittags von drei bis sieben Uhr waren Pedro Mari und seine Kameraden auf dem Manöverfeld, um nach preußischer Art gedrillt zu werden. Tausend unnütze Kleinigkeiten erschwerten die einfachsten Bewegungen des Körpers, Wie viel Schwierigkeiten liegen zum Beispiel schon in der Ausführung des einfachen Befehls: Augen rechts!

Wie sehr Pedro Mari sich auch bemühte, er konnte doch die lispelnd in kastilianischer Sprache erteilten Befehle seines Vorgesetzten kaum verstehen. So machte er rechts Kehrt, wenn links kommandiert wurde, und verwechselte stets den Laufschritt mit dem gewöhnlichen Marschieren. Der Sergeant schrieb all diese Versehen seiner Dummheit zu, und so endete der Tag gewöhnlich mit Schwarzbrot, Karzer und dem üblichen Spießrutenlaufen. Dies alles und noch dazu der Spott der Kameraden machte aus dem kräftigen, an Bewegung in frischer Gebirgsluft gewöhnten Landmann alsbald einen Schwächling. Dazu die Uniform: die engen Kleider, das Riemenwerk, die Knöpfe und Schnallen, die Halsbinde, die ihn drückte, und die Stiefel, die ihm, der sonst barfuß auf dem feuchten Grase umherlief, die Füße einzwängten.

Tiefe Traurigkeit und ein unüberwindliches Heimweh befielen ihn. Bei dem Gedanken an den strahlenden Sonnenuntergang am kastilianischen Himmel, der seinen blauen Schein über die goldschimmernden Wiesen warf, traten ihm die Tränen in die Augen, und mit Neid, dem tiefen, ehrlich empfundenen Neid eines Gefangenen, verfolgte er den freien Flug der gen Norden ziehenden Kraniche.

Allein und verlassen, ohne Freunde und Kameraden, empfand er die verletzende Gleichgültigkeit noch tiefer als den beißenden Hohn. Unter den

Rekruten war ihm nur ein einziger zugetan: Gregorio, ein Bergbewohner aus Burgos.

Er sprach oft mit ihm von der Kirchweih, vom Jahrmarkt in Señorio, vom fröhlichen Tanz beim Klang des Tamburins.

»Die Biskayanerinnen sind muntere, fröhliche Dirnen,« sagte er. »Für einen Tanz mit ihnen gebe ich die beste Kuh aus meinem Stalle her.«

VIII.

So gut es gehen wollte, vor allen Dingen aber so rasch wie möglich wurden die Rekruten gedrillt, und so kam alsbald der Tag, an dem sie dem Regiment in Cordoba einverleibt wurden.

Am Tage des Abmarsches war der Himmel klar und wolkenlos; vom frühen Morgen an wogte eine große Menschenmenge durch die Straßen von Alcala. Die Glocken läuteten, Raketen flogen in die Luft, und alle Häuser waren festlich geschmückt. Aller Orten erklang der begeisterte Ruf: Es lebe der König! Es lebe Spanien!

Die zum Gefecht bestimmten Regimenter wurden in die Kirche geschickt, wo der Priester an diesem Tage mit besonderer Begeisterung für die unlösbare Vereinigung von Thron und Altar eintrat und die ruchlosen Prinzipien der Französischen Revolution mit vernichtender Strenge verdammte. Die Predigt verfehlte ihren Eindruck auf die Zuhörer nicht; nur Pedro Mari schlief fest, den Kopf an einen Pfeiler gestützt. Die monotone Stimme und die ihm unverständliche, langatmige Rede hatten ihn eingeschläfert.

Eine halbe Stunde später verließen die Truppen Alcala mit lautem Siegesruf, flatterndem Banner und lustigem Trommelwirbel. In Saragossa stießen sie mit dem Navarresischen Regimente zusammen; das war für Pedro Mari ein freudiger Augenblick, dem bald eine bittere Enttäuschung folgen sollte, da kein einziger Navarrese dabei war. Diesen Namen hatte der König von Spanien dem Regiment willkürlich verliehen. Einen leisen Trost gewährte ihm schon der Anblick des roten Banners an der Spitze des zweiten Bataillons, und wie ein Kind seine Mutter, verfolgte er es unablässig mit seinen Blicken.

Der Weg von Saragossa nach Lérida führte über endlose Ebenen, über öde, mit dürftigem Getreide bewachsene Felder, über graue, trockene, staubige Erde unter den versengenden Strahlen einer unerbittlich glühenden Sonne. Kein Vogel in der Luft, kein Schatten auf dem Weg, nirgends ein Quell, um die trockene Kehle anzufeuchten, nur in weiter Ferne die nebelumhüllten, schneebedeckten Pyrenäen.

Und voller Neid dachte Pedro Mari daran, wie dort im baztanesischen Gebiet keine Blume sei, deren Stängel und Krone nicht mit kristallenen Tautropfen getränkt.

IX.

Ricardos Heer nahm seine Position ein, und das Regiment von Cordoba lagerte am Fuß des Pertus.

Der schnelle Marsch durch die katalanischen Ebenen erschien Pedro Mari fast wie ein Traum. Ihm blieb nur eine unbestimmte Erinnerung an fruchtbare Felder, fremdartige Blumen und Sträucher und wunderbare Gebirgsseen. Das Regiment erhielt den Befehl, die französische Grenze zu überschreiten. Nachdem sie ihre Gewehre vor den Zelten aufgepflanzt, begannen die Soldaten zu schwatzen und zu spielen. Pedro Mari hatte sich auf einen Baumstumpf gesetzt und betrachtete aufmerksam den schäumenden Wasserfall, der ihm das Gesicht benetzte; die erhabene Schönheit dieser Gebirgsgegend ließ ihn seine tiefe Traurigkeit noch schmerzlicher empfinden.

Um die Mittagszeit wurde Alarm geschlagen, und das Regiment zog aus, um den Hügel von Pertus zu besetzen.

Pedro Mari hatte die Aufgabe, bis zur französischen Grenze vorzudringen.

Allein am Abhang stehend, stützt er die an den friedlichen Hirtenstab gewöhnten Hände fest auf sein Gewehr.

Die Sonne neigt sich ihrem Untergang, und die Schatten vertiefen sich immer mehr, vom Westen, von Bellegarde her hört man laute Kanonaden ertönen, die etwas Furchtbares verkünden: den nahenden Krieg. Pedro Mari fürchtet ihn nicht, nein! Er fühlt, dass er auch den größten Gefahren mit unerschütterlichem Gleichmut zu trotzen vermag; er steht dem großen Ereignis kalt und gleichgültig gegenüber. Er weiß kaum, warum und für wen er kämpft. Seine Feinde hasst er nicht, aber er empfindet auch keine Liebe für seine Freunde. Jenes dreifarbige Banner, das von Bellegardes Zinnen weht, – das ist sein Feind. Der Feind, den er nicht kennt, der ihn nie beleidigte, mit dem er aber dennoch kämpfen muss, wie mit einem wilden Tier. Der Befehl drückt und demütigt ihn, macht ihn zum Automaten. Er sieht seine Zukunft vernichtet, denkt an seine verkaufte Habe, an sein gestohlenes Geld, an all die Strafen, all den Spott, an seine Verlassenheit, seine Verzweiflung im Kerker ...

Die Nacht bricht herein; ringsum tiefes Schweigen. Keine menschliche Stimme, kein Laut in der Natur. Ein Schweigen, das den bedrückten Heimatlosen noch trauriger stimmt. Das Einzige, was ihm zu tun übrig bleibt, ist: sich in das Unvermeidliche fügen, sich den Gesetzen unterwerfen und den Befehlen gehorchen ... Pedro Mari neigt das Haupt, und eine Träne rinnt langsam auf seinen Kittel herab.

Was für ein Lärm unterbricht plötzlich dieses tiefe Schweigen? Ist es das Rauschen der Pinien, das Murmeln der Bäche? Nein, es ist ein immer lauter werdendes Gemurmel, das aus weiter Ferne herüber dringt. Ein Gewirr von menschlichen Stimmen, von unverständlichen Worten, nichts als ein dumpfes Geräusch. Pedro Mari hebt den Kopf, lauscht; heftig pulsiert das Blut in seinen Schläfen, er vermag kaum etwas zu hören. Mit zitternden Händen betastet er seinen Körper und blickt ängstlich umher, wie um sich zu überzeugen, dass er noch auf demselben Fleck steht. Es ist kein Traum, kein Fieberwahn; er ist wach, seine Füße berühren kastilianische Erde und dennoch ... kein Zweifel, – es ist der Gesang der Baigorriner Mädchen. Mit zitternder Stimme fällt er ein und singt wie ein Wahnsinniger, während seine Brust, sich weitend, den frischen Hauch der Euskarinischen Berge einatmet.

Das Gewehr fällt ihm aus der Hand, er macht ein paar Schritte vorwärts ... eine geheime, unwiderstehliche Macht lockt ihn. Jetzt hat er die Grenze überschritten, jetzt ist er in Frankreich; er läuft den Berg hinunter durch den dunklen Pinienwald, gelangt ins Tal und erkennt beim matten Schein der Sterne eine Gruppe Männer, die ihren Gesang unterbrechen, sobald sie die Schritte hören.

»Halt, wer da!« ruft eine Stimme im baskischen Dialekt.

Pedro Mari schreit wie ein Gefangener, der seine Ketten gesprengt hat: »Baske!«

X.

Es waren ihrer acht, sie trugen halb militärische Kleidung: blaue Jacke, graue Hose, rote baskische Mütze und die dreifarbige Schärpe. Man sah ihnen an, dass sie Bauern waren, die kürzlich vom Felde gekommen; alle waren aus Baigorri und Pedro Mari deshalb nicht unbekannt.

Sie waren sehr vergnügt, und der Geruch des Weines verriet bald die Ursache ihrer Fröhlichkeit. Pedro Mari wollte ihnen seine Geschichte erzählen und auch die ihrige hören, und sie gaben ihm mit der Versicherung, dass es sehr gut sei, navarrischen Rotwein zu trinken. Er blickte auf das Lager, das sich über die ganze Ebene erstreckte, in deren Mitte das Dorf lag. Der Lärm war groß. Pedro Mari, an die strenge Zucht der spanischen Armee gewöhnt, geriet von einem Staunen ins andere. Die Uniformen waren sehr verschieden und wenig militärisch. Aus den geöffneten Fenstern drang wüster Lärm, Geschrei, Gelächter, Gläserklirren.

Pedro Mari trat mit seinen Kameraden in eines der Häuser. Rund um einen Tisch saßen mehrere Basken, die essend und trinkend den melancholischen Gesang, der von draußen hereinklang, mit lauten Faustschlägen begleiteten. Pedro Maris Eintritt rief hellen Jubel hervor, man umringte ihn, bot ihm Wein an, und auf allgemeines Verlangen erzählte er seine Geschichte.

Und dann ließ er sich berichten; das Heer setzte sich ausschließlich aus Freiwilligen zusammen, einem narbonischen Bataillon und drei Kompanien aus Navarra.

»So seid ihr alle Freiwillige?« fragte Pedro Mari erstaunt.

Minutenlanges Schweigen.

»Du, Churio, so antworte ihm doch endlich!«

»Man nennt uns Freiwillige,« entgegnete der andere, höhnisch lächelnd. »Mich haben die Gendarmen beim Kragen gepackt und über die Grenze geschleppt. Nennt ihr das freiwillig?«

Lautes Gelächter beantwortete diese Frage.

»Er soll uns den Fall Barneche erklären, der Weise von Banka!«

»Erklären, erklären!« riefen alle einstimmig aus.

Der Weise von Banka war ein langer, hagerer Bursche, der mit dem Kopf fast an die Decke stieß, seine riesengroßen Ohren standen unter der Mütze ab, wie die Henkel einer dickbäuchigen Flasche, und die Nase, die fast bis an den Mund reichte, die schmale Stirn und der spitze Bart verliehen seinem Aussehen etwas Groteskes. Nach längerem Zureden begann er mit großer Ruhe:

»Der Hund liegt an der Kette und hütet das Haus, aber nicht zu seinem Vergnügen. Deshalb beißt und bellt er; und so sind auch wir.«

»Aber ich denke, aus eurer Heimat kommen lauter Freiwillige?«

»Anfangs ja, da gab es viele; Leimruten, um Vögel einzufangen! – Die sind alle dort geblieben. Aber uns hielt man für die tapfersten und schickte uns deshalb in ferne Lande.«

»Die schwarzen Kastilianer haben uns die Kühe und unsere ganze Habe gestohlen, die verfluchten Hunde!«

»Und die roten Gendarmen, die einen einfach beim Kragen nehmen, was, Churio?« rief Joanis aus.

»Mögen sich die Roten und die Schwarzen in den Haaren liegen, was geht uns das an? Gott hat die freien Berge für uns Basken geschaffen.«

»*Vive la nation!*« schrie, den Ton und den Akzent der Franzosen nachahmend, ein kleiner zwölfjähriger Knabe, der die hellleuchtenden Metallwirbel der Trommel über der Brust gekreuzt trug.

Zum ersten Mal sah Pedro Mari diesen Knaben mit den mädchenhaften Zügen aufmerksam an und warf einen fragenden Blick auf die Anwesenden.

Der Weise von Banka fuhr dem Jungen mit seiner Riesenhand zärtlich über den rothaarigen Kopf.

»Das ist der Tambur der Kompanie, Pello Larralde, ein armer Waisenknabe aus Irulegi, den wir alle wie unser eigenes Kind lieben.«

Der Kleine lachte, und sich zärtlich an den Riesen von Banka schmiegend, sagte er schmeichelnd wie ein Kind, das um Süßigkeiten bittet:

»Denkst du an dein Versprechen?«

»Ja, ja, ich vergesse es nicht. – hört nur,« sagte er, sich an die Umstehenden wendend, »Tausend und Abertausend Mal hat er mich gebeten, ich soll ihn im Kampf mein Gewehr abfeuern lassen, wenn er es nur halten könnte!«

»Aber du sollst mir ja helfen! Es wird doch mit einer Kugel geladen?« fragte Pello erregt.

Und in seinen Veilchenaugen erglänzte eine Träne, die sie noch blauer erscheinen ließ.

XI.

Plötzlich dringt wilder Lärm von der Straße herein. Türen werden zugeschlagen, Hunde bellen, Kinder und Frauen schreien, und alle stecken die Köpfe zum Fenster hinaus. Menschliche Stimmen, Gesang und eine Menge, die sich in ungeordnetem Zuge durch das Dorf wälzt: gebräunte Männer, alle gleich gekleidet – ohne Uniform zu tragen –, mit der im Winde flatternden dreifarbigen Schärpe. Ein Haufen halbnackter Kinder trägt Fackeln, in deren rauchigen Flammen die Säbel- und Bajonettspitzen erglänzen.

Dahinter vier Kanonen, von einer Gruppe zerlumpter Männer gezogen, Frauen, denen das wirre Haar an der schweißbedeckten Stirn klebt und die mit den Artilleristen schäkern! Den Zug beschließt ein Reiter in einem dunkelblauen Rock mit großem Kragen und Aufschlägen, weißen Beinkleidern, gelben Stulpenstiefeln, einem Helm mit flatterndem Federbusch und dreifarbiger Kokarde, Pistolen und einem großen Säbel im Gurt; Männer und Weiber umringen sein Pferd und schreien ihm zu: »Es lebe der

Bürger! Es lebe die nationale Verbrüderung!« Aber die Hochrufe wurden übertönt von den Klängen der Hymne, die das Bataillon anstimmt.

Dann plötzlich feierliches Schweigen und endlich lautes Schreien, das den Befehl zu mutigem Vordringen erteilt.

XII.

Eine schnarrende Stimme hinter ihnen veranlasste sie, die Köpfe umzuwenden.

»Das ist der Hauptmann,« sagte Joanis leise zu Pedro Mari, »der Gelehrte von Azkarate.«

Der Hauptmann war klein und schlank, sein Gesichtsausdruck fanatisch und seine Augenbrauen eng zusammen gewachsen, selbst die militärische Tracht vermochte ihm nichts von seinem theologischen Aussehen zu nehmen.

»Landsleute,« sagte er mit dumpfer Stimme, »nehmt euch an der Tugend der Marseiller ein Beispiel. Die reinste Vaterlandsliebe glüht in ihrer Brust. Basken, eure Ahnen haben im Schatten dieser heiligen Bäume die Gesetze diktiert, die euch die patriarchalische Wissenschaft überliefert. Zeigt euch euerer Vorgänger würdig, die niemals das Haupt vor einer Monarchie beugten, auch nicht, als sie durch Cäsar, Karl den Großen oder Ludwig XIV. verkörpert war. Ihr, die ihr die Freiheit über alles liebt, nehmt sie euch wieder! Vereint mit den Nachkommen euerer berühmten Vorgänger sollt ihr diese wilden Berge in die Thermopylen verwandeln, in denen die Satelliten des despotischen spanischen Bourbonen, die entsetzlichen Henker der Inquisition ihren Tod finden sollen. Und dann wird der berühmte Areopag der französischen Nation euere Heldennamen mit goldenen Lettern in den heiligen Altar des Vaterlandes eingraben.«

Pedro Mari und seine Freunde hörten dem Hauptmann Mendizi respektvoll zu, ohne auch nur mit der Wimper zu zucken. Aber die Rede war, trotzdem sie in baskischer Sprache gehalten wurde, infolge der vielen klassischen Anspielungen für sie ganz unverständlich. Der Redner hatte auf Beifall oder doch wenigstens auf ein Zeichen der Zustimmung gehofft. Allein es herrschte tiefes Schweigen. Und seinen harten Blick scharf auf Pedro Mari richtend, rief er aus:

»Ach, du bist es, der die Fesseln des Despotismus gesprengt hat. Du wirst den Ruhm genießen, deinen Landsleuten, die ihm noch untertan sind, als erster vorangegangen zu sein!«

Auf eine an ihn gerichtete Frage antwortete Pedro Mari, dass die Spanier, weit davon entfernt, die Flucht zu ergreifen, sich bereithielten, in Frankreich einzufallen.

»So, meinst du?« fragte der Hauptmann Mendizi ironisch. Und, seinen Ton dann plötzlich ändernd, legte er Pedro Mari die Hand auf die Schulter und sagte fast zärtlich:

»Und du kommst mit uns, nicht wahr? Ich werde Befehl erteilen, dass man dir den ersten Platz anweist, zur Belohnung für deine spontane Befreiung. Von heute an sollst du ein freier Mann sein.«

»Wenn ich frei bin,« rief Pedro Mari beglückt, »trenne ich mich noch heute von meinen Freunden. Ich gehe ...«

Zornig unterbrach ihn der Hauptmann: »Glaubst du, dass die Freiheit im Egoismus besteht, dass dich keine sozialen Pflichten binden? Deine Strafe soll es sein, unseren unsterblichen Heldentaten beizuwohnen, ohne daran teilzunehmen, und als unser Sklave die niedrigsten Geschäfte zu verrichten.«

Und verächtlich die Achseln zuckend, wandte er sich ab.

»Jeden Abend hält er uns eine Predigt,« sagte Churio, »wenn er uns nicht sein kleines Buch zu lesen gibt, das er immer bei sich trägt und das von einem gewissen Juan Jacobo geschrieben ist. Ich weiß nicht, wer das ist, und was mich anbetrifft, – ich habe ihn auch nie gekannt.«

»Spiegelfechtereien,« bemerkte der Gelehrte von Banka philosophisch.

»Geht, Kinder, tanzt, solange es noch Zeit ist!« schrie Istebe Arrechea.

Und eine kleine baskische Flöte aus der Tasche ziehend, begann er darauf zu spielen.

Bald darauf tanzten die Basken mit wüsten Gebärden und tollen Sprüngen um den Tisch herum.

XIII.

Pedro Mari schreckte aus seinem tiefen Schlaf auf. Er hatte sich auf einen Strohsack geworfen und war eingeschlafen. Das Tageslicht drang durch das kleine Dachfenster des Schuppens. Von der Straße her tönte wüster Lärm: Schreiend lief alles durcheinander, man hörte das Abfeuern der Gewehre in der Ferne.

Pedro Mari wollte hinaus, die Tür war verriegelt. Wie sehr er sich auch bemühte, es gelang ihm nicht, sie mit Gewalt zu öffnen. Er tappte sich an der Lehmwand entlang, die ihm in ihrer schimmernden Weiße entgegenleuchtete; er hörte, wie darauf losgeschlagen wurde und sah, wie kleine

Kalkstückchen absprangen; schrilles Pfeifen ertönte, und dann, nur wenige Schritte entfernt, ein lauter, dumpfer Schlag. Dichter Pulverqualm erfüllte den Raum; er untersuchte den Fußboden und entdeckte eine Kugel, holte eine Bank herbei, und, sich an der Lehmwand emporziehend, sprang er durch das kleine Fenster auf die Straße.

Sie war leer; in ihrer Mitte nur eine große Blutlache. Das Knallen der Kanonen übertönte den anderen Lärm, und unzählige Geschosse regneten, Dächer und Wände sprengend, auf das Dorf herab. Pedro Mari drang weiter auf den Platz vor; der Anblick mehrerer Leichname entsetzte ihn. Und mitten unter diesen Toten stand Pello, der kleine Tambour, ganz allein, und schlug unverdrossen seinen Wirbel. Er rührte die Trommel mit wahrer Wut. Dumpf widerhallte das Echo.

»Gut geschlagen, Junge!« rief Pedro Mari aus. »Aber was machst du hier? Wo sind die andern?«

»Das weiß ich nicht. Der Hauptmann hat mir befohlen, hier die Trommel zu rühren. Aber's kommt niemand. Ich trommle aus Leibeskräften. Die Toten werden vielleicht aufstehen, aber die Lebenden ...«

Der Knabe trommelte so heftig, dass man glaubte, das Fell müsse platzen; seine roten Haarsträhnen klebten an der feuchten Stirn. Plötzlich verstummte der Wirbel; Pello überschlug sich und stürzte in dumpfem Fall mit dem Kopf auf die Fliesen. Sein linkes Auge war ausgelaufen, und aus der Augenhöhle floss blutige Gehirnmasse.

»Banditen!« schrie Pedro Mari, wie rasend beim Anblick des kleinen Leichnams.

In demselben Augenblick drangen Soldaten mit dröhnenden Schritten aus einer schmalen Gasse auf den Platz. Pedro Mari bückte sich, nahm ein Gewehr und schoss blindlings, ohne zu wissen, auf wen. Gleich darauf sah er sich von seinen Angreifern umringt und entwaffnet.

Er schaute sich die Umformen an: Er war Gefangener der Spanier.

XIV.

Das Dörfchen war von Franzosen überschwemmt, und bald versammelten sich die Truppen beim Geläute der Glocken auf dem Marktplatz, wo ihnen das Essen gereicht wurde; von links tönten laute Schüsse und Kanonaden herüber: der Feldmarschall Escofet stürmte mit dem Rest des Vortrabs die mutig verteidigte Festung San Lorenzo de Cerdà.

Pedro Mari erhielt mehrere Kolbenhiebe auf Brust und Schulter. An Händen und Füßen gebunden, verharrte er traurig in dumpfem Schweigen, inmitten der Menge, neben Pellos Leichnam sitzend, während er staunend die jähe Veränderung dieser mädchenhaft zarten Züge beobachtete. Er hätte die Hände freihaben wollen, nur um die Fliegen zu verscheuchen, die summend in dichtem Schwarm sich auf den toten Körper setzten. Die Soldaten starrten Pedro Mari höhnisch an. Einige warfen ihm trockene Brotrinden an den Kopf, die ihm das Gesicht zerkratzten. Er sah sich unrettbar verloren.

Da plötzlich verstummten die Soldaten, richteten sich stramm auf und grüßten zwei hereintretende, hochgestellte Offiziere. Der eine war ein Alter, mit einer weißen Perücke, tadellos in elegante Generaluniform gekleidet, als wäre er soeben aus den Vorzimmern von Aranjuez gekommen. Der andere, jung, schlank gewachsen, von kriegerischem und doch gutmütigem Aussehen, mit rötlichem, kurz gestutztem Backenbart, trug mit großer Würde die Uniform eines Obersten.

»Bist du,« fragte der General barsch, Pedro Mari scharf ansehend, »bist du der Navarrese?«

Pedro Mari traute seinen Ohren nicht. Der General sprach baskisch zu ihm! Welch eine Freude!

Der General hielt sein Schweigen für Zustimmung. Seine Augen sprühten Funken; am ganzen Körper zitternd, stieß er seinen Degen auf den Boden und sagte:

»Navarrese, Navarrese! Lauter Lügen! Du fürchtest dich vor dem Tod, das ist alles! Weißt du denn nicht, dass es nichts Schöneres und Ehrenvolleres gibt, als sein Blut für den König zu vergießen? Ein Navarrese Deserteur! Ein Navarrese, der den Feind flieht! Man hat mir gesagt, dass du zum Regiment von Cardoba gehörst, und während deine Kameraden ruhmreich bei S. Lorenzo de Cerdà kämpfen, stehst du hier, ein Verbrecher! Ich werde Befehl erteilen, dass man dich wieder in dein Regiment steckt und erschießt, sobald der Kampf beendet ist. Nein, du bist kein Navarrese! Du bist der Sohn eines Hergelaufenen! Kanaille!«

Als Pedro Mari, der auf Trost und Mitleid gerechnet hatte, diese grausamen Worte vernahm, empfand er einen bitteren Schmerz, den schwersten, den er je empfunden. Der schwache Hoffnungsstrahl schwand wieder, und ein jäher Abgrund öffnete sich von Neuem vor seinen Blicken. Es war ihm, als brächten die Worte des Generals den Fluch von ganz Navarra über ihn: Er empfand die Qual eines Verworfenen, der nur Feinde hat, und warf sich verzweifelt zur Erde, sich die Lippen wund beißend, um nicht zu schreien.

Da drang eine volltönende, harmonische Stimme an sein Ohr, – freundliche Trostesworte in baskischer Sprache, wer war es? Gab es wirklich noch Mitleid und Wohlwollen auf Erden? Er richtete sich auf, nicht ohne Furcht vor neuen Enttäuschungen. Der General war zu einer anderen Gruppe getreten. Der neben ihm stehende Oberst fragte ihn nach seinem Namen, seiner Herkunft und dem Grund seines Aufenthalts in Katalonien.

Pedro Mari brach das Schweigen und erzählte mit tränenerstickter Stimme seine Geschichte, nach Art der Bauern jeden Satz mehrfach wiederholend.

Der Oberst hörte ihn geduldig an, ohne ihn zu unterbrechen. Auf seinem Antlitz lag ein Zug von Trauer und Mitleid.

»Sie haben eine Infamie an dir begangen! Die Gesetze außer Acht gelassen! Ich werde es dem Könige melden, wenn ich etwas vermag, soll dir Genugtuung zuteilwerden. Aber ...« Der Oberst schwieg einen Augenblick, dann fragte er Pedro Mari mit bewegter stimme und traurigem Blick:

»Hast du Verwandte?«

»Ja, verheiratete Schwestern.«

»Soll ich ihnen irgendwelche Nachricht zukommen lassen?«

»Wozu? Es ist besser, sie wissen nichts.«

Pedro Mari neigte das Haupt; eine Träne floss langsam auf seine Wange herab ... Er hatte den Sinn dieser Frage verstanden. Der Oberst streckte ihm liebevoll die Hände entgegen.

»Unseliger, Unseliger! Wie konntest du dieses unverzeihliche Verbrechen begehen, dich gegen dein Vaterland und deinen König aufzulehnen!«

Pedro Maris Erwiderung klang sanft, wie die eines Menschen, der klagt, ohne anzuklagen.

»Herr!« sagte er, indem er versuchte, seiner Stimme Festigkeit zu verleihen.

»Das habe ich nicht gewollt ... jene waren Basken ... ich auch ...«

Er sagte das alles mit so tiefem, echtem Empfinden, dass der Oberst zu der Überzeugung gelangte, die Stimme der Natur müsse wohl stärker sein, als alle Gesetze und Befehle.

»Eine Bitte, Herr!«

»Sprich sie aus,« erwiderte er kurz.

»Ihren Namen?«

»Ich bin der Marquis von Socorro, Don Francisco Solano.«

»Ich werde Gott bitten, Ihnen ein langes Leben und einen schönen Tod zu gewähren ... nicht einen, wie er mich jetzt erwartet.«

Von Neuem aufs Tiefste bewegt, näherte der Marquis sich Pedro Mari und drückte ihm zum Abschied beide Hände.

»Hab' Dank für deine Segenswünsche, Pedro Mari; ich werde deine Seele der Heiligen Jungfrau empfehlen.«

Ach, wie gut, dass die Zukunft dem Marquis mitleidig das Bild verhüllte, wie Pedro Mari zu Beginn des spanischen Freiheitskrieges, von spanischen Händen gebunden, durch die Straßen von Cadix geschleift wurde!

XV.

Schwere Schritte, Stimmen, Waffengeklirr ... die Tür des Gefängnisses wird heftig aufgerissen, und Pedro Mari schreckt aus seinem Schlaf empor, dem unruhigen, unerquicklichen Schlaf des zum Tode Verurteilten. Die wüsten Bilder der letzten sechsunddreißig Stunden hatten ihn unaufhörlich gequält: sein Übertritt zu dem Regiment von Cordoba, die kurzen Befehle des Sergeanten, das Kriegsgericht, die Verlesung des Urteils ...

Durch das Fenster drang das helle Sonnenlicht des hereinbrechenden Tages und das fröhliche Gezwitscher der Vögel, wie herrlich war dieser Tag – – und doch sein letzter!

Sein letzter! Wie ein glühender Stahl durchbohrte dieser Gedanke Pedro Maris Hirn.

»Kommt ihr, um mich zu morden? Wer gab euch das Recht dazu?« rief er in seiner Sprache aus.

Diese Worte, die er nicht verstanden hatte, für Widerstand haltend, befahl der Oberst der Division, dass dem Gefangenen die Arme gebunden werden sollten, und während dies geschah, zeigte ihm der Priester mit ermahnenden Worten das Kruzifix. Weinend küsste Pedro Mari inbrünstig die blutigen Füße des Herrn.

Bald darauf war man auf der Straße: überall die düsteren Bilder des Krieges, rauchende, zerstörte Häuser, in einer Blutlache die rote Mütze, von der Pedro Mari den Blick nicht wenden konnte.

Sie erreichten eine Ebene; die Truppen stellten sich auf, rechts das Regiment von Córdoba mit seinem Banner an der Spitze. Die Trommel wurde gerührt, und der Befehl verlesen, der im Namen des Königs jedem Soldaten bei Todesstrafe verbot, Gnade für den Verurteilten zu erflehen. Eine unnötige Vorsicht, denn es wäre niemandem eingefallen; sie alle betrachteten Pedro Mari mit hasserfüllten Blicken.

Man gebot ihm, niederzuknien, verlas den Urteilsspruch und führte den Verbrecher, nachdem er ein paar Worte mit dem Priester gewechselt hatte, an den Exekutionsort. Man band ihn an einen Pfahl, legte ihm ein Tuch über die Augen, der Sergeant machte das Zeichen und die Soldaten gaben Feuer.

Ein Schwarm Finken flog laut piepend davon. Als man den Leichnam losgebunden, sank er zurück, das Antlitz gen »Navarra« gewandt.

Noch einmal wurde die Trommel gerührt, die Truppen marschierten weiter mit dem Ruf: »Es lebe der König! Es lebe Spanien!«

Ach, wie war die Erde rot gefärbt von baskischem Blut!

Der Taler – Eduardo de Lustono

Es war im Sommer 1877, als ich mich mit meiner Familie in dem reizenden Dorf X. aufhielt – zu dem Distrikt Castilla la Viesa gehörend, dessen Dörfer im Allgemeinen wenig Anziehendes besitzen. Dieses Fleckchen Erde aber bildete eine Ausnahme.

An einem schönen Junimorgen begab ich mich, von meiner Jagdpassion getrieben, auf einen Bergabhang, der meiner ungefähren Schätzung nach einige Kilometer von X. entfernt liegen musste. Ich durchquerte ihn nach allen Richtungen und dachte erst an die Rückkehr, als ich mich todmüde fühlte.

Mir ist es stets sehr schwer gefallen, mich in einer mir völlig unbekannten Gegend zu orientieren. So irrte ich denn auch stundenlang in allen Richtungen umher, um über tausend verschiedene Wege endlich doch wieder an meinen Ausgangspunkt zu gelangen.

Meine Kräfte waren völlig erschöpft, Hunger und Durst quälten mich, und ich gab schon die Hoffnung auf, in dieser Nacht mein müdes Haupt unter einem schützenden Dach bergen zu können, als ein glücklicher Zufall mir zu Hilfe kam.

Ich befand mich in einer Art Lichtung; da hörte ich hinter meinem Rücken ein Geräusch von leichten Schritten. Ich wandte mich um und erblickte einen Mann mit halbergrautem Haupthaar, in der Kleidung eines reichen Bauern, der ein doppelläufiges Gewehr über der Schulter trug.

Als er an mir vorbeiging, begrüßte er mich mit den üblichen Worten: »Gott schütze Euch!« und wollte ruhig seines Weges ziehen, als ich ihn also anredete:

»Wollen Sie mir, bitte, sagen, wie ich am schnellsten nach X. gelange?«

Überrascht blickte der Mann mich an und beeilte sich, mir zu antworten:

»Wissen sie wohl, mein Herr, dass dieses Dorf vierzehn Kilometer von hier entfernt liegt?«

»Vierzehn Kilometer!« rief ich mit einem schweren Seufzer aus.

»Sind Sie hier fremd?«

»Jawohl.«

»Und Sie wollen wohl dort übernachten?«

»Ganz recht – aber ich sehe, dass ich meine Absicht werde aufgeben müssen, denn ich bin schon den ganzen Tag umhergestreift und so müde, dass ich unmöglich noch so weit gehen kann.«

»Wenn Sie mir folgen wollen, zeige ich Ihnen ein Unterkommen, wo Sie die Nacht verbringen und dann morgen mit frischen Kräften weiterziehen können.«

Dieser Vorschlag wurde mir in so freundlicher Weise gemacht, dass ich keinen Augenblick zögerte, darauf einzugehen.

Wir durchschritten nun eine schöne Ebene, durch die sich ein munteres Flüsschen schlängelte; es war ein ziemlich ausgedehntes Ackerland mit mehreren Mühlen und fröhlichen Gruppen weißer Häuschen, die sich gegeneinander lehnten, wie Schafe, die sich aus ihrer Herde verirrt.

Wir begegneten vielen Bauern und Feldarbeitern, die uns höflich grüßten, und den Namen meines liebenswürdigen Führers mit besonderer Hochachtung aussprachen.

»Ein schönes Land, dies!« sagte ich zu ihm.

»Sind Sie zum ersten Mal hier?«

»Ja, zum ersten Mal, trotzdem das Dorf, in dem ich mich jetzt vorübergehend aufhalte, verhältnismäßig nahe liegt.«

»Ich freue mich, dass es Ihnen hier gefällt, denn die Früchte alles dessen, was Sie hier mit den Blicken umfassen, kann *ich* Ihnen darbieten.«

»Das alles gehört Ihnen?« fragte ich ihn überrascht, da das Aussehen dieses Mannes wahrlich nicht auf solche Reichtümer schließen ließ.

»Jawohl, mein Herr.«

»Und jene Windmühlen, deren Flügel man dort in der Ferne sich drehen sieht?«

»Sind mein! Ebenso wie jene kleinen Meiereien und das Vieh und die Wiesen ringsumher.«

Nachdem wir drei Viertelstunden marschiert, erreichten wir ein ärmlich aussehendes Dorf, dessen Bewohner uns ohne Ausnahme herzlich begrüßten. Auch hier wurde meinem Begleiter Señor Manuel überall die gleiche Ehrfurcht erwiesen.

Wir gelangten an ein Haus, das, ganz aus Stein gebaut, mit seinen von der Zeit geschwärzten Mauern einen wahrhaft großartigen Eindruck machte. Es war so recht das Haus des Landwirtes, mit allem, was dazugehört: einem Taubenschlag, einem großen Weinkeller, Hühnerhof und geräumigen Ställen.

Eine korpulente, gesunde Frau begrüßte uns.

»Nicolesa, ich bringe dir einen Gast mit,« sagte mein Begleiter zu ihr.

»Seien Sie in unserem Hause willkommen,« antwortete sie mit liebenswürdigem Lächeln.

»Der Herr wird für diese eine Nacht bei uns fürliebnehmen müssen, aber wir wollen versuchen, es ihm so behaglich wie möglich zu machen.«

Nicolesa ging knicksend davon, wohl um alles zu meinem Aufenthalt Erforderliche herrichten zu lassen.

Währenddessen wurde uns in dem im unteren Stockwerk gelegenen Saal eine angenehme Erfrischung gereicht und ein derbes Bauernmädchen richtete den Tisch zum Abendessen her. Die Mahlzeit war köstlich und schmackhaft. Señor Manuel und seine Frau taten alles, um mir den Aufenthalt im Hause so angenehm wie möglich zu machen.

Nachdem die Mahlzeit beendet und das Dankgebet gesprochen, wie es in Kastilien noch üblich ist, wandte sich Don Manuel mit folgenden Worten zu mir:

»Mir will's fast scheinen, als hatten Sie es nicht erwartet, hier mitten in den Bergen wohlhabende Menschen zu treffen.«

»Allerdings!«

»Und doch haben Sie erst den kleinsten Teil meines Besitztums gesehen.«

»Was, Sie nennen noch mehr Ihr eigen?«

»Jenseits des Flusses liegen Kornfelder, die meine Getreidekammern jedes Jahr übervoll machen; weiter hinauf ein Weinberg ... und noch weiter ...«

»Sie sind also wohl der Krösus des Landes?«

»So ungefähr, so ungefähr,« antwortete der andere lächelnd, und fügte dann gleich darauf hinzu:

»Und wenn ich Ihnen sage, wie ich all diese Reichtümer erworben habe, werden Sie sich erst recht wundern.«

»Haben Sie dies alles denn nicht geerbt?«

»Nein, mein Herr, ich habe eins nach dem anderen erworben.«

»Da müssen Sie unendlich viel gearbeitet haben, um es so weit zu bringen.«

»Wollen Sie mir wohl glauben, dass ich alles, was ich besitze, nur einem einzigen Taler verdanke?«

»Einem Taler!« rief ich aus, fest davon überzeugt, jener Mann wolle sich über mich lustig machen.

»Zwanzig Reales, nicht mehr und nicht weniger.«

Señor Manuel schien an meiner Überraschung eine rechte Freude zu haben. Das war entweder ein Geheimnis oder er sagte nicht die Wahrheit oder er führte mich gründlich an der Nase herum, eine andere Möglichkeit gab es nicht.

Ich hatte vor ein paar Stunden Mühlen, Weinberge, Meiereien, ausgedehnte Getreidefelder und herrliche Waldungen gesehen ... Und das alles sollte dieser Mann mit einem einzigen Taler erworben haben?

Nachdem Señor Manuel sich an dem Anblick meiner Überraschung geweidet, sagte er zu mir:

»Ich will Ihnen die Geschichte erzählen, wenn Sie mir Gehör schenken wollen.«

»Aber natürlich, natürlich; ich interessiere mich außerordentlich dafür, da ich glaubte, die Zeit der Wunder läge längst hinter uns.«

»Ich werde Ihnen das Gegenteil beweisen. Wunder geschehen heute so gut, wie in früheren Zeiten, nur geben die Menschen sich nicht mehr die Mühe, ihrem Ursprung nachzuforschen. ... Aber nun lassen Sie mich Ihnen erzählen, wie ich zu meinen Reichtümern gelangt bin.«

»Mein Vater erbte von dem seinigen dieses Haus und ein ansehnliches Vermögen, das er nicht zu vermehren verstand, – um nicht zu sagen, dass er es vergeudete. Ich war das einzige Kind. Als er starb, war ich siebzehn Jahre alt. Das väterliche Erbe bestand aus diesem Hause und tausend Reales, die ich in dem Schubfach eines Tisches fand; tausend Reales in Talerstücken, sorgfältig in einen Zettel eingewickelt, den er mir nach seinem Tode zu lesen befahl. Ich willfahrte natürlich seinem Wunsche und nahm voller Staunen Kenntnis von dem Inhalt, der also lautete:

›Mein Sohn, unter diesen Geldstücken, der einzigen Erbschaft, die ich Dir hinterlassen kann, ist eines, das fest mit Dir verknüpft ist und sozusagen Dein Leben verkörpert. In dem Augenblick, da Du es aus der Hand gibst, wirst Du sterben.‹

»Sie können sich denken, wie bestürzt ich war. Meinem Vater wäre es unmöglich gewesen, mich jemals zu betrügen. Er hatte mir eine Summe hinterlassen, über die ich in Wahrheit nicht verfügen konnte, da ich mich unter keinen Umständen von dem Taler trennen mochte, der so eng mit meinem Leben verknüpft war; und doch sah ich keine Möglichkeit, ihn aus allen anderen herauszufinden, und befand mich nun in der kritischen Lage eines Mannes, der mit seinen Schätzen vergraben ist und, von Gold und Kassenscheinen umgeben, Hungers sterben muss. Wie ich die Münzen auch wandte und drehte, um zu sehen, ob ich nicht irgendein Zeichen fände, das mir bedeutete, welchen der Taler ich behalten sollte: alles vergebens. Ein Geldstück sah genau so aus wie das andere: dieselbe Prägung, dieselbe Jahreszahl.

Von meiner frühesten Kindheit an hatte mich mein Vater gelehrt, niemals an seinen Worten zu zweifeln; ich konnte daher nicht glauben, dass mein Vater mich auf seinem Totenbette hatte mystifizieren wollen. Unzweifelhaft hatte er die Wahrheit gesagt. Irgendeine Münze verkörperte durch einen geheimen Umstand mein Leben; ich konnte also in keiner Weise über jenes kleine Vermögen verfügen, da es der fatale Zufall dann gewiss gewollt hätte, dass der erste Taler, den ich ausgegeben, gerade der wäre, von dem ich mich niemals hätte trennen dürfen.

Sie können sich nicht vorstellen, was für Qualen ich erlitt. Ich betrachtete jene glänzenden Silbermünzen nur noch mit einer gewissen Scheu. Irgendeine unter ihnen musste mich unvermeidlich an den Tod gemahnen ... Die erste Nacht nach jener verhängnisvollen Entdeckung sann und grübelte ich unaufhörlich, um beim Morgengrauen zu folgendem Entschluss zu gelangen: Ich durfte nicht leichtsinnig mit meinem Leben spielen, und so konnte ich nichts anderes tun, als die ganze Summe sorgfältig aufbewahren, damit der bewusste Taler nicht etwa in profane Hände geriete ... und ... arbeiten, so hart arbeiten, als besäße ich nicht einen Heller.

Schon gleich am folgenden Tage machte ich mich mit aller Energie an die Arbeit, bei der ich mir weder Ruhe noch Erholung gönnte. Nach wenigen Jahren schon hatte ich mir ein nicht unbeträchtliches Vermögen erworben, das dank meinem Fleiß und meinem guten Stern immer größer ward. Ich muss hier noch hinzufügen, dass Nicolesa vom ersten Tage unserer Ehe an die Verwalterin alles dessen wurde, was ich besaß.

Eines Tages bekam ich Lust, die Talerstücke, aus denen mein väterliches Erbe bestand, wieder einmal in Augenschein zu nehmen. Die Münzen waren verschwunden. Ich stieß bei dieser Entdeckung unwillkürlich einen Schrei aus.

»Nicolesa, Nicolesa!« rief ich laut, »was bedeutet das? Wer hat die Taler genommen, die ich wie einen kostbaren Schatz behütete?«

»Ich, Mann, rege dich nur nicht so auf,« antwortete mir meine Frau. »Ich habe ganz vergessen, es dir zu sagen. Eines Tages hatte ich eine Rechnung zu bezahlen, und mir fehlten tausend Reales; du warst gerade nicht zu Hause, und ich schwankte keinen Augenblick, die Talerstücke zu benützen.«

»Wie lange ist das her?«

»Mindestens ein Jahr.«

»Ein Jahr, und ich lebe noch!« Da begriff ich mit einem Schlage alles.

Mein Vater hatte bei seinem Tode dieses Mittel angewandt, um mich zur Arbeit anzuhalten, und auf diese Weise meine Zukunft zu sichern. ... Und Sie sehen, wie gut es ihm gelungen ist. Darum sagte ich Ihnen vorhin, dass ich alles, was ich jetzt mein nenne, einem einzigen Taler verdanke.«

Sonnenstich – Emilia Pardo Bazân
1851-1921

I.

Als Asis Taboada erwachte, empfand sie einen drückenden Schmerz im Kopf, gleich als läge ihr ein eisernes Band um die Schläfen; ihr Gesicht brannte, und sie hatte das Gefühl, als drängen tausend Nadelstiche in ihr Hirn; Mund und Zunge waren trocken, ihre Wangen glühten, ihre Pulse flogen, und sie war nicht imstande, sich zu erheben.

Seufzend warf sie sich im Bett herum; sie konnte keine Ruhe finden.

Sie klingelte.

Die Jungfer trat ein und öffnete die Fensterläden; heller Sonnenschein flutete in das Zimmer, und die Kranke rief mit schwacher, kläglicher Stimme:

»Nicht so weit aufmachen – noch weniger – so!«

»Wie geht es der gnädigen Frau?« fragte Angela, der Asis den Spottnamen Diabla beigelegt hatte, mit freundlicher Besorgnis. »Fühlen sich die gnädige Frau etwas besser?«

»Ja, mein Kind, aber der Kopf schmerzt noch sehr.«

»Ach, schon wieder die furchtbare Migräne?«

»Ja, furchtbar! Bringe mir, bitte, eine Tasse Lindenblütentee.«

»Sehr stark, gnädige Frau?«

»Wie immer.«

»Sofort!«

Nach einer Viertelstunde kehrte Diabla zurück.

Ihre Herrin drehte den Kopf zur Wand und vergrub ihr Gesicht in die Linnen, um sich Stirne und Wangen zu kühlen. Ab und zu seufzte sie tief auf.

Ihr war, als arbeiteten tausend Maschinen in ihrem Kopf, und sie empfand eine so heftige Betäubung, wie sie sie nur einmal im Leben empfunden, da sie einst nach einem Besuch in der Münze, halb wahnsinnig von dem entsetzlichen Getöse, den Sälen entflohen war.

Wie damals quälte sie auch heute der Gedanke, dass ein Heer von lauernden Feinden sie umlagere.

Ihr war, als läge sie in einer Hängematte, statt in einem Bett, und als schwankte alles um sie her.

»Ah, endlich der Lindenblütentee! Heiß! Sehr gut!«

Asis richtete sich auf und stützte den Kopf in die Hand, die Finger fest auf die Schläfen pressend. Sie führte den Löffel an die Lippen, um ihn aber gleich darauf mit einer Gebärde des Widerwillens wieder sinken zu lassen.

»Der ist ja glühend heiß! Ich habe mich verbrannt. Stütze mich ein wenig, – so.«

Diabla, flink wie ein Eichhörnchen und schlau wie ein Fuchs, blickte augenzwinkernd zu ihrer Herrin hinüber und sagte scheinbar zerknirscht:

»Um Gottes willen, gnädige Frau, geht es Ihnen schlechter? Sie werden doch nicht etwa einen Sonnenstich haben? Gestern fielen die Spatzen vom Dach vor Hitze, und Sie waren den ganzen Tag ...«

»Ja, ja, das wird's sein,« bestätigte die gnädige Frau.

»Soll ich Dr. Sanchez holen?«

»Du bist wohl verrückt! Deshalb den Arzt holen? Kühle den Tee und dann gieße ihn mir in dieses Glas.«

Nachdem Diabla das Getränk mehrfach umgegossen hatte, war der Tee genießbar. Asis trank ihn und kehrte sich sofort wieder der Wand zu.

»Ich will schlafen. Ich esse nichts. Wenn Besuch kommt, bin ich nicht zu Hause. Und wenn ich dich brauche, klingle ich.«

Asis sprach mit gedämpfter Stimme, wie jemand, der sich nicht zum Scherzen aufgelegt und an Geist und Körper gleich ermattet fühlt.

Endlich zog das Mädchen sich zurück, und Asis hüllte sich seufzend noch tiefer in ihre Decken.

Die Migräne war nach dem Genuss des Tees geschwunden. Hitze und Missbehagen legten sich. Ja, ihr körperliches Befinden war besser, viel besser, als ihr seelisches! ...

Kein Zweifel: Wenn es am Tage eine Stunde gibt, zu der das Gewissen am deutlichsten zu uns spricht, so ist es die des Erwachens. Sehnsucht und Wünsche, Liebe und Hass sind gleichsam in dichte Nebel gehüllt; es fehlt die Unruhe des Lebens, und wie wir nach einer langen Reise das Empfinden haben, als existiere die Stadt, die wir verlassen haben, nicht mehr, so dünkt es uns beim Erwachen, als ob die Erregungen und Sorgen des Abends für immer geschwunden seien. Wir sind nachdenklich gestimmt und befragen unser Gewissen in Ruhe, ungestört durch äußere Einflüsse. Gute Vorsätze pflegen zumeist unter der Bettdecke zu bleiben.

So erging es auch Asis; nur dass sich zu ihren übrigen Empfindungen auch noch das Staunen gesellte: »Aber ist es denn möglich? Ist mir das alles wirklich passiert? Oder habe ich nur geträumt? Reiße mich aus meinen

Zweifeln, großer Gott!« Und obgleich Gott sich nicht die Mühe gab, zustimmend oder verneinend zu antworten, sprach eine Stimme in ihrem Tiefinnersten: »Heuchlerin, du weißt sehr gut, was du getan hast. Frage mich nicht, oder du erhältst eine Antwort, die dir nicht lieb ist.«

»Diabla hat recht; ich habe einen Sonnenstich ... denn Sonne habe ich nie vertragen können ... dieses verwünschte Madrid mit seiner ewigen Sonne! Weiß Gott, ich bin hier in ein Sonnenbad geraten; ich sollte überhaupt um diese Zeit schon längst in meiner Heimat sein.«

Doña Francisca Taboada war, nachdem sie der Sonne die Schuld zuschieben konnte, etwas ruhiger geworden. Merkwürdig war es, dass die Sonne, weniger an derartige Anklagen gewöhnt als der Mond, sie mit derselben Ruhe und derselben Gleichgültigkeit entgegennahm wie jener.

»Jedenfalls,« hub die unerbittliche Stimme von neuem an. »könntest du froh sein, wenn's nur ein Sonnenstich wäre ... geh nur, mir brauchst du mit deinen Geschichten nicht zu kommen. Wir beide kennen uns ... Wir haben nicht umsonst zweiunddreißig Lenze miteinander verlebt. Nur keine Ausflüchte, wenn ich bitten darf ... Und ebenso wenig brauchst du zu behaupten, dass es ganz unerwartet kam, dass dich keine Schuld trifft, und dass dies und das jenes ... Herzenskind, oft geschieht an einem einzigen Tage, was sonst in einem ganzen Jahr nicht geschieht. Du brauchst dich nicht abzuwenden, du warst bis jetzt eine ehrbare Frau, ja ... eine anständige Witwe. Zugestanden, hast deine beiden Trauerjahre gewissenhaft eingehalten (was um so höher anzurechnen ist, als du, – seien wir aufrichtig, – deinen alten, kränklichen Onkel und Gemahl, den Marquis d'Andrade, mit seinem gefärbten Backenbart, unmöglich lieben konntest) und dich trotz deiner Vorliebe für Vergnügungen vierundzwanzig Monate lang nur in der Kirche und im Hause deiner intimsten Freunde sehen lassen; hast deine Tochter mit Liebe und Sorgfalt erzogen; das wird niemand leugnen; hast trotz deiner Freiheit immer tadellos gelebt; ich erkenne das an. Aber ... was willst du, Asis? Du hast dich einen Augenblick gehen lassen und eine Dummheit begangen – denn es war eine Dummheit – eine arge Dummheit sogar ... und nun wird der Teufel kommen und immer und immer wieder seine Klauen nach dir ausstrecken. Du kannst dich nicht reinwaschen. Eine kalte, leidenschaftslose Sünde, ohne die mildernden Umstände, die manchen Fehltritt beschönigen.«

Diesen unwiderlegbaren Argumenten gegenüber konnte der heilbare Einfluss des Lindenblütentees nicht zur Geltung kommen, und so fühlte Asis sich von Neuem krank und elend. Das eiserne Band, das um ihre Schläfen lag, drückte sie unsäglich. Glühend war das Bett und glühend der Körper der Schuldigen, die sich, gleich Sankt Laurentius auf dem Rost, unruhig hin und her wälzte, um nur ein einziges kühles Fleckchen auf ihrer Matratze zu finden.

Plötzlich sprang sie auf, wankte bleich wie ein Gespenst durch den kühlen Alkoven und dann auf den Waschtisch zu, wo sie den Hahn öffnete und sich, die Fingerspitzen benetzend, Stirn und Wangen kühlte. Danach empfand sie eine große Erleichterung. Nun rasch wieder ins Bett, die Augen geschlossen und nichts gedacht und nichts gesprochen.

Ja, das ist leicht gesagt. Nichts denken! Je mehr das Summen und Pochen, die Hitze und die Migräne nachließen, desto lebhafter wurden die Erinnerungen, desto heftiger die Gewissensbisse ...

»Wenn ich nur beten könnte,« dachte Asis. »Zum Einschlafen gibt's nichts Besseres, als mechanisch etwas hersagen.«

Sie versuchte es wirklich; und obgleich dieser Versuch einschläfernd wirkte, verstärkte er doch die Unruhe und die inneren Kämpfe. Pater Urdax würde schöne Augen machen, wenn er das erführe, er, der schon über geringfügige Kleinigkeiten, wie das Umgehen der Fasten, den Besuch eines Balles in dekolletiertem Kleide, das Versäumen der Messe und andere kleine Sünden, die das Leben in der großen Welt mit sich bringt, außer sich geraten konnte! Wie viel Umschreibungen würden notwendig sein, um den ersten Eindruck des Entsetzens, die erste Philippika abzuwenden! Ja, ja, tausend Umschreibungen! Und das ihm gegenüber, ihm, der immer alles klar und deutlich, ohne Beschönigung und ohne Zurückhaltung hören wollte. Wenn er ihr doch wenigstens erlauben würde, die Geschichte von Anfang an mit allen Details und allen Nebenumständen zu erzählen, damit er zu der Überzeugung käme, dass hier ein unseliges Verhängnis gewaltet ... Aber woher den Mut nehmen, vor einem so strengen Jesuiten ein Vergehen beschönigen zu wollen? Diese Herren wollen überall nur die Tugend sehen, die reine, fleckenlose Tugend, und denken gar nicht daran, irgendwelche Milderungsgründe gelten zu lassen.

Trotz der traurigen Überzeugung, dass sie bei Vater Urdax auf keinerlei Nachsicht zu rechnen haben würde, legte sich Asis im Halbdunkel ihres Schlafgemaches die folgende Erzählung zurecht, aus der deutlich zu ersehen ist, dass sie die Sache vor ihrem eigenen Gewissen möglichst zu bemänteln und in das beste Licht zu rücken bemüht war.

II.

Ich muss auf einiges zurückgreifen, was man sich vorgestern beim Empfang der Herzogin von Sahagun erzählte; auch mein Landsmann, der Oberst der Artillerie Don Gabriel Pardo de la Lage war zugegen. Ein vollendeter Kavalier, allerdings etwas albern und wunderlich, mit seltsamen Anschauungen, die er manchmal mit großer Hartnäckigkeit und Verve vertritt; zeitweise aber sitzt er schweigsam am Kartentisch, ohne sich um das zu kümmern, was in unserem Kreise vorgeht. Wenn ich dort bin, was fast jeden Mittwoch der Fall ist, hält Don Gabriel sich mehr in der Gesellschaft der Damen auf, und ergreift gern die Gelegenheit, mit der Frau des Hauses und mit mir zu plaudern. Manch einer kam daher auf die Vermutung, ich sei ihm nicht gleichgültig, während andere der Ansicht sind, er sei in eine seiner Nichten verliebt, über die man sich die merkwürdigsten Dinge erzählt. Kurz und gut, wir streiten uns ewig, kommen aber dennoch nicht allzu schlecht miteinander aus, der Oberst und ich.

Nein, wir vertragen uns sogar ganz gut, und wenn wir uns wirklich mal streiten, so scheint das unsere Sympathie nur noch zu erhöhen. Es ist fast, als gewänne ich seine Eigenart, die auf eine gewisse innere Güte schließen lässt, immer lieber. Man kann das schwer in Worten ausdrücken, aber ich empfinde es so.

Nun aber zur Sache! Vorgestern war der Oberst vom ersten Augenblick an sehr redselig und erregt und bot Veranlassung zu allgemeiner Heiterkeit. Ich reizte ihn, für folgende Behauptung einzutreten: Dass Spanien ein ebenso wildes Land sei wie Mittelafrika, dass wir alle afrikanisch-beduinisches, arabisches oder was weiß ich für Blut in den Adern hätten, und dass all diese Interessen für Eisenbahnen, Telegraphie, Fabriken, Schulen, wissenschaftliche Vereinigungen, politische und Pressfreiheit nur oberflächlich und vergänglich seien, während das wirklich Nationale und Urwüchsige, das Barbarische Jahrhunderte und Jahrhunderte überdauere. Darauf erhob sich, wie vorauszusehen war, allgemeine Entrüstung. Lachend erklärte ich ihm, er sei wie die Franzosen, die von uns glauben, wir könnten nur Bolero tanzen und die Kastagnetten dazu schlagen, und fügte noch hinzu, dass wohlerzogene Menschen sich in allen Ländern gleich seien.

»Ich behaupte,« rief Pardo mit größter Heftigkeit aus, »dass wir im Gebiet der Pyrenäen ohne Ausnahme alle Wilde sind; nur dass wir Gebildeten es aus Schamgefühl und gesellschaftlichen Rücksichten möglichst zu verbergen suchen. Sobald wir auf eine schiefe Ebene geraten, gleiten wir aus. Der erste Strahl der spanischen Sonne, dieser Sonne, über die sich die Fremden so sehr mit Unrecht beklagen, denn es regnet hier genau so viel wie in Paris, das ist das Komische ...«

Man unterbrach ihn:

»Es fehlt wirklich nur, dass Sie auch noch die Sonne ableugnen.«

»Ich leugne sie gar nicht ab; was ist da zu leugnen? So gut, wie wir uns im Winter in Pelze hüllen, um uns vor Lungenentzündung zu schützen, wenden wir im Sommer Madrid, diesem glühenden Kessel, in dem es kaum auszuhalten ist, den Rücken ... wir sind halb wahnsinnig vor Hitze – und dann haben alle Klassen eine gewisse Wildheit gemein ...«

»Ich glaube, Sie haben recht ... denken Sie doch zum Beispiel nur an die Stierkämpfe.«

Die Stierkämpfe! Das war Wasser auf Pardos Mühle. Nun waren wir bei seinem Lieblingsthema angelangt, denn er findet sie ebenso sündhaft, wie Pater Urdax die Bälle und die Aufführungen frivoler Stücke. »Sehen wir uns die drei wilden Tiere, den Stier, den Stierkämpfer und das Publikum einmal näher an. Das erste lässt sich töten, weil es nicht anders kann; das zweite, weil es Geld damit verdient, und das dritte, das wildeste von den Dreien, bezahlt für das Töten sein Geld, selbst auf die Gefahr hin, vom Papst in Acht und Bann getan zu werden! Denn diese Stierkämpfe beeinträchtigen angeblich den Ackerbau und bilden so indirekt die Veranlassung zum Rückgang der staatlichen Finanzen und zu den Bürgerkriegen.« Das alles war ihm in einem Moment der Erregung entfahren, und als er dann den Eindruck sah, den seine Worte hervorriefen, nahm er sie halbwegs zurück und sagte:

»Lassen wir die Stierkämpfe zunächst einmal beiseite, obgleich sie für den verrohenden Einfluss der Sonne den besten Beweis liefern, – denn die Stierkämpfe brauchen südliche Glut – und gehen wir zu etwas anderem über, in dem sich die Eigenart der spanischen Nation am klarsten widerspiegelt. Die Kirchweih steht vor der Tür; morgen ist San Isidro Labrador, und dann strömt alles hinaus ins Freie.«

»Sie wollen wohl auch gar die Kirchweih und den Heiligen bekritteln? Vor Ihnen ist doch nichts sicher.«

»Der Heilige ist gut, darum ist ihm dies Opfer zuwider, das ihm seine Gläubigen darbringen. Wenn San Isidro das sähe, er, der ein friedfertiger und ehrbarer Landwirt war, würde er die gelben Erbsen in Steine verwandeln und sie auf seine Anbeter herniederschleudern. Bei dieser Gelegenheit zeigen sich die typisch-spanischen Instinkte unverhüllt in ihrer ganzen Schönheit: Trinkgelage, Klatsch, Streitigkeiten, Völlerei, Zügellosigkeit, Blasphemie, Diebstahl und allerhand andere Bestialitäten. ... Ein schönes Bild, meine Damen, nicht wahr? So ist das spanische Volk, wenn man ihm die Zügel schießen lässt, genau so wie das Füllen, das auf der Weide wild ausschlägt und laut wiehernd seine Freude kundgibt ...«

»Ja, wenn Sie vom gewöhnlichen Volk sprechen ...«

»Nein, das tue ich eben nicht. Alle sind sich gleich; Instinkte schlummern in jedem Menschen, und sind uns Ort und Gelegenheit geboten, so streifen wir gewisse Rücksichten, die uns die Erziehung auferlegt, wie eine bloße Hülle ab.«

»Was für Theorien! Um Gottes willen! Wollen Sie nicht wenigstens in Bezug auf die Damen eine Ausnahme machen? Sind wir etwa auch Wilde?«

»Ja, die Frauen auch, und vielleicht noch mehr als die Männer, da ihre Erziehung mangelhafter ist. Seien Sie mir nicht böse, Freundin Asis. Ich gebe zu, dass Sie gewissermaßen eine rühmliche Ausnahme bilden, – und dass unsere Provinz schließlich die friedfertigste und vernünftigste von ganz Spanien ist.«

Bei diesen Worten wandte die Herzogin rasch den Kopf um. Sie war bei Beginn des Gesprächs in eine Unterhaltung mit einem neu angekommenen Gast verwickelt gewesen, einem jungen Andalusier von angenehmem Äußeren, dem Sohne eines ihrer alten Freunde, der als Gutsbesitzer in Cadix lebte. Die Herzogin ließ sich höchst selten neue Gäste zuführen, und so kam es, dass man in ihrem Salon fast niemals einem Fremden begegnete. Dagegen pflegte sie alte Beziehungen in freundschaftlichster Weise wieder aufzunehmen, und es herrschte in Bezug auf ihre Liebenswürdigkeit nur *eine* Stimme. Ich bemerkte, wie die Herzogin, ohne darüber den Fremden zu vernachlässigen, an unserer Diskussion den lebhaftesten Anteil nahm, und wie sie darauf brannte, sich einzumischen. Gelegenheit dazu fand sich bald, da der junge Gaditano sich entschloss, am Tanze teilzunehmen.

»Vielen Dank, Herr von Pardo, dass Sie speziell uns zu Andalusiern stempeln. Sie nennen uns Barbaren und tun einfach so, als ginge Sie die Sache gar nichts an.«

»O, Herzogin, Herzogin, Herzogin!« entgegnete Pardo mit größtem Nachdruck. »Sie meine ich damit nicht, Sie, eine Dame von so hoher Intelligenz, eine so eifrige Beschützerin der schönen Künste. Sie, die Sie assyrische Gefäße als Kochtöpfe verwenden, die Sie eine Mineraliensammlung besitzen, vor der der deutsche Gesandte in staunender Bewunderung steht, Sie, verehrteste, die Sie in der Archäologie bewandert sind, wie kaum ein Mann, und vor deren Scharfblick selbst Gelehrte zittern.«

»Machen Sie sich nicht über mich lustig, wenn ich bitten darf. Das sieht ja gerade aus, als wäre ich ein furchtbarer Blaustrumpf. Und das alles nur, weil mir manchmal ein Bild oder eine alte Vase gefällt? Wenn Sie glauben, damit das Thema der Barbarei erschöpft zu haben, dann irren Sie sich! – Was meinen Sie dazu, Pacheco? Wollte man diesem Herrn, der aus Galizien stammt, Glauben schenken, so wären alle Spanier, im Besonderen die Andalusier, die reinen Barbaren. Asis, erlaube, dass ich dir Don Diego Pacheco vorstelle – Marquise d'Andrade, Don Gabriel Pardo.«

Der Fremde verneigte sich stillschweigend und reichte mir die Hand. Ich murmelte etwas Unverständliches zwischen den Zähnen, wie man es in solchen Fällen zu tun pflegt, und nachdem der Form genügt war, betrachteten wir uns mit der kalten Neugier einer ersten Begegnung, Pacheco, der sehr elegant gekleidet war, machte auf mich einen äußerst vornehmen Eindruck; er sah aus wie ein Südländer, erinnerte aber trotzdem in seinem Äußeren auch etwas an den »Englishman«. Er schien mir ernst und schweigsam. Die Frage der Herzogin beantwortend, entgegnete er:

»Jedes Land hat seine Eigenheiten. Bei uns ist man nicht roher als anderswo: man huldigt den schönen Künsten ... und gerade in Andalusien ist das Volk sehr zivilisiert. Ich erkläre alle Damen für Engel und widerspreche von vornherein allem, was gegen sie gesagt wird.«

»Ja, wenn Sie die Galanterie in den Vordergrund stellen, dann muss ich allerdings mit Ihnen übereinstimmen. Aber eigentlich sollte die hier ganz zurücktreten. Bei den verschiedenen Nationen mache ich keinen Unterschied zwischen Weib und Mann; mich interessieren nur die traditionellen Eigentümlichkeiten der Rasse.«

»Ach, Pardo!« rief die Herzogin aus, »verkünden Sie hier nicht eine so geschraubte und gedrechselte Philosophie. Drücken Sie sich klar und deutlich aus, wie ein Christ. Wir wollen das Thema nüchtern behandeln.«

»Gut, also gesprochen wie ein Christ, sage ich, dass Männer und Frauen aus demselben Teig gemacht sind, und dass in Spanien – Sie selbst haben mir befohlen, mich klar und deutlich auszudrücken – auch die Frauen der Barbarei ihren Tribut zahlen. Zwar erkennt man es nicht auf den ersten Blick, da sie es ihrem Geschlecht schuldig sind, alles in mildere Formen zu kleiden und stets die Rolle eines Engels zu spielen. Da haben wir zum Beispiel unsere Freundin Asis, die, obgleich sie aus dem Nordwesten stammt, wo die Frauen ruhig, sanft und liebenswürdig sind, beim ersten glühenden Strahl der Sonne, der auf ihren Scheitel fällt, genau so über die Stränge schlagen würde, wie ein Mädchen niederster Sphäre.«

»Aber ich bitte Sie! Sie sind wirklich unverbesserlich! Wie ist es nur möglich, dass Sie immer und immer der Sonne alle Schuld aufbürden? Was hat sie Ihnen nur getan?«

»Sehr viel, denn sie macht die Menschen toll und ist daher für manche Sünde verantwortlich.«

»Das können Sie doch nicht im Ernst auf unsere Gegend beziehen, wo wir die Sonne nur ein paar Tage im Jahr zu sehen bekommen.«

»Also gut, dann nehme ich alles zurück, dann ist's eben die iberische Luft. Bedenken Sie nur, was für eine Rolle die Stierkämpfe bei uns spielen, und das in Marineda genau so wie in Sevilla oder Cordoba. Die Wirtshäuser sind überfüllt, die Weiber verdrehen den Männern die Köpfe, und nur allzu oft enden Streit und Zank mit dem Dolch. Heute kennen schon die Kinder auf der Straße die Stierkampfgesetze in- und auswendig, und zur Zeit dieser grausamen Schauspiele fließt der Manzanilla in den Matrosenkneipen in Strömen. Seit der Restaurationsepoche herrscht in Spanien – das werden Sie mir zugeben – überall Uneinigkeit. Und warum? Nur wegen kleinlicher Dinge.

»Don Amadeo wird in der witzigsten Weise parodiert. Seine Heldentaten bestehen in der Erfindung ganz besonderer Kämme und Mantillen, halblanger, mit meterbreiten Franzen besetzter Gewänder und allerhand anderer Moden, – und wenn man sich über all diese Dinge auch noch so lustig macht, so versucht man doch, sie aufs Genaueste zu kopieren. Sehen Sie sich unsere Freundin, die Herzogin, mit ihrer feinen Bildung und ihrer hervorragenden Begabung einmal an; selbst ihr kann man keinen größeren Gefallen tun, als, indem man sie, trotzdem sie nur streng einheimischer Mode huldigt, für die eleganteste Dame Madrids erklärt.«

»Ja gewiss,« rief die Herzogin mit der ihr eigenen Lebhaftigkeit aus, »ich halte es für unwürdig, die anderen Nationen zu kopieren. Kann es etwas Lächerlicheres geben, als dies stete Jagen nach fremden Sitten und Gebräuchen? Aus Frankreich die Bänder und Schleifen, und eine Tracht, als wären wir unsere eigene Großmutter? Aus England die Braten, die Industrie und so weiter. Und nun sagen Sie mir, mein hochverehrter Herr, weshalb Sie von allen zivilisierten Völkern der Welt nur uns Spanier ausnehmen? Ich möchte erstens wissen, was Sie unter unzivilisiert verstehen, und zweitens, wodurch sich unser armes, unglückliches Volk denn eigentlich von allen anderen europäischen Völkern unterscheidet?«

»Ja, wenn Sie mich so in Verlegenheit bringen, verehrte Herzogin, weiß ich nicht mehr ein noch aus ... Ich möchte mir erlauben, auf das Beispiel von vorhin zurückzugreifen, haben Sie jemals die Kirchweih von San Isidro gesehen?«

»Freilich habe ich sie gesehen; man kann sich nichts Lustigeres und Reizvolleres denken; Typen sieht man da ... Typen! Und was für ein Menschengewühl! Und was für eine laute, aufdringliche Fröhlichkeit! Für mich gibt's nichts Schöneres, als solch ein Volksfest!«

»Meine Gnädigste,« rief Pardo verwundert aus, »Sie sind mir ein Rätsel. In gewisser Einsicht beweisen Sie einen so feinen Geschmack, und andererseits wieder haben Sie so viel Nachsicht mit dem Brutalen und Rohen. Ich könnte es mir nicht erklären, wenn ich nicht wüsste, dass Sie mit Ihrem edlen Herzen und Ihrem fein gebildeten Geist jener byzantinischen, dekadenten Generation angehören, die alle ihre Ideale eingebüßt hat. Mehr sage ich nicht, denn Sie würden mich nur auslachen.«

»Diese Furcht ist mir sehr willkommen; so sprechen Sie mir wenigstens nicht mehr von philosophischen Dingen, die ich doch nicht verstehe,« antwortete die Herzogin, indem sie ihr silberhelles Lachen erklingen ließ. – »Glauben Sie ihm nicht allzu viel, Marquise,« murmelte sie, sich zu mir wendend; »er macht Sie, wenn Sie sich seiner Leitung anvertrauen, ganz einfach zur Quäkerin. Dieser Herr glaubt nämlich entdeckt zu haben, dass nur die Spanier sich betrinken. Die Engländer sind wahre Engel! Die tun so etwas nie!«

»Aber meine Gnädigste,« erwiderte der Oberst lachend, »das habe ich noch nie behauptet; die Engländer betrinken sich an Sherry, Bier und sonstigen alkoholischen Getränken, während wir uns an der Luft, dem Wasser, den Bächen und dem strahlenden Himmel berauschen. Prahlerei und Trotz beherrschen uns wie der böse Geist, und wir gefallen uns darin, Gemeinheiten zu begehen, wie der Pöbel. Und in der Beziehung kann man in unserem Lande zwischen Männern und Frauen keinen allzu großen Unterschied machen.«

»Bis jetzt,« erklärte die Herzogin mit reizender Verwirrung, »haben wir noch nie über die Stränge geschlagen, weder die Marquise noch ich.«

»Aber das dauert nur so lange, bis sich Ihnen Gelegenheit bietet,« entgegnete der Oberst maliziös.

»Das ist aber doch wirklich zu arg!« rief die Herzogin empört aus. »Ich möchte Ihnen am liebsten die Augen auskratzen.«

»Und Sie, Herr Pacheco, warum helfen Sie uns nicht?« rief ich dem schweigsamen Fremden zu, der die Augen fest auf mich gerichtet hielt; und ohne seinen Blick abzuwenden, sagte er, sein passives Verhalten damit entschuldigend: »Sie haben sich ja auch ohne fremde Hilfe glänzend verteidigt.« Nach diesen Worten blickte er auf die Uhr, verabschiedete sich kurz und ging.

Sein Fortgehen gab der Unterhaltung eine andere Wendung. Man sprach natürlich nur noch von ihm. Die Herzogin von Sahagun erklärte, sie habe ihn nur als den Lohn eines alten Freundes in ihr Haus gezogen, und fügte hinzu, er sei indolent wie ein Maure, albern wie ein Engländer, und ein ganz unfähiger Mensch, der nur zwei Gedanken im Kopf habe: Geld ausgeben und den Weibern die Köpfe verdrehen. Männer pflegen es nicht gern zu hören, wenn man von anderen behauptet, sie verdrehten den Weibern die Köpfe, und wohl aus diesem Grunde sagte der Oberst lakonisch: »Ja, das ist ein schönes, edles Exemplar spanischer Rasse!«

III.

Gott allein weiß, dass ich am nächsten Tage, nichts Böses ahnend, wie eine Heilige zur Messe ging, und dass ich jeden, der mir vorher gesagt, was die nächste Zeit mir bringen würde, einen Lügner genannt hätte. Ich machte einen kleinen Umweg und glitt beim Überschreiten des Trottoirs aus. Als ich zum Café Juzio hinüberblickte, sah ich zwei oder drei Stutzer in engen Beinkleidern und kurzem Jackett vor mir, die mir die unverschämtesten Schmeicheleien zuriefen, zum Beispiel: »Es lebe die schlechte Straßenreinigung! Ach, die herrlichen Augen! Wie gut doch, dass die Frauen zur Beichte gehen!« und so weiter.

Ich hatte Mühe, ernst zu bleiben, zwang mich aber dazu, und beschleunigte meinen Schritt.

Es war ein herrlicher Tag; ich habe niemals eine klarere Luft, einen schöneren Himmel gesehen; die Akazien dufteten, und die Bäume schienen ein neues grünes Gewand angelegt zu haben. Ich hätte springen und hüpfen mögen, wie mit fünfzehn Jahren, und konnte mich nicht entsinnen, jemals in meiner Jugendzeit ein solches Übermaß an Lebenskraft, eine solche Lust zu Extravaganzen verspürt zu haben. Am liebsten hätte ich ein paar Bäume ausgerissen und den Kopf in den Brunnen gesteckt, der so treu von der alten Löwin bewacht wurde.

Ich ging nach der Richtung von Pascuales zu, und die Lust zur Messe war mir bereits gänzlich vergangen. Unweit der Kirche sah ich am Fuß einer starken Platane einen Herrn stehen, der sofort auf mich zukam, um mich zu begrüßen, und mit seiner sympathischen, lispelnden Stimme sagte:

»Schon auf? Wohin so früh und so allein?«

»Ach! Sie, Pacheco, man soll wohl glauben, Sie gingen zur Messe?«

»Ja, wäre denn das gar so unmöglich?«

Wir wechselten diese Worte mit kräftigem Händedruck und mit einer, im Hinblick auf unsere kurze Bekanntschaft erstaunlichen Vertraulichkeit. Zweifellos übte das schöne Wetter auf uns beide einen eigenartigen Einfluss aus. Aufrichtig gestanden, empfand ich eine gewisse Sympathie für den Andalusier. Aber, Herrgott, weshalb sollten die Frauen nicht das Recht haben, einen Mann sympathisch zu finden? Und ist es denn wirklich so schlimm, wenn sie es auch zeigen? Wenn wir es auch nicht aussprechen, so denken wir es doch, und es gibt nichts Gefährlicheres, als unterdrückte und verheimlichte Empfindungen.

Pacheco machte mir, offen gestanden, in seinem hellgrauen Anzug einen wirklich eleganten Eindruck, und war mir als Kurmacher ganz willkommen; aber ich gebe zu wenig auf äußere Dinge, um mich mit diesem Gedanken länger als zwei Sekunden zu beschäftigen. Der beste Beweis dafür ist, dass ich mit zwanzig Jahren meinen fünfzigjährigen nichts weniger als stattlichen Onkel geheiratet habe.

Ich plauderte lustig mit Pacheco, und so waren wir, ohne es zu bemerken, bis zur Kirche gelangt und setzten hier, um den lästigen Sonnenstrahlen zu entgehen, im Schatten der Platanen unser Gespräch fort.

»So früh schon?«

»Früh, wenn ich um zehn Uhr zur Messe gehe? Aber Sie selbst sind doch auch so früh auf?«

»Mich trieb eine Ahnung! Heute Nachmittag finden die Stierkämpfe statt; möchten Sie sich die nicht ansehen?«

»Nein, die Herzogin von Sahagun geht heute nicht, und deshalb möchte ich auch nicht gehen.«

»Und die Rennen?« fragte er.

»Auch nicht! Die langweilen mich. Dieser Aufzug geputzter Affen! Das Einzige, was mich amüsiert, ist die Auffahrt.«

»Und weshalb gehen Sie nicht nach San Isidro?«

»San Isidro? Nach allem, was wir gestern darüber gehört haben?«

»Ach was, legen Sie doch nicht so viel Gewicht auf das, was dieser Herr sagt.«

»Wollen Sie mir glauben, dass ich in all den Jahren, die ich in Madrid lebe, diese Wallfahrt noch niemals gesehen habe?«

»Noch niemals? Aber dann ist es die höchste Zeit, dass Sie sie endlich einmal sehen. Sie werden sich sehr amüsieren. Sie wissen doch: Die Herzogin behauptet sogar, es sei der Mühe wert, deshalb eine Reise zu machen. Ich habe die Wallfahrt auch noch nie gesehen. Aber ich bin ja auch ein Fremder hier.«

»Und die Zügellosigkeit, und die Trinkgelage und all die anderen schönen Dinge, von denen Don Gabriel sprach? Sollte er übertrieben haben?«

»Ich weiß es nicht. Das ist ja auch gleichgültig.«

»*Sie* finden das gleichgültig, – aber ich nicht. Und denken Sie nur, wenn mir dort irgendetwas Unangenehmes passierte.«

»So bin *ich* doch da.«

»Sie?« – und ich brach in ein lautes Gelächter aus.

»Ja, ich. Sie brauchen darüber nicht zu lachen, denn ich bin ein sehr guter Kavalier.«

Ich lachte vergnügt, nicht nur, weil Pacheco mich begleiten wollte, sondern auch über seinen komischen andalusischen Akzent.

Pacheco ließ mich erst ruhig lachen, und fragte dann nochmals sehr gelassen, ob ich nicht mit ihm zum Jahrmarkt fahren wolle; wir könnten um halb eins schon wieder in Madrid zurück sein. – Wenn ich in dem Augenblick Wachs in den Ohren gehabt hätte, so wäre mir manches erspart geblieben! Sein Vorschlag fing plötzlich an, mir zu gefallen, und mir fielen die Worte der Herzogin ein: »Man muss dies originelle Fest gesehen haben.« Und warum sollte ich meine Neugierde nicht befriedigen? Die Messe konnte ich ebenso gut in der Eremitage del Santo wie in Pascuales hören, und in Pachecos Begleitung würde mir ja nichts passieren! Sollte mich wirklich ein Bekannter dort sehen, so mussten ihm doch die frühe Stunde und der belebte Ort unser Zusammensein in durchaus harmlosem Lichte erscheinen lassen. Außerdem war es sehr unwahrscheinlich, dass auch nur der Schatten eines anständigen Menschen um zehn Uhr früh dort sein würde – noch dazu am Tage der Rennen und der Stierkämpfe! Klatschereien waren also nicht zu befürchten. Und das Wetter war so verlockend! Schließlich, wenn Pacheco durchaus will, so werde ich ...

Er bat, ohne zudringlich zu sein, und lächelnd willigte ich ein. Es lebe der Leichtsinn! Kaum hatte ich ja gesagt, als wir auch schon über die Art der Beförderung berieten. Pacheco schlug die sehr volkstümliche Pferdebahn vor, während ich mehr für meinen eigenen Wagen stimmte. Die Remise lag in nächster Nähe, in der Straße Delle Gracie. Pacheco verabschiedete sich und versprach, mich in meiner Wohnung abzuholen, wo ich noch allerhand zu tun hatte, was ich ihm nicht näher erklären wollte: – Das Gebetbuch zurücklassen, das Spitzentuch mit dem Hut vertauschen, die Haare brennen, etwas Puder auflegen, die Stiefel wechseln, ein seidnes Tuch umnehmen und ein Sachet mit Iris – das ist das einzige Parfüm, das mir keine Kopfschmerzen verursacht – in die Tasche stecken. Denn im Großen und Ganzen war Pacheco für mich ein vollendeter Kavalier; und da wir mehrere Stunden zusammen sein würden und ich ihn für einen aufmerksamen Beobachter hielt, wollte ich es um jeden Preis vermeiden, dass er an meiner

Toilette irgendetwas auszusetzen fände. Ich glaube, es wäre jeder anderen Frau in diesem Falle ebenso ergangen.

Atemlos kam ich zu Hause an, warf die Mantille ab, lief in mein Ankleidezimmer und rief laut nach Diabla. – »Diabla, bring mir rasch den schwarzen Strohhut mit dem schottischen Band ... den karierten Sonnenschirm ... und die Lackschuhe, schnell, schnell! ...«

Ich bemerkte sehr wohl, dass Diabla vor Neugierde fast verging.

»Die wird ihre Neugierde wohl ein wenig zügeln müssen,« dachte ich bei mir und antwortete auf die Frage: »Die gnädige Frau frühstücken doch zu Hause?« absichtlich, um sie auf eine falsche Fährte zu lenken:

»Ich weiß noch nicht. Auf jeden Fall halte das Frühstück zwischen halb eins und ein Uhr bereit, und wenn ich um ein Uhr noch nicht da bin, so frühstücke du nur. Aber hebe mir ein Kotelett, eine Tasse Bouillon, Tee, Milch und Toast auf.«

Während ich das Haar unter dem Schleier ordnete, fiel mein Blick auf eine kostbare, mit Heliotrop, Gardenien und Nelken gefüllte Vase, die auf dem Kamin stand.

»Wer hat die gebracht?«

»Herr Oberst Pardo ...«

»Warum hast du mir das nicht gleich gesagt?«

»Gnädige Frau waren so eilig, es blieb mir gar keine Zeit.«

Es war nicht das erste Mal, dass ich von ihm Blumen bekam. Ich nahm eine Gardenie und eine rote Nelke, befestigte sie an meiner Brust, band den Schleier um und streckte den Kopf zum Fenster hinaus, um zu sehen, ob der Wagen vielleicht schon da sei. Es war fast unmöglich, denn erst vor zehn Minuten hatten wir uns getrennt. Ich trat alsdann in den Flur, ganz langsam, damit Diabla nicht Argwohn schöpfe, und beschleunigte den Schritt erst, als ich durch die Glastür des Portals den Landauer entdeckte und Pacheco herausspringen sah. »Heute war der Kutscher aber flink,« sagte ich.

»Jawohl, meine Verehrteste, der Kutscher und Ihr ergebener Diener,« erwiderte er, galant die Tür öffnend. Er selbst hatte das Geschirr angelegt und den Wagen herausgeschoben! –

Ich stieg ein und setzte mich an die rechte Seite, während Pacheco, um mich nicht zu belästigen, den linken Schlag öffnete. Wir sahen uns eine Wiele unschlüssig an, worauf mich mein Begleiter devot fragte:

»Soll ich ihm sagen, dass er über den Feldweg fährt?«

»Ja, ja, sagen Sie es ihm.«

Er streckte den Kopf heraus und rief: »Nach Santo!« Der Wagen setzte sich in Bewegung, und Pacheco bemerkte maliziös:

»Sie haben sich nicht schlecht gegen Sonne und Hitze geschützt ...« Ich lächelte ein wenig befangen, ohne zu antworten. Die seltsame Situation hatte mich eingeschüchtert, ihn aber keineswegs.

»Was für herrliche Blumen haben Sie da! ... Ist keine für mich übrig? Vielleicht ein kleiner Stiel oder ein Blättchen?«

»Vielleicht,« murmelte ich, »wenn Sie nicht so betteln. ... Da, nehmen Sie, damit Sie mich in Ruhe lassen.«

Ich nahm die Gardenie und gab sie ihm, und er dankte mir in den überschwänglichsten Ausdrücken.

»Ach, das ist zu viel! Tausend Dank! ... Eine Gardenie! Und aus so schöner Hand! Wollen Sie sie mir nicht ins Knopfloch stecken? Ich möchte wissen, ob Sie das mit Ihren kleinen Fingern fertigbringen.«

»Nur damit Sie mich nicht länger quälen! Drehen Sie sich ein wenig um!« Ich steckte ihm den Stiel der Blume ins Knopfloch und befestigte mit einer Stecknadel die Gardenie, deren starker Duft, vermischt mit einem anderen Parfüm, das anscheinend seinem Haar entströmte, mich fast betäubte. Ich fühlte, wie mir das Blut in die Wangen stieg, und als ich den Kopf erhob, traf mein Blick den des Südländers, der mich, anstatt sich zu bedanken, fragend und zärtlich anschaute. In jenem Augenblick bereute ich zum ersten Mal meinen Entschluss, mit ihm gefahren zu sein. ...

Er reckte den Hals und sah durch das Fenster. Eine Menschenmenge umwogte unseren Wagen und hinderte ihn sogar zeitweise am Weiterfahren. Neugierige Blicke drangen durch die Scheiben. Pacheco streckte den Kopf heraus und rief den Leuten etwas zu; was, das weiß ich nicht.

»Sie halten uns für ein junges Ehepaar,« sagte er, sich zu mir wendend, und fügte dann leise murmelnd hinzu: »Erröten Sie nicht, das macht Sie nur noch schöner.«

Ich tat, als hörte ich ihn nicht, und die Unterhaltung gewaltsam in andere Bahnen lenkend, machte ich ihn auf den malerischen Anblick der Straße von Toledo mit ihren tausend Schenken und fliegenden Zelten aufmerksam. Ihn aber schien das wenig zu reizen, und anstatt sich die interessanteste Straße Madrids anzusehen, hielt er den Blick unverwandt auf mich gerichtet, wie jemand, der die Züge eines anderen studiert, um dessen Gedanken zu erraten. Auch ich beobachtete Pacheco verstohlen, und die Rassenmischung, die ich in ihm zu entdecken glaubte, frappierte mich. Der goldblonde Bart und die blauen Augen kontrastierten seltsam mit dem dunkleren Haupthaar und dem sonnverbrannten Teint. »War Ihre Mutter Engländerin?« fragte ich ihn endlich. »Ich habe gehört, dass an der Küste des Mittelländischen Meeres vielfach Ehen zwischen Spaniern und Engländerinnen geschlossen werden.«

»Gewiss, das kommt sehr häufig vor, aber ich bin ein Vollblutspanier.«

Ich blickte ihn noch einmal aufmerksam an, und da wurde es mir klar, wie einfältig meine Frage gewesen. Wie oft hatte man im Salon der Herzogin von Sahagun das Thema erörtert, dass die Vorstellung, Spanier könnten nicht blond sein, durchaus unzutreffend sei! Aber schließlich, was geht mich das Äußere dieses Menschen an?

Wie schön und malerisch lag die Brücke von Toledo vor uns! Menschen, wohin das Auge blickte; über die Wiesen und an den Ufern des Manzanares entlang wälzten sich ganze Scharen, und es spielten sich unzählige jener lustigen Straßenszenen ab, wie man sie so häufig auf Bildern sieht. Unser Wagen machte kehrt, um die Richtung nach den Wiesen einzuschlagen, als ich an der Biegung des Weges ein kleines Zelt entdeckte, in dessen Auslage Flaschen in allen Größen und Formen feilgeboten wurden. Pacheco schlug mir vor, eine der niedlichen Flaschen zu kaufen und sie mit Valdepeñas füllen zu lassen, um in den Ton der Festlichkeiten einzustimmen, ein Vorschlag, den ich entrüstet zurückwies.

Ich weiß nicht, wer zuerst behauptet hat, die Ufer des Manzanares seien öde und hässlich, weiß auch nicht, warum diesem armen Fluss immer die furchtbarsten Geschichten zur Last gelegt werden. Ich finde ihn sehr wasserreich und sehr schön, mit seinen schattigen Ufern und seinen kleinen lustigen Waschhäusern, zu denen man über schmale, schwankende Holzbrücken gelangt. Vielleicht ließ mich die Freude über den hübschen Ausflug alles in so rosigem Lichte sehen; dazu kam noch, dass mein Kleid aus grauem Zephyr mit den roten Ankern, das für eine solche Gelegenheit wie geschaffen war, und mein schwarzer Strohhut mir sehr gut standen, was ich bei einem flüchtigen Blick in die Scheibe des Wagenfensters konstatierte. Die Hitze war nicht allzu drückend, mein Begleiter gefiel mir, und die Angst vor unangenehmen Klatschereien erwies sich als grundlos, da ich nicht *ein* bekanntes Gesicht entdecken konnte. Nichts hätte mir die Stimmung mehr verderben können, als wenn ich irgendeinen der Gäste aus dem Salon der Herzogin von Sahagan getroffen hätte, denn die meisten Menschen sind boshaft und verdrehen die einfachsten Dinge so, dass eine unbedachte Stunde auch die ehrbarste Frau um ihren guten Ruf bringen kann. Ein Blick auf die Wiese musste mich vollends beruhigen: Volk hier, Volk dort, Volk allerorten, und wenn ein Mensch statt einer Jacke oder einer Bluse einen englischen Anzug trug, so war es irgendein Diener, Schreiber, Kommis, Student oder unbeschäftigter Lakai, der sich einen lustigen Tag machen wollte. Daher entschlossen wir uns, als das Gedränge gar zu groß wurde, auszusteigen und uns unter das Volk zu mischen. Wir kamen uns vor wie Fürsten, die, von Neugierde getrieben, auch einmal ein Volksfest aus nächster Nähe sehen wollen.

Das Neue des Schauspiels reizte mich. Die Kirmes hatte mit der bei uns zu Lande, die an frischen, von Kastanien, und Nussbäumen beschatteten Orten in der Nähe eines Bächleins oder Flüsschens abgehalten wird, nichts gemein. Die Gegend von Santo ist trocken, staubig und von einer Menschenmenge überschwemmt, in der kein einziger Bauer zu entdecken ist, nur Soldaten, Dirnen und Arbeiter: eine furchtbare Gesellschaft. Statt üppiger Vegetation Tausende von Buden, in denen allerhand Kleinigkeiten zum Verkauf angeboten werden, Dinge, die man nur am Tage von San Isidro zu sehen bekommt: mit Staniolblättern und -blüten geschmückte Pfeifen, geschnitzte, in Zinnober und Anilinfarben gemalte Heiligenbilder, Medaillen und Skapuliere. Alles gleich geschmacklos. Porzellane und Tonwaren, groteske Nachbildungen von Stieren, Stierkämpfern und Picadoren, Laienbrüder, die die Köpfe von Martos, Sagasta und Castelar tragen, Minister für zwei Reales, und neben dem Bildnis des Schutzheiligen San Isidro ein paar Figuren, die ... um Gottes willen ... wir tun, als hätten wir sie nicht gesehen ...

Die schreienden Farben allein würden auch ohne den entsetzlichen Staub, den man zu schlucken bekommt, genügen, um einen seekrank zu machen. Meine Augen fangen an zu schmerzen, die aufgehäuften Orangen leuchten wie Feuer, die Datteln wie dunkle Granaten, die gelben Erbsen und Pistazien wie Goldklumpen. Bei den Blumenhändlern gelbe, leuchtend rote und rosafarbene Nelken, deren starker Duft den Fettgeruch von frischgebackenen Pfannkuchen, der einen unangenehmen Kitzel im Halse verursacht, nicht zu verdrängen vermag. Keine Farbe, die nicht vertreten ist, die Uniform der Soldaten, die bunten Mantillen der Mädchen, der blaue Himmel, der weiße Sand und die blau und gelb gestreiften Schaukeln ... Und dann die Musik, der Lärm der Guitarren, das unerträgliche Geklimper der mechanischen Klaviere, der Leierkasten und Harmoniken – und dazwischen immer wieder der Ruf:

»Viva España!«

Aber man glaube ja nicht, dass ich bei alledem die Messe ganz und gar vergessen hätte. Wir versuchten die Menge zu durchdringen und in die Eremitage zu gelangen, die nur wenig Fromme zu gleicher Zeit beherbergen kann. Und es warteten schon so viele dicht zusammengedrängt, und sie waren so dick und sie rochen so schlecht, dass man mich, hätte ich versucht, bis ins Innere zu gelangen, gewiss ohnmächtig oder halb tot hätte heraustragen müssen. Pacheco versuchte mir mit seinen Ellenbogen und Fäusten einen Weg zu bahnen, aber das hatte nur den einen Erfolg, dass wir noch mehr gedrängt wurden und hässliche Flüche und Schimpfworte zu hören bekamen.

»Zurück, zurück! Ich verzichte auf die Messe, es geht nicht.«

Nachdem wir wieder in die frische Luft gelangt waren, seufzte ich tief auf: »Ach du lieber Gott! Heute ohne Messe!«

»Das tut nichts,« entgegnete mein Begleiter beruhigend, »das werden wir schon wieder gut machen.«

»Ja, Pater Urdax wird's gut machen, wenn er mich wieder sieht,« dachte ich im Stillen, mir die Schulter reibend, gegen die ich soeben von irgendeinem Bummler einen heftigen Stoß bekommen hatte.

IV.

Don Diego, der im Wagen ernst und schweigsam war, wurde, sobald wir ausstiegen, gesprächig und unterhaltend, und machte seinem Ruf eines amüsanten Gesellschafters alle Ehre. Ich nahm seinen Arm, um nicht durch die Flut der Menschen von ihm getrennt zu werden, und er ließ keine Gelegenheit vorübergehen, um seine lustigen Scherze zu machen, die oft nur durch die Art, wie er sie hervorzubringen verstand, komisch wirkten; sein spöttischer Ton, das Lispeln und seine rasche Sprachweise machten den größten Teil der Wirkung aus.

Da außer uns kein anständiger Mensch zu sehen war, ließ sich Pacheco mit dem gewöhnlichen Volk ein, und so sahen wir uns bald von einer ganzen Schar von Bettlern, zerlumpten Kindern, Zigeunern, Pfannkuchenbäckern und Verkäufern umringt. Mein Begleiter hätte am liebsten alles gekauft, von den Heiligenbildern bis zu den kleinsten Valdapeñasflaschen, aber ich widersetzte mich.

»Wenn Sie nun nicht aufhören zu kaufen, werde ich ärgerlich.«

»Schert euch fort, ihr Tölpel, ich kaufe nichts mehr. Hört ihr nicht? Ich kaufe nichts mehr, und wenn ihr mich nicht in Ruhe lasst, könnt ihr statt Geld Schläge bekommen. Verstanden? Macht, dass ihr fortkommt, oder ich rufe den Schutzmann.«

Jetzt, bei ruhiger Überlegung, fiel es mir erst ein, wie seltsam und unpassend es doch eigentlich sei, dass Don Diego und ich, obgleich wir erst dreiviertel Stunden zusammen waren, uns so vertraulich und ungezwungen unterhielten. Möglich, dass mein Landsmann recht hatte, möglich, dass die Sonne, der Lärm und die volkstümliche Umgebung wie ein starker Wein auf Körper und Geist wirkten, und schon vom ersten Augenblick an die Schranken niederrissen, die wir Frauen sonst als Schutz gegen Dreistigkeiten aufzurichten pflegen.

Mich beschlich wieder das unangenehme Gefühl der Seekrankheit, das ich vom ersten Moment an empfunden hatte.

»Ach, nur Kühle und Schatten, und sei es im Gefängnis; mir ist ganz seltsam zumute – ich bin so schwindlig ...« stöhnte ich.

»Wie, sie fühlen sich nicht wohl?« fragte Pacheco besorgt mit lebhaftem Interesse.

»Was man so nicht wohl nennt; es ist eigentlich mehr Ermüdung; ich sehe alles wie durch einen Schleier.«

Pacheco fing an zu lachen und sagte:

»Was Ihnen fehlt, glaube ich zu wissen: Sie sind einfach hungrig, ebenso wie ich; mir knurrt schon der Magen vor Hunger. Es muss Frühstückszeit sein.«

»Möglich, dass Sie recht haben. Wir haben Santo gesehen und wollen nun zum Frühstück nach Madrid zurückkehren. Wenn sie mich begleiten wollen, so kommen Sie mit.«

»Nein, meine Gnädige ... Sie sehen, hier ringsum ist nichts als Volk; wir könnten hier ruhig in irgendein Restaurant gehen. Die gibt's hier ...« und bei diesen letzten Worten küsste er sich, wie in Verzückung, die Fingerspitzen.

Dieser Vorschlag brachte mich in Verlegenheit, und das Unpassende, das darin lag, kam mir mit einem Schlage zum Bewusstsein, wenn er mir auch andererseits, wie alles Unbekannte und Verbotene, reizvoll und verlockend erschien. Sollte Pacheco imstande sein, mich im Stich zu lassen, wenn ich mich nicht seinem Willen fügte? Nein, gewiss nicht. Und das Endresultat meiner Überlegungen war, dass ich selbst in diesem Falle nicht nachgeben würde, denn was würde Pardo von diesem Abenteuer denken, wenn er es erführe? Und was das Verheimlichen anbetrifft ...

Während ich im Stillen das alles in Erwägung zog, lehnte ich das Anerbieten entschieden ab. Nein, nein, sofort nach Madrid zurück!

Pacheco verzichtete nicht so leicht, und anstatt sich zu fügen, zog er meine Weigerung ins Lächerliche. Mit schmeichelnder Stimme und mehr lispelnd denn je, versuchte er mir klar zu machen, dass er unbedingt den Hungertod sterben würde, wenn er nicht innerhalb zwanzig Minuten sein Frühstück bekäme.

»Soll ich mich vor Ihnen auf die Knie werfen? ... Ein Ja aus diesem Mündchen! Fort mit den Skrupeln! Glauben sie denn etwa, ich werde morgen hingehen und es der Herzogin von Sahagun erzählen? Bitte, bitte, frühstücken sie mit mir!«

Unwillkürlich musste ich über ihn lachen und war dumm genug, zu bemerken:

»Und der Wagen, der dort unten wartet?«

»Das tut nichts. ... Ich werde dem Kutscher sagen, dass er sich nach einem Stall umsieht, und wenn er keinen findet, so soll er nach Madrid zurückkehren, warten Sie hier; ich werde jemanden suchen, der Sie inzwischen beschützt. Denn allein lasse ich Sie keinesfalls, das geht nicht.«

Diese Worte hörte ein Wächter, der hier seines Amtes waltete; er trat zu uns heran und sagte in unterwürfigem Tone:

»Ich werde es ihm sagen, wenn es den Herrschaften recht ist. Wo steht der Wagen und wie heißt der Kutscher, meine Herrschaften?«

»Wenn das kein Landsmann von mir ist, dann ... Aus welchem Teil von Galizien stammen Sie?« fragte ich den Mann.

»Drei Meilen von Lujo, an der Grenze von Saria, Ew. Gnaden,« erwiderte er, und seine Augen glänzten vor Freude, eine Landsmännin zu treffen. – »Sollte der mich vielleicht durch Diabla kennen?« dachte ich besorgt. Aber meine Furcht war unbegründet, denn er schwieg.

Um ihn los zu werden, erklärte ich ihm alles ganz genau:

»Sehen Sie dort den Landauer mit den hochroten Rädern und den jungen Kutscher mit dem Backenbart und der grünen Livree? Sehen Sie da unten? Er ist der Achte in der Reihe.«

»Ja, ich sehe ...«

»Dann gehen Sie hin,« befahl Pacheco, »und sagen Sie ihm, dass er nach Madrid zurückkehren, abends wiederkommen und sich an demselben Platz aufstellen soll, verstanden, Freundchen?«

Ich bemerkte, wie mein Begleiter ihm die Hand hinstreckte und sie kräftig schüttelte. Der freudige Blick des Wächters und die Worte: »Immer zu Ihren Diensten,« ließen mich erraten, dass er ein gutes Trinkgeld bekommen hatte.

Nachdem der Bursche gegangen, stützte ich mich fester auf Don Diegos Arm, der diesen Druck kräftig erwiderte. »Wir wollen etwas weiter gehen, um den Hügel hinunterzukommen.«

Die Sonne stand hoch am Himmel und sandte ihre glühenden Strahlen auf die schattenlose Ebene. Kein Lüftchen regte sich; dicker Staub erfüllte die Atmosphäre. Ich sah mich um und hoffte, das versprochene Restaurant zu entdecken, das doch wenigstens Schutz gegen die afrikanische Hitze bieten würde; aber ringsum, weder vor noch hinter uns, war auch nicht der Schatten eines Hauses zu entdecken. Nur die Lehmmauern des Kirchhofs, in dessen Schutz die Toten, fern von allem Getriebe, von allem Getöse der Welt ruhten. Ich drohte Pacheco mit dem Sonnenschirm.

»Und das versprochene Restaurant? Wie lange wird es noch dauern, bis wir es gefunden haben?«

»Restaurant?« fragte Pacheco erstaunt, als wenn ihn diese Frage höchlichst überraschte. »Restaurant? ... Ich will verdammt sein, wenn ich weiß, wo es liegt.«

»Aber Sie sind gut! Bei Ihnen kann man sich wirklich bedanken! Haben Sie nicht erklärt, dass es hier die wunderbarsten Restaurants gäbe? Und dann führen Sie mich, als wäre das das Natürlichste von der Welt, ganz einfach in diese wüste Gegend, wo man vor Hitze fast umkommt. So erkundigen Sie sich doch wenigstens, fragen Sie den ersten Besten, der vorbei kommt.«

»He, Freundchen!«

Ein Mann mit glattem Haar, schwülstigen Lippen, hoher Ballonmütze und lasterhaften, blassen Zügen drehte sich um.

»Gibt's hier in der Nähe vielleicht ein Restaurant?« fragte Pacheco, ihn scharf anblickend.

»Restaurants, nein, die gibt's nicht, Sehen Sie sich nur um, Kneipen die Menge. Aber Restaurants, was 'n Restaurant ist, wo man gut isst, das finden Sie hier nicht. Das heißt, das ist so meine Ansicht, Sie werden ja sehen.«

»Also gibt es hier nur Kneipen?« fragte Pacheco halblaut und verdrießlich. Sobald ich sah, dass er sich ärgerte, zeigte ich mich zufrieden und gut gelaunt, jenem Hang zum Widerspruch folgend, zu dem wir Frauen in solchen Situationen stets neigen. Eigentlich war mir's auch ganz recht in einer gewöhnlichen Kneipe zu essen. Das war viel origineller, viel neuer und außerdem auch weniger intim.

V.

Nachdem wir, um Umschau zu halten, auf den Hügel geklettert waren, wählten wir die sauberste und bestaussehende Schenke, die nicht, wie die meisten anderen, eine extravagante Aufschrift trug, wie etwa »Erfrischungen, wie der Heilige sie zu sich genommen,« »Ein Meer von Getränken und Speisen,« »Die schönsten Kaldaunen und Schnecken.«

Am Eingang (eine Tür war nicht vorhanden) stand ein junges Mädchen von liebenswürdigem Äußeren, mit einem Nickelpfeil in dem aufgesteckten Haar; sonst keine lebende Seele in dem Raum, dessen sechs leere Tische weiß gescheuert waren und sehr sauber aussahen. Der Gasthof mit seinen Lehmwänden und seinem über Pfähle gelegten Strohdach glich einem dreiteiligen Zelt, dessen größter Raum als Speisezimmer für die Gäste und die zwei kleineren als Küche und Abwaschraum dienten. Aber es war wohl besser, in diese Geheimnisse nicht weiter einzudringen, wenn man sich nicht den Appetit zum Frühstück verderben wollte. Lehmiger Grund bildete den Fußboden, und die gebrechliche, schmutzige Alte, die mit der Reinigung der Räume betraut war, hatte es wirklich bequem: Sie brauchte sich nur zu bücken, um sich das geeignete Material zum Scheuern der Tische zu verschaffen. Wir wählten einen Tisch im Hintergrund und setzten uns auf eine Holzbank, die Mauer als Lehne benutzend. Das Mädchen mit den angeklebten Stirnhaaren, aus denen langsam eine Flüssigkeit herunterträufelte, kam auf uns zu, um zu fragen, was wir wünschten. Dabei blickte sie mich mit einem schlauen Lächeln an; das Gesicht des Mädchens verriet deutlich den Gedanken: »Das sind 'n paar Schöne, was mag die beiden nach Santo geführt haben? Die hätten auch lieber in ihrem Nest bleiben sollen, denn fehlen kann's ihnen doch daran gewiss nicht.« Ich nahm eine sehr würdevolle Haltung an und sprach mit Pacheco, wie mit einem guten Freund. Eine Vorsicht, die, weit davon entfernt, das Mädchen auf falsche Wege zu lenken, es nur veranlasste, die Augen noch weiter aufzusperren. Dann sagte sie zu uns: »Womit kann ich dienen?«

»Was können Sie uns geben?« fragte Pacheco. »Sagen Sie, was Sie haben, dann wird die gnädige Frau ihre Wahl treffen.« »Was Sie wollen, ich habe alles; wünschen Sie ein komplettes Frühstück?«

»Ja wohl, haben Sie Eierkuchen oder Rührei? Geben Sie uns Rührei und etwas Schinken.«

»Und Kalbskotelettes oder Fisch?«

»Nein, aber etwas Salat.«

»Und haben Sie Sardinen oder Austern?«

»Nein, die können wir hier nicht halten. So feine Sachen werden hier nicht verlangt. Hier werden meist nur Kaldaunen, Schnecken und Kotelettes gegessen.«

»Also bringen Sie uns Rührei, Schinken, Kotelettes und Salat. Und etwas guten Wein, Manzanilla, mit zwei Gläsern. Aber schnell, denn wir sind sehr durstig.«

Ich war sehr guter Laune; all dies Ungewohnte, wie mein Landsmann und Philosoph sagen würde, erhöhte meinen Appetit, und außerdem war ich ganz glücklich darüber, endlich Schutz gegen die brennende Sonne gefunden zu haben; allerdings war es noch immer nicht viel besser, als wenn man in der glühendsten Mittagszeit unter einem Sonnenschirm auf freiem Feld spazieren geht. Denn wenn uns die Sonne auch nicht gerade auf die Schädel brannte, so drang sie doch durch das schlecht schließende Strohdach, die rissigen Lehmwände und den offenen Eingang, der nicht nur Hitze und Sonne, sondern auch den betäubenden Lärm der Menschenmenge einließ: Schreien, Zänkerei, Gesang, Mandolinen-, Zither- und Gitarrenspiel, und, das alles übertönend, die Nationalhymne auf den harten, mechanischen Klavieren.

In demselben Augenblick, da das Mädchen eine Flasche vom besten Manzanilla, zwei grobe Weingläser, Schinken und zwei Schüsseln mit Wurst brachte, drängte sich eine unordentlich und phantastisch gekleidete Frau herein; ihre Augen glühten wie Kohlen, sie trug einen gestärkten Kattunrock und ein krepppartiges, verschossenes, altes Tuch, das kreuzweise über der Brust befestigt war, und unter dem sie ein Kind versteckte; das Weib stellte sich vor mich hin, stemmte die linke Hand in die Hüfte und gestikulierte lebhaft mit der rechten. Wie sie das Kind festhielt, weiß ich nicht.

»Im Namen Gottes, des Vaters, des Sohnes und des Heiligen Geistes! Denn wo der Name Gottes genannt wird, da gibt's nichts Böses! Ich möchte Ihnen nur gern ein Wörtchen sagen, das Sie schon längst hätten hören sollen.«

»Platz da für die Frau!« rief ich vergnügt. »Die Zigeunerin soll uns wahrsagen!«

»Soll ich sie fortschicken? Ist sie Ihnen lästig?« fragte die Kellnerin besorgt.

»Im Gegenteil. Es macht mir Spaß. Ich muss mal hören, was die uns für Lügen aufbindet. He da! Kommt mal her und prophezeit mir mein Schicksal! Ich bin sehr gespannt, was Ihr mir sagen werdet!«

»Dann geben Sie mir Ihre rechte Hand und mit der linken eine Silbermünze, damit ich das Kreuz darüber schlagen kann.«

Pacheco gab ihr eine Peseta, und nachdem er die Flasche entkorkt und ein drittes Glas mit Manzanilla gefüllt hatte, reichte er es der Zigeunerin. Dabei entstand ein Kreuzfeuer von Witzen und launigen Redensarten, die alsbald erkennen ließen, dass die beiden Kinder desselben Landes waren. Endlich trank die Zigeunerin ihr Glas aus, und ich tat desgleichen, da mir bei meinem heftigen Durst der Wein köstlich mundete. Vom »besten« Manzanilla! Alles heißt hier »vom besten«; berechtigt war diese Bezeichnung nicht, denn es schmeckte nach Gras und Alaun; aber da es doch eine Flüssigkeit war und ich furchtbaren Durst hatte, leerte ich rasch mein Glas und hatte auch nichts dagegen, dass mir Pacheco ein zweites eingoss, was ich aber teuer bezahlen musste, denn nun war mir, als flösse glühende Lava durch meine Adern, und als sprühten Funken aus meinem Gesicht. Lächelnd schaute ich Pacheco an und wandte mich verwirrt ab, als ich seinem allzu tiefen Blick begegnete.

»Was für schöne, blaue Augen hat er doch!« dachte ich bei mir. Pacheco hatte den Hut abgenommen und wischte sich von Zeit zu Zeit mit einem feinen Taschentuch über die feuchte Stirn, wobei er sein schwarzes, seidenweiches Haar in immer größere Unordnung brachte. Wenn er lachte, zeigte er zwei Reihen wunderbarer Zähne, die sein verbrannter Teint noch weißer erscheinen ließ.

»Ihre Hand, schöne Frau!« rief die Zigeunerin, mir die ihre hinstreckend. Pacheco betrachtete lange die beiden nebeneinanderliegenden Hände.

»Welch ein Kontrast!« murmelte er halblaut vor sich hin. Und in der Tat darf ich, ohne eitel zu sein, wohl behaupten, dass die Hand der Zigeunerin neben der meinigen wie ein Stück trockenes Rauchfleisch aussah. Der Tombakring, in dem ein großer unechter Smaragd glänzte, ließ die kupferbraune Haut der Tatze, mit der meine zarte, wohlgepflegte, mit kostbaren Ringen geschmückte Rechte seltsam kontrastierte, nur noch dunkler erscheinen. Die Zigeunerin fing mit lebhaften Gebärden ihre Besprechungen und Formeln an und murmelte allerhand unverständliches, dummes Zeug, das, wie die meisten Orakelsprüche, doppelsinnig und daher allen Umständen anzupassen war.

»Etwas lese ich in dieser Hand. Das wird sehr bald eintreffen. Es weiß keiner 'was davon, bloß Sie. Eine Reise steht Ihnen bevor. Sie werden einen Brief bekommen und sich sehr freuen über das, was drin steht. Es gibt einen Menschen, der ist in Sie verliebt und will sie durchaus heiraten. Eine Person ist Ihnen nahe« (bei diesen Worten schaute die Hexe Pacheco mit ihren funkelnden Augen scharf an), »die Sie sehr liebt, und die Sie zu einem Gastmahl einladet. Sie sind liebenswürdig von Natur, aber wenn man Sie reizt, können Sie wütend werden wie eine Löwin, die ihre Jungen verteidigt. In Ihrem Herzen wohnt eine Zärtlichkeit, eine Liebe, von der niemand etwas ahnt, denn Sie sind verschwiegen wie das Grab ... Und dann will ich Ihnen noch etwas sagen, was Sie selbst noch gar nicht wissen, trotzdem Sie es in Ihrem eigenen Herzen bewahren ... Ein Glück wird für Sie vom Himmel fallen, und Ihnen Ihren Weg anzeigen; aber jetzt sind Sie noch wie die Vögel, die nicht wissen, auf welchen Baum sie sich setzen sollen.«

Hätten wir sie nicht unterbrochen, dann würde sie uns noch unzählige Dummheiten erzählt haben. Ihr Geschwätz amüsierte mich sehr, denn obgleich derartige Prophezeiungen stets weitschweifig und konfus sind, so enthalten sie oft doch auch etwas, das mit unseren geheimsten Gedanken, Wünschen und Plänen in Verbindung steht. Pacheco blickte mich aufmerksam an, um zu erfahren, ob ich von den Reden der Zigeunerin noch nicht genug hätte, und verabschiedete sie alsdann. Das Mädchen mit dem Pfeil im Haar brachte uns das bestellte Essen, das wir, nachdem die Alte sich unter tiefen Bücklingen entfernt hatte, mit großem Appetit zu verzehren begannen. Während Pacheco eine Flasche alten Jerezwein entkorkte, erschien am Eingang eine andere Gestalt, die sich mit dem bewussten Stoßgebet hereindrängte:

»Im Namen Gottes, des Vaters, des Sohnes und des Heiligen Geistes, denn wo der Name Gottes genannt wird ...«

»Da haben wir was Schönes angerichtet!« rief Pacheco aus, »schon wieder eine!«

»Kein Wunder!« brummte die Kellnerin mit verächtlicher Miene, »Sie haben der anderen Geld und Wein gegeben, und das hat sich natürlich gleich herumgesprochen. Sie werden mal sehen, was Ihnen hier noch alles zulaufen wird ...« Pacheco reichte der Eintretenden ein paar Münzen und ein Glas Wein.

»Trinkt das auf unser Wohl, und dann macht, dass Ihr fortkommt.«

»Und soll ich Ihnen nicht wahrsagen und meine Weltweisheit über Sie ausschütten?«

»Nein, nein!« rief ich aus, und sagte leise zu Pacheco: »Sie sagt uns doch nur dasselbe, und mit einem Mal ist's wirklich genug.«

»Trinkt aus und geht,« befahl Pacheco.

Die Zigeunerin, die wohl einsah, dass hier nichts mehr zu holen war, goss den Wein herunter, wischte sich mit dem Handrücken über den Mund und ging davon, im Mantel das Kind versteckend, das bei diesen Weibern so unvermeidlich ist, wie der Wurm im Käse. »Hat denn jede hier ein Kind?« fragte ich die Kellnerin.

»Ja, jede,« erklärte die im Ton einer erfahrenen Person. »Gemeine Betrügerinnen sind sie. Wenn sie keins haben, borgen sie sich's von anderen, und Gott weiß, wie schlecht sie's dann behandeln; die Kirmes ist von solchem Gesindel überschwemmt.«

»Bleibt Ihr auch nachts hier draußen?« fragte ich, um sie auf ein anderes Thema zu bringen. »Und fürchtet Ihr denn nicht, dass man Euch den Tagesverdienst und die Speisen stiehlt?«

»Nein, denn wir schlafen stets mit einem offenen Auge, und dies hier ist auch nicht unsere einzige Wirtschaft; wir haben außerdem noch ein großes Café in der Stadt.«

Anscheinend wollte das Mädchen mir zu beweisen suchen, dass sie viel besser situiert sei, als all die anderen Kellnerinnen in den Speisehäusern.

Währenddessen hatten wir das Rührei verzehrt und machten uns über den Schinken her, als zum dritten Mal eine Gestalt einen dunklen Schatten auf unseren Tisch warf. Es war ein Mädchen mit einem großen andalusischen Schleier, einem hohen Kamm und entblößten Armen, in denen sie einen mit Nelken und Rosen gefüllten Krug hielt. Mit schmeichelnder Stimme rief sie aus:

»Ach, lieber Herr, kaufen Sie mir doch für diese schöne Dame meine Blumen ab.«

Zugleich mit diesem Mädchen hatten einige Soldaten die Schenke betreten, vier muntere junge Husaren, die sich an einen Tisch setzten, und säbelklirrend nach Bier und Limonade riefen. Merkwürdig, was Manzanilla und Jerez manchmal für eine Wirkung ausüben können; ohne diese belebenden Elemente wäre dieses Zusammensein mir höchst fatal gewesen, so aber begannen alle sozialen Begriffe sich bei mir zu verschieben, und ich fing an, mich über diese Gesellschaft, die ich mit fröhlichem Lächeln begrüßte, höchlichst zu amüsieren. Als Pacheco meine gute Stimmung bemerkte, erhob er sich und bot den Husaren Wein an.

Wenn der Mensch bei guter Laune ist, so ist ihm alles recht; ich lobte das Essen in beredten Worten, nannte das Blumenmädchen schön wie ein Bild, und als Pacheco mir mit den Worten: »Stecken sie sie alle an,« die Blumen hinhielt, da erfüllte ich gern seinen Wunsch. Ein Streit, der durch die Lehmwand deutlich hörbar wurde, fing an, mich zu belustigen, ebenso Pachecos Unterhaltung mit den Husaren. Wieder warf eine große Gestalt ihren dunklen Schatten und ein zerlumpter Bettler trat ein. Pacheco gab ihm nicht nur ein reichliches Almosen, sondern ließ sich auch in ein längeres Gespräch mit ihm ein und veranlasste ihn, uns allerhand Geschichten aus seinem Leben zu erzählen, – eine Reihe von Lügen vermutlich. Mein Begleiter hörte ihm aufmerksam zu und bat ihn, als er geendet, uns etwas auf der Guitarre vorzuspielen und einige Lieder zu singen.

Bei alledem amüsierte ich mich königlich, weit besser als in den meisten Gesellschaften. Ich wusste wohl, dass meine Augen Funken sprühten und meine Wangen glühten. Der Einfluss des Weines machte sich in der angenehmsten Weise bemerkbar; ich empfand eine prickelnde Anregung, meine Zunge löste sich, mein Geist war leicht und frei, und mein Herz fröhlich. Ich ließ die Notwendigkeit, in meinen Worten und Bewegungen eine gewisse Reserve zu beobachten, keineswegs außer Acht, – war aber trotzdem, der Situation angemessen, heiter und lustig.

VI.

Pacheco sorgte in der liebenswürdigsten Weise dafür, dass Teller und Glas bei mir nie leer blieben. Auch er war heiter und guter Dinge, ohne indessen durch ein allzu freies Wort die Grenzen des Anstandes zu überschreiten. In einer so eigenartigen und kritischen Situation wäre das, was man sonst nur Galanterie und Flirtation genannt hätte, leicht unhöflich und zudringlich geworden. Das alles sah ich sehr wohl ein, und fürchtete deshalb irgendeine jener verletzenden Äußerungen, die eine Frau so leicht erzürnen und ihr die angenehmsten Stunden verderben können. Ohne Pachecos ritterliche Feinfühligkeit hätte dies Zusammensein für mich sehr fatal werden können; aber der Wahrheit die Ehre: Seine Rücksicht ging sogar so weit, dass er mir auch nicht die geringste Schmeichelei sagte, während er die Zigeunerinnen, die Kellnerinnen und sogar die Scheuermagd mit Komplimenten überhäufte. Wohl wusste ich, dass er seine blauen Augen heimlich mit verzehrendem Blick auf mich gerichtet hielt, aber sobald er sah, dass ich es bemerkte, wandte er sich rasch ab. Seine Haltung war respektvoll, seine Worte ernst und aufrichtig; und erst jetzt komme ich zu der Überzeugung, dass seine ganze vornehme Reserve schlaue Berechnung war. O, der Heuchler! Er wollte mein Herz auf diese Weise gewinnen!

Plötzlich tauchte, ohne dass man sagen konnte, woher sie gekommen, eine merkwürdige Gestalt vor uns auf: eine kleine Zigeunerin von ungefähr dreizehn Jahren, mit charakteristischen Zügen und blauschwarzem, straff zurückgezogenem Haar, das geschmückt war mit einem großen Hornkamm und einer blutroten Nelke; ihre weißen, glänzenden Zähne und die funkelnden Augen kontrastierten seltsam mit dem dunklen Teint: Ihre Stirne war platt wie die einer Natter und die nackten Arme grünlich und schlaff wie zwei Reptilien –: ein herrliches Modell für einen Maler! Und mit demselben kläglichen Ton, wie die anderen, begann sie die bekannte Litanei:

»Im Namen des Vaters, des Sohnes ...«

Diesmal geriet die Kellnerin in hellen Zorn, und, ihre vornehme Haltung außer Acht lassend, verwandelte sie sich plötzlich in eine wütende Megäre.

»Hat man je solch ein Pack gesehen! Könnt ihr nicht 'mal anständige Leute in Frieden lassen? Wenn man euch zu einer Tür 'rausschmeißt, kommt ihr zur anderen wieder 'rein. Wie, im Namen aller Heiligen, bist du denn bloß 'reingekommen? Wenn du nicht sofort machst, dass du wegkommst, haue ich dir eine Ohrfeige 'runter, wie du noch nie eine bekommen hast. Dir soll das Lachen schon vergehen!«

Mit der Geschwindigkeit einer Rakete war das Kind verschwunden. Aber es waren noch nicht zwei Sekunden vergangen, als hinter uns ein entsetzlicher Kopf zum Vorschein kam: eine Erscheinung, wie der Erzfeind selber, mit fletschenden Zähnen und pechschwarzen, geballten Fäusten. Die Zigeunerin schrie: »Verflucht sollst du sein, du Sau! Die Gedärme sollen dir herausgerissen werden, giftige Vögel sollen dich beißen, und Riesenschlangen dich erwürgen ...«

Hier machte sie ihrer Flut von Verwünschungen ein Ende, da die Kellnerin, aus Wut über das Weib, eine Kasserolle ergriff und sich wie ein wildes Tier auf die Zigeunerin stürzte. Dabei stieß sie mit dem Ellbogen an eine unserer Weinflaschen, deren ganzer Inhalt sich über das Tischtuch ergoss. Ihren Zorn vergessend, rief sie laut auflachend:

»Ach, wie schön, ach, wie schön! Wein auf dem Tischtuch, das gibt 'ne Hochzeit,« und die Zigeunerin eilte, die Gelegenheit nützend, rasch davon.

Wir leerten unsere Gläser, tranken eine Tasse Mokka, und nachdem Pacheco die Rechnung bezahlt und ein fürstliches Trinkgeld gegeben hatte, erhoben wir uns in bester Stimmung.

Ich hatte ein seltsam leichtes Spiel in den Füßen, mir war, als habe das Gewicht meines Körpers sich verringert, und als schwebe ich über der Erde, anstatt zu gehen. Beim Heraustreten blendete mich die Sonne entsetzlich; es war die Zeit, zu der ihre Strahlen, obgleich sie schon schräg fallen, am glühendsten sind. Es mochte ungefähr drei oder halb vier Uhr sein, und der Boden barst vor Hitze. Die Menschenmenge war bedeutend angewachsen und noch viel lauter und lärmender als des Morgens. Sobald wir ins Gedränge gerieten, hatte ich die Empfindung, als drehe sich alles in meinem Kopf, und als befände ich mich auf offenem Meer, einem bewegten, schwankenden Meer, auf dem ich wie eine tanzende Nussschale hin und her geworfen wurde. Schlag folgte auf Schlag, Welle auf Welle! Ja, es war das Meer, kein Zweifel! Das Meer und die für mich dazu gehörige grässliche Seekrankheit ...

Meine Angst wurde immer quälender, und immer fester stützte ich mich auf den Arm meines Begleiters. Ich wähnte mich allein auf dem offenen Meer. Unzählige Stimmen, wildes Lärmen, Schreien, Guitarren-, Orgel- und Klavierspiel klangen wüst durcheinander: das dumpfe Getöse, mit dem die Wellen an das Felsriff schlugen, und dort drüben die Schaukeln, die mir in ihrer schwindelnden Höhe wie auf den Wellen tanzende Boote und Kähne erschienen. Um Gottes willen! Wie furchtbar war für mich die Entdeckung, dass ich mich wirklich auf offenem Meere befand! Ich umklammerte Pachecos Arm wie den eines kräftigen Bademeisters, der mich vor dem Ertrinken retten sollte, und heftiger Schrecken befiel mich bei dem Gedanken, dass mein Begleiter sich über mich lustig machen würde, wenn ich ihm gestände, dass ich im höchsten Grade seekrank sei!

Ein Kampf zwischen zwei Weibern lenkte unsere Aufmerksamkeit auf sich. Es war ein merkwürdiger Kampf, nicht wie sonst von Schelten, Schimpfworten und Beleidigungen begleitet. Es waren zwei Mädchen: Das eine röstete Erbsen in einer auf einem kleinen Backofen stehenden Pfanne; das andere hatte beim Vorübergehen mit seinem Kleid die Pfanne umgerissen. Niemals in meinem ganzen Leben habe ich den Ausdruck der Empörung lebhafter in einem Gesicht gesehen, als bei diesem beleidigten Mädchen. Schnell wie der Blitz raffte sie die Pfanne wieder vom Boden und stürzte sich wie eine wütende Tigerin auf die Vorübergehende, ihr den scharfen Stiel ins Gesicht schlagend. Die Angegriffene wandte sich um, ohne einen Laut von sich zu geben; ein feiner Streifen Blut rieselte ihr über das Gesicht, und sich auf ihre Angreiferin stürzend, riss sie ihr mit der rechten Hand ein Büschel Haare aus, während sie die Nägel der Linken tief in ihren Nacken grub. Sie fielen beide zu Boden und wälzten sich zwischen der Pfanne und den Erbsen umher. Um die Kämpfenden hatte sich rasch ein Kreis von Zuschauern gebildet, die, weit davon entfernt, die beiden zu trennen, sich damit amüsierten, die Amazonen durch freche Zurufe zu immer größerer Wut anzustacheln. Einen Augenblick vergaß ich die Empfindung der Seekrankheit: Ich dachte an meinen Landsmann Pardo und an die zügellose, spanische Rohheit. Aber auch dieser Gedanke beschäftigte mich nicht lange, denn alsbald hatte ich wieder die merkwürdige Empfindung, als kämpften zwei Fische miteinander, die sich mit ihren großen Mäulern zerfleischten. Dieser Gedanke erhöhte meine dumme Seekrankheit so sehr, dass ich mich ängstlich an Pacheco klammerte:

»Wir wollen weitergehen, – das kann ich nicht sehen ... sie bringen sich um.«

Don Diego fragte mich, ob ich mich schlecht fühle, und riet mir, in diesem Falle auf einen weiteren Besuch des Jahrmarkts zu verzichten. Ich antwortete ihm, dass ich vollständig wohl und imstande sei, die sämtlichen Genüsse des Festes durchzukosten. Wir betraten verschiedene Buden, sahen einen Zwerg, ein Kalb mit zwei Köpfen und eine Frau mit vier Füßen, die ein sehr tief ausgeschnittenes, blauseidenes Kleid trug und sehr lebhaft war. Lachend – es war das Lachen eines Kaninchens – zeigte sie uns die derben Muskeln ihrer Kniee. Hier drängte sich mir wieder stärker als je die Überzeugung auf, dass ich mich auf offener See befand, von den Wogen des Ozeans umgeben. An der linken Seite der Bude waren viele Öffnungen, durch die man einen Blick auf das große Rundgemälde werfen konnte. Ich hielt sie für die Luken eines Schiffes und konnte diese Vorstellung auch dann noch nicht los werden, als ich sah, dass die eine Öffnung den Blick, statt auf das Meer, auf das Karussell, den Sternbogen, das Kolosseum und andere Monumentalbauten gewährte. Die architektonischen Perspektiven schienen mir verzeichnet, die Umrisse schwankend, als wären sie durch den zitternden Schleier der Wogen gebildet; als ich mich umdrehte und mich der entgegengesetzten Seite der Bude zuwandte, fiel mein Blick in die großen Lachspiegel mit ihren konkaven und konvexen Gläsern, die mein groteskes Bild zurückwarfen. Ach, ach, ach! Wie schlecht war mir! Ein furchtbarer Schrecken durchzuckte mich. Vielleicht waren all diese nautischen und maritimen Erscheinungen nur Halluzinationen. Sollte ich zu viel getrunken haben? Aber nein, das konnte nicht sein, denn bei Tisch war mir noch ganz wohl gewesen. Ich muss es um jeden Preis vor Pacheco verheimlichen, dachte ich bei mir. Herr des Himmels, wie würde ich mich schämen, wenn er es bemerkte! Ich würde im Sturmschritt nach Madrid zurücklaufen. Luft, Luft! Nur ein kleines, ruhiges Fleckchen, fern von allem Gedränge!

Ob Pacheco meine Gedanken erriet, oder ob er dieselbe Empfindung hatte, wie ich, weiß ich nicht: Jedenfalls neigte er sich zu mir herab und sagte besorgt:

»Es ist eine unerträgliche Hitze hier, nicht wahr? Wollen wir nicht fort? Umkehren und über die Wiesen nach der Pappelallee gehen? Dort wird es kühler und freier sein.«

»Mir ist's recht,« antwortete ich gleichgültig, obgleich mir bei diesen Worten der Himmel mit einem Mal freundlicher lächelte.

VII.

Wir traten aus der Bude und schritten, vom Strom der Menschen getrieben, den Abhang nach der Pappelallee hinunter. Gleich darauf waren wir in ein solches Gedränge geraten, dass Pacheco mich der Flut der Menschen mit Gewalt zu entreißen suchte. Meine Schläfen hämmerten, mein Herz pochte, und es legte sich mir ein dichter Schleier vor die Augen. Ich wusste nicht, wie mir geschah; kalter Schweiß bedeckte meine Stirn. Wir mussten uns einen Weg durch die Menge bahnen, und sahen uns plötzlich einem entsetzlichen Schauspiel gegenüber. Ein paar Männer waren in Streit geraten und bekämpften sich mit dem blanken Messer. Ängstlich drückte ich mich an Pacheco, der mir halblaut zuflüsterte: »Kommen Sie nur, kommen Sie und seien Sie unbesorgt. Ich bin mit allem versehen.«

Ich sah, wie er die Hand in seine Rocktasche steckte und einen Revolver daraus hervorzog; aber meine Angst steigerte sich nur noch mehr, sodass ich am liebsten sofort umgekehrt wäre.

Rasch wanden wir uns bis zur einsam daliegenden Pappelallee durch, und hier fanden meine maritimen Wahnvorstellungen neue Nahrung: Equipagen, Omnibusse, Leiter- und Lastwagen, eine ganze Menge Vehikel, die auf ihre Insassen warteten: Und sie alle erschienen mir wie Schiffe, in einer Bucht am Strande liegend. Sogar den Kohlen- und Teergeruch glaubte ich zu spüren.

»Wollen wir nicht lieber an den Fluss gehen, wo es ruhig und menschenleer ist?« fragte ich Pacheco flehend. »Die Menschen machen mich so ...«

»Seekrank,« wollte ich sagen; aber ein Rest von Überlegung ließ mich noch zeitig innehalten, und so sagte ich nur: »Machen mich so müde.«

»Menschenleer? Das wird heute schwer halten. Sehen Sie nur!« und Pacheco deutete mit der Hand in die verschiedensten Richtungen.

Auf der Wiese und an den Abhängen des Hügels, soweit der Blick reichte, überall ein Gewimmel von Menschen, überall ein grelles Farbengemisch, überall schwebende Schaukeln, überall Tanzen und Schreien!

»Dort!« murmelte ich, »dort drüben scheint's ruhiger zu sein.«

Um dahin zu gelangen, mussten wir über einen Zaun klettern. Pacheco sprang darüber weg, reichte mir die Hand, und ich wand mich mit erstaunlicher Geschicklichkeit hinüber. Zu merkwürdig! Es war, als habe sich mein Körpergewicht plötzlich verringert, fast als könnte ich fliegen. Aber mein Sicherheitsgefühl stand in keinerlei Verhältnis zu meiner Geschicklichkeit; denn man hätte mich nur mit einem Finger anzurühren brauchen, um mich umzuwerfen.

Wir überschritten ein brachliegendes Feld und gelangten über hübsche, einsame Fußwege endlich zu einem dicht am Manzanares liegenden Häuschen. Ach, wie herrlich, hier allein zu sein und die frische Kühle des Wassers und der langsam hereinbrechenden Dämmerung fern vom Lärm des Jahrmarktes genießen zu können! Gott sei Dank!

Zum Teufel mit dem Meer! Es ist zum Verrücktwerden. Wenn das so weitergeht ...

Vor der Türe des Häuschens stand eine ärmlich gekleidete Frau mit zwei elenden, zerlumpten Kindern, die mir eilfertig einen Stuhl herbeischleppten. Pacheco setzte sich neben mich auf einen Baumstamm, und ein unbeschreibliches Gefühl des Wohlbehagens beschlich mich, während ich in die glühend rote Sonne blickte, die, langsam untergehend, ihre letzten Strahlen auf den Manzanares warf. Nein, nicht auf den Manzanares, sondern auf das wilde Meer! Das Häuschen hatte sich in eine Schaluppe verwandelt, die fast unmerklich schwankte. Pacheco lenkte das Steuer, und ich schmiegte mich sanft an seine Seite, stützte den Ellbogen auf sein Knie, den Kopf auf seine Schulter und schloss die Augen, um die erfrischende Brise so recht zu genießen. Heilige Jungfrau, wie schön war das! Von hier bis zum Himmel ... Ich öffnete die Augen und sah, o Entsetzen! Pacheco wirklich in dieser Stellung, wie er mich schweigend mit liebender Sorgfalt stützte, gleich als wäre ich todkrank.

Ich nahm mir keine Zeit zum Nachdenken; ich war zu abgespannt, und plötzlich befiel mich eine fürchterliche Schwäche. Laut stöhnend rief ich aus:

»An Land, an Land, ich bin seekrank! ... Ich sterbe. Um Gotteswillen an Land!«

Die Bucht, das schäumende Meer, die krausen Wellen entschwanden meinen Blicken, ich spürte die leichte Brise und den Teergeruch nicht mehr und empfand wie im Traum, dass man mich forttrug. Waren wir an Land gegangen? Ich hörte halblaut die Worte: »Sie Ärmste, sind Sie krank? Hierher, mein Herr, hier ist ein Bett und alles, was Sie wünschen. Bitte.«

Ohne Zweifel hatten sie mich niedergelegt. Ich fühlte mich viel besser, und mir war, als habe eine Riesenhand den eisernen Ring gesprengt, der mir die Rippen eingezwängt und das Atmen erschwert hatte. Ich seufzte tief auf und öffnete die Augen. Es war einer jener lichten Momente, wie sie einer Ohnmacht vorauszugehen pflegen. Da war kein Meer und kein Schiff: Die feste Erde war das elende Lager und der Eisenring die Stäbe des Korsetts, das man mir geöffnet hatte. Die hagere Frau umgab mich mit freundlicher Sorgfalt und liebevoller Pflege.

»Brauchen Sie noch etwas?« hörte ich sie fragen.

»Nein, danke! Nur ruhig im Dunkeln bleiben, das ist das Einzige. Ich werde Sie rufen, wenn ich Sie brauche. Ich fühle mich schon besser. Nur Ruhe und Schlaf.«

Die Frau schloss den Fensterladen und schlich auf den Fußspitzen davon. Ich war allein. Eine unüberwindliche Mattigkeit überfiel mich; ich konnte kein Glied rühren.

Oft fühlt man auch mit geschlossenen Augen den festen Blick eines Menschen auf sich ruhen und wird dadurch gezwungen, die Augen zu öffnen. Ich spreche aus Erfahrung. In meinem Halbschlaf ahnte ich, dass jemand neben mir stand; ich schlug die Augen auf und sah zu meinem Erstaunen das blaue Meer, nicht das grüne bleierne Wasser des Atlantischen Ozeans, sondern die blaue ruhige Flut des Mittelländischen Meeres: Pachecos Augen. Als ich den Blick auf ihn richtete, neigte er sich zu mir herab und ordnete sorgfältig die Falten meines Kleides.

»Nun, wie geht's? Keine Lust, aufzustehen?« fragte er leise. Ich streckte ihm beide Hände entgegen; er ergriff sie, drückte sie zärtlich, fühlte mir den Puls und legte mir seine Rechte auf Stirn und Schläfen. Wie wohl tat mir sein fester, zärtlicher Druck! Wie dumm man sich doch in solchen Augenblicken benimmt! Ich sehnte mich nach einer Liebkosung wie ein kleines Kind. Wenn mich doch jemand bemitleidet hätte! Ich hätte am liebsten zu weinen angefangen, um mich trösten zu lassen. Am Kopfende des Bettes stand ein verschossener Lehnstuhl, auf den Pacheco sich setzte, während er sein Gesicht an mein hartes Kopfkissen lehnte. Ich weiß nicht mehr genau, was er mir sagte, weiß nur noch, dass es liebevolle Worte waren: ich drückte ihm innig die Hand, schloss dann aber rasch wieder die Augen, da mich plötzlich von Neuem die Vorstellung befiel, ich wäre in einem schwankenden Boot. Da streifte ein leiser Hauch wie der Flügelschlag eines Schmetterlings meine Wange; und dann wurden laute Schritte hörbar. Ich öffnete die Augen und sah die alte, gebräunte Wirtin vor mir.

»Nehmen Sie vielleicht eine Tasse Tee, meine Dame? Ich habe sehr guten Tee; sie müssen nicht etwa glauben, dass er schlecht sei.«

»Ja, bringen sie eine Tasse, aber recht stark und heiß,« sagte Pacheco.

Die Frau ging fort. In meinem Kopf summte es unerträglich; Pacheco legte mir die Hände auf die Schläfen, was mir sehr wohl tat. Dann strich er das Kopfkissen glatt, ordnete mir die Haare, und das alles so zart und sorgfältig, als hätte er sein Leben lang nichts anderes getan. Die Wirtin brachte den Tee mit den Worten:

»Soll ich ihn ihr geben, oder wollen Sie es tun?«

»Geben Sie ihn mir, und dann lassen Sie uns allein,« erwiderte Pacheco schnell. Darauf führte er mir den Löffel an die Lippen; aber die Anstrengung des Schluckens ermüdete mich so sehr, dass ich schweigend eine abwehrende Bewegung mit dem Kopfe machte; im nächsten Augenblick richtete ich mich mit einem Ruck auf und stieß an die Tasse, deren ganzer Inhalt sich über Rock und Beinkleid meines Krankenwärters ergoss, worauf dieser mit größter Kaltblütigkeit fragte:

»Willst du nicht? Oder soll ich dir eine andere Tasse bestellen?«

Und ich, Herr des Himmels, das weiß ich mit Bestimmtheit, antwortete ihm mit demselben vertraulichen und verliebten Du:

»Nein, ich danke dir, es wird schon dunkel, es ist die höchste Zeit, dass wir gehen. Ich werde versuchen, aufzustehen. Gott, wie schlecht ist mir, wie schlecht!«

Ich streckte ihm vertrauensvoll die Arme entgegen, er umschlang mich mit den seinen und hob mich von meinem Lager. Pacheco hakte mir geschickt das Kleid zu und reichte mir Hut, Handschuhe, Schleier und alles Übrige. Es war schon ganz dunkel in dem kleinen Raum und die Nacht inzwischen hereingebrochen.

Die kühle, frische Abendluft wirkte auf mich wie eine kalte Dusche; mein Kopf wurde freier.

Pacheco führte mich, ohne ein Wort zu sprechen, zu dem Wagen, dessen Laternen uns schon von Weitem entgegenleuchteten. Ich stieg ein und warf mich erschöpft in die Kissen zurück. Er folgte mir, erteilte dem Kutscher seinen Befehl, und der Wagen rollte davon.

Nun war ich wirklich auf einem Schiff und Pachecos Stimme das Säuseln des Windes in den Masten.

»Ärgerst du dich über mich?« flüsterte der Südwest mir ins Ohr. »Sei mir nicht böse und gib mir deine Hand. Verzeih, wenn ich dich quäle, aber der Gedanke, dass du dir Sorge machst, lässt mir keine Ruhe. Armes Kind, wie schön du in deiner Krankheit warst! Deine Augen strahlten Blitze ... Diese herrlichen Augen! Komm, Kind, ruh' dich aus, hier an meiner Schulter!« Ich weiß nicht mehr genau, was er sonst noch sagte, aber dieser eine Satz ist mir im Gedächtnis haften geblieben:

»Weißt du, was man dort in der kleinen Wirtschaft glaubte? Man hielt uns für ein junges Paar, und die Wirtin meinte: »Er ist so gut zu ihr und kann ihr gar nicht genug Liebes antun.«

Ich erinnere mich an nichts mehr ganz genau, weiß nur noch, dass der Wagen bald darauf vor meinem Hause hielt, dass Pacheco mir hinaushalf, und ich ihn, wie elend ich mich auch fühlte, einem schwachen Instinkt gehorchend, flehentlich bat, mich nicht hinaufzubegleiten, worauf er sich kurz und flüchtig von mir verabschiedete. Diabla starrte mir an der Tür frech und neugierig ins Gesicht, und ich erklärte ihr stotternd, die große Hitze sei mir verhängnisvoll geworden. Dass sie schon ihre eigene Auslegung für diesen Ausflug gefunden hatte, war mir klar. Was mochte sie nur von mir denken! Ich stürzte in mein Zimmer, warf mich auf mein Bett und schlief bald darauf ein, erwachte dann aber wieder gegen drei Uhr morgens mit derselben Schmerzempfindung. Diabla wollte ich nicht rufen ... Sie hätte sich nur noch mehr gewundert. Ach, was für eine Nacht, was für eine entsetzliche Nacht! Diese Übelkeit, diese Hitze, diese Schwere in allen Gliedern und diese furchtbaren Kopfschmerzen!

Und vor allen Dingen, die Reue über meine Unbesonnenheit. Wie hatte ich mich kompromittiert!

VIII.

»Ja, ich hatte mich stark kompromittiert! Aber ich hatte doch wohl annehmen dürfen, dass Pacheco, der sich anfangs so korrekt benommen, auch im Laufe des Tages so bleiben würde. Trotzdem, oder gerade weil er – infolge unvorhergesehener Ereignisse – meine einzige Stütze gewesen, hätte er als Gentleman eine derartige Situation nicht ausnützen dürfen. Ich war ganz verwirrt und hatte kein klares Urteil mehr. Ich war für nichts verantwortlich zu machen, er um so mehr. Mit einem Worte, es war eine Keckheit, eine unbeschreibliche Keckheit.

Je mehr ich darüber nachdachte, desto wahnsinniger erschien es mir. Ein Mensch, mit dem ich vor vierundzwanzig Stunden noch kaum ein Dutzend Worte gewechselt, der mir nicht einmal einen Besuch gemacht hatte! In einem Roman, den ich in meiner Jugend gelesen, quälte sich die Heldin – ich entsinne mich dessen noch ganz genau – mit der Frage: Liebe ich ihn? Lächerlich, – ob sie ihn liebt! ... Ich würde hier nur fragen, kenne ich ihn? Denn ich weiß nicht einmal seinen zweiten Vornamen. Ich weiß nur, dass ich ihn hasse, und dass er ein zudringlicher Mensch ist. Ich bin aus mehr als einem Grunde berechtigt, das zu glauben. Es soll sich nur eine andere in meine Lage versetzen!

Und jetzt erteile ich der Dienerschaft strengsten Befehl, ihn nicht vorzulassen, falls er mich besuchen sollte, und das unterliegt für mich keinem Zweifel. Er wird wütend sein, sofort zur Herzogin von Sahagun laufen und sich seiner Schandtaten rühmen ... Denn er ist gewiss einer von jenen Menschen, die gleich alles an die große Glocke hängen. Und etwas ableugnen, was soeben erst geschehen ist ... das geht nicht. Erstens wäre mir das sehr peinlich, und außerdem würde es mir auch gar nichts helfen. Am besten ist's eben, wenn ich mich verleugnen lasse. Er wird mir schreiben, gut, ich antworte ihm nicht; und da ich ohnehin Madrid in wenigen Tagen verlasse, wird alles bald in schönster Ordnung sein.

Aber aufrichtig, Asis! Ist er wirklich ganz allein an allem schuld? Kind, Kind! Musstest du denn durchaus deiner Laune gehorchen und nach Santo gehen, dich von einem fast unbekannten Menschen dorthin begleiten lassen, und dann in einer elenden Schenke mit ihm frühstücken, gleich als wärest du eine gemeine Dirne? Musstest du von dem fatalen Weine trinken? Du weißt ganz genau, dass du ohnedies schon keine Hitze verträgst.

Du musst es der Herzogin erzählen ... Aber die Herzogin ... für gewisse Menschen gibt es keinen gesellschaftlichen Kodex – die Herzogin ist nicht nur sehr erfahren, sehr liebenswürdig, sehr diskret und eine jener Frauen, die man weder liebt, noch fürchtet, sondern sie kann sich auch in ihrer Stellung ungestraft manches erlauben, was man bei anderen frivol und leichtsinnig nennen würde. Es gibt Menschen, denen alles erlaubt ist; da ich aber unglücklicherweise nicht zu diesen gehöre und eine Dame bin, wie jede andere, muss ich unseren gesellschaftlichen Kodex respektieren und mich nicht in Gefahr begeben. Pacheco hätte das alles vom ersten Augenblick an wissen müssen ... Aber es ist doch eigentlich auch nicht richtig, ihn allein anzuklagen.

Mein Landsmann hat ganz recht. Wir sind unzivilisierte Menschen. Dreißig Jahre lang feilt und hobelt die Erziehung an uns herum, und dann kommt plötzlich bei irgendeiner Gelegenheit die angeborene Wildheit doch wieder zum Vorschein. In gewissen Situationen tut ein gebildeter Mensch genau dasselbe, was ein Ungebildeter tun würde, zum Beispiel ich, die ich mich wie eine Dirne betragen habe, oder besser gesagt, wie eine dumme Gans. Es lässt sich jetzt nichts mehr dagegen tun, – geschehen ist geschehen. Herr, ich bereue aus tiefstem Herzen, in meinem ganzen Leben ist mir so etwas noch nicht passiert und wird mir auch nie wieder passieren. Ich schwöre es, und auch, dass ich versuchen werde, alles wieder gut zu machen. Die Tür ist und bleibt ihm verschlossen. Ich will nicht einmal mehr die Rockschöße dieses Mannes sehen. Ich erkläre dieses Haus in den Belagerungszustand; es soll gegen meinen Willen keine Fliege hier eindringen; ich will doch einmal sehen, ob es so leicht ist, eine Frau zu kompromittieren, die weiß, was sich schickt.

IX.

So ungefähr würde das Bekenntnis der Dame gelautet haben, wenn sie alle ihre Gedanken und Empfindungen dem Papier anvertraut hätte. Allerdings wollen wir nicht behaupten, dass die Marquise d'Andrade in dem Zwiegespräch mit ihrem eigenen Gewissen ganz aufrichtig war, und dass sie nicht diese oder jene Einzelheit, die ihre Schuld vergrößert hätte, einfach unterschlug. Bei Gott ist kein Ding unmöglich, und es ist stets gefährlich, derartigen Beichten, die niemals ohne jesuitische Einschränkung gemacht werden, völlig zu trauen.

Trotzdem muss man zugeben, dass sie mit bewundernswerter Aufrichtigkeit die fatale Episode geschildert hat, die für sie um so verhängnisvoller sein musste, als sie sich bisher stets mit festem Schritt und fröhlichem Sinn auf dem Pfade der Tugend gehalten, was mehr ihr eigenes Verdienst als das Resultat der väterlichen Erziehung war, die durchaus nicht streng genannt werden konnte. Asis, dem einzigen, mutterlosen Kinde eines reichen Vaters, waren stets alle Wünsche erfüllt worden, die in einem Städtchen wie Vigo überhaupt erfüllbar sind.

Mit zwanzig Jahren nahm sie an allen geselligen Vergnügungen teil, besuchte sämtliche Kasinobälle und Jahrmärkte und die im Hafen liegenden Kriegsschiffe, und trotzdem konnte ihr, abgesehen von einer Flirtation mit einem Leutnant der Marine, die jedes Mal, wenn die »Villa de Bilbao« landete, neue Nahrung fand, nichts zum Vorwurf gemacht werden. Zu jener Zeit führten dringende politische Geschäfte ihren Vater häufig nach Madrid, wohin sie ihn zu begleiten pflegte. Hier wohnten sie im Hause eines Bruders ihrer verstorbenen Mutter, des Staatsrats Marquis d'Andrade. Dieser war kinderloser Witwer; ein dünner Haarkranz umgab seine leuchtende Glatze; er hatte angenehme Manieren, einen friedfertigen Charakter (bei Hofe gibt's keine alten Sauertöpfe) und besaß genügende Welterfahrung, um zu wissen, wie ein Fünfzigjähriger sich in das Herz eines jungen Mädchens einschmeichelt. Vertrauensvoll zeigte Asis ihrem Onkel die Briefe des Marineoffiziers, und dieser veranlasste sie, ihm in einem längeren Schreiben mitzuteilen, dass »ihre Beziehungen für immer abgebrochen werden müssten«. Und so kam es, dass die schlanke Gestalt mit dem blauen, goldgestickten Rock und der weißen Mütze im Hause d'Andrade nicht als Brautwerber erscheinen durfte.

Der Marquis neigte nicht zur Eifersucht und tat alles, um seiner jungen Frau das Leben möglichst angenehm zu machen, trennte sich ihr zuliebe sogar von seiner Schwester – sie war nach dem Tode seiner Frau zu ihm gezogen –, die ihm sehr zugetan, aber etwas altjüngferlich und jeder Geselligkeit abhold war und daher mit seiner jungen Frau nicht allzu gut harmonierte. Für die Toiletten seiner Frau gab er ein unsinniges Geld aus und weigerte sich nie, sie in Theater und Gesellschaften zu begleiten, so unbequem es ihm oft auch sein mochte. Dabei wusste er geschickt die für sein Alter wenig geeignete Rolle eines leidenschaftlich Verliebten zu umgehen. Nach siebenjähriger, ruhig-glücklicher Ehe wurde ihnen ein zartes, schwächliches Kind geboren, das nach Aussage der Ärzte nur in kräftigender See- und Waldluft gedeihen konnte. Dem Leben des guten Staatsrats bereitete ein langes, qualvolles Leiden frühes Ende, und so blieb Asis als reiche, junge, hübsche und lustige Witwe zurück.

Den Winter verbrachte sie in Madrid und schickte ihr Kind in ein renommiertes französisches Pensionat. Im Sommer fuhr sie nach Vigo zu ihrem Vater; manchmal (wie gerade jetzt) verfrühte sich die Reife des Kindes ein wenig, wenn der Großvater es, nachdem er rascher als sonst seine Geschäfte beendigt, zur Erholung mit sich aufs Land nahm. ... Asis trennte sich nicht allzu schwer von ihm, denn ihre mütterliche Liebe war, ebenso wie ihre eheliche, ein ruhiges Gefühl, das mit jenen überschwänglichen Empfindungen, unter denen das Herz erglüht und die dem Leben einen so eigenen Reiz verleihen, nichts gemein hatte. Die Marquise d'Andrade lebte zufrieden und glücklich, stolz darauf, dass sie es verstanden hatte, die »Provinzlerin« ganz abzustreifen und sich dabei doch ihre Ehrbarkeit so zu bewahren, wie jene Frauen in Vigo, die keinen Schritt tun können, ohne dass die lieben Nachbarn es sofort wissen. Ihre Mußestunden füllte sie damit aus, über allerhand Kleinigkeiten nachzudenken, zum Beispiel über ihre letzte Toilette, die beinahe ebenso schön und elegant war, wie die unendlich viel teurere von Worth, welche die Herzogin von Sahagun trug, über ihren Beitritt zu dem von Jesuiten protegierten Wohltätigkeitskomitee, der ihr Pater Urdax' Herz im Fluge gewonnen, über die Tatsache, dass sie eine vollendete, unantastbare Dame sei und, trotzdem sie in der großen Welt lebte, dem Teufel niemals die Hand geboten und weder Gott noch der Welt jemals Veranlassung gegeben habe, die Achseln über sie zu zucken ...

Und jetzt? ...

X.

Als die Glocke ertönte, lief Diabla eilfertig herbei, um zu sehen, was es gäbe, und fand ihre Herrin im Bette sitzend.

»Wer auch kommen mag, es wird niemand angenommen. Niemand, verstehst du?«

»Schön, ich werde allen sagen, die gnädige Frau wären ausgegangen.«

»Ja, allen, ohne Ausnahme; dass du mir nur ja keinen Menschen hineinlässt.«

»Herr Gott, gnädige Frau, nicht eine Fliege lasse ich hinein.«

»Mach mir ein Bad zurecht.«

»Ein Bad? Wird das der Gnädigen auch nicht schlecht bekommen?«

»Nein,« antwortete Asis trocken (entsetzlich, dass Dienstboten sich immer um alles kümmern!).

»Und wann soll der Wagen vorfahren? Roque ist schon zweimal dagewesen.«

Bei der Erwähnung dieses Namens durchfuhr Asis plötzlich ein heftiger Schrecken, gleich als verkörpere der Kutscher für sie die Gesellschaft und deren Kritik über alle am Vorabend außer Acht gelassenen Konvenienzen. Was würde der Mensch nun alles erzählen?

»Sage ihm ... sage ihm, dass ... dass er in ein paar Stunden kommen soll ... Um halb fünf ... Nein, um Viertel nach fünf oder besser noch, um halb sechs ... zum Spazierenfahren.«

Sie sprang aus dem Bett und fuhr in den Schlafrock und die Pantoffeln; sie empfand eine furchtbare Mattigkeit und gleichzeitig eine quälende Aufregung, etwas wie die Lust, sich selber zu entfliehen. Es war unerträglich.

Welch ein entsetzliches Leben führen doch die Frauen, die stets mit solchen Verwicklungen zu kämpfen haben! Wahrlich, ich beneide sie nicht. Ach, ich hasse alles Heimliche, alles Schiefe. Ich bin geboren, um in geordneten Verhältnissen zu leben und auf geraden Wegen zu wandeln. Das ist klar. Und das alles sollte ich dem ersten besten Landstreicher opfern? ...

Diabla trat ein und meldete, das Bad sei bereit; Asis ging in den durch eine kleine Petroleumlampe spärlich erhellten Raum und stieg in die Badewanne. Welche Wonne! Das klare Wasser würde die ganze Schmach des vorhergehenden Tages fortspülen, die Schmach, die auf ihr geschrieben stand mit Lettern aus Staub, dem zwiefach hässlichen Staub des wüsten Jahrmarkts. Und wie dick und klebrig der war! Ihr war's, als sei er ihr durch die Kleider gedrungen und bedecke ihren Körper mit einer dicken Schicht.

Und sie griff zur Seife und rieb so heftig und so lange, bis sie sich die Haut wund gerieben; und als Diabla sie dann in den türkischen Schlafrock hüllte, fuhr sie noch immer mit ihrem Frottieren fort, bis sie das Empfinden hatte, jeglichen Schmutz abgestreift zu haben.

Nachdem sie ein dunkles, unauffälliges Kleid angelegt und ihre Toilette beendet hatte, bestieg sie den Wagen. Diabla fragte rasch:

»Speisen die gnädige Frau hier?«

»Nein.« Und Asis fügte noch, wie jemand, der jeden leisesten Verdacht abzulenken bestrebt ist, eilfertig hinzu:

»Ich gehe zum Essen zu den Damen Cardenosa.«

Als sie in ihrem Wagen saß, seufzte sie erleichtert auf; nun hatte sie den Menschen nicht mehr zu fürchten.

Bah! Und außerdem, – wer weiß, ob er sich ihrer noch erinnerte! Um so besser! Es wäre wunderbar, wenn sich alles auf so einfache Weise löste! Und als sie dem Kutscher sagte: »Nach Castellana; und dann zu den Cardenosas,« hatte Asis' Stimme wiederum ihren gewohnten Klang.

Aus der Art, wie sie den Befehl erteilte, konnte man ungefähr heraushören: »Siehst du, Roque, alle Tage passiert so etwas nicht! Von heute an bin ich wieder unnahbar wie immer.«

Der Wagen fuhr im Trab bis zur Castellana und schloss sich dann der Wagenreihe an, die so dicht war, dass man hin und wieder nicht vom Fleck kommen konnte. In solchen Momenten erzwungener Ruhe geschieht es oft, dass zwei Damen, die sich kennen und grüßen, aber nicht bekannt genug sind, um eine Unterhaltung anzuknüpfen, sich mit stereotypem Lächeln begrüßen, verstohlen beobachten und innerlich wünschen, das Weiterfahren des Wagens möge sie dieser peinlichen Situation überheben. Mehr als einmal passierte das heute auch Asis.

»Ach, da ist ja Castilla Sahagun, hoch oben auf ihrem Break. Wo mag die nur herkommen?«

Und plötzlich fiel es Asis ein, dass zu Ehren des Stiergefechts schon lange ein großes Fest geplant war. Wie lustig war es in dem Hause der Herzogin zugegangen an dem Abend, da darüber beratschlagt wurde! Auch sie war eingeladen, – und sie hatte es versäumt, schade! Die Herzogin, anmutig wie immer, erinnerte mit ihrem schwarzen Spitzenumhang und dem großen Nelkenstrauß an der Brust lebhaft an ein Goyasches Bild. In angeregter Unterhaltung mit ihren Begleitern begriffen, fuhr sie langsam in der Castellana auf und ab: Sie war die »*great attraction*«. Asis wurde immer ruhiger; eine Ahnung sagte ihr, dass diese Menschen alle viel zu viel mit sich und ihrem Amüsement zu tun hätten, um sich um sie und ihr Erlebnis in Santo auch nur einen Augenblick zu kümmern.

Diese wohltuende Überzeugung gewann neue Nahrung in dem Hause der beiden alten Schwester. Die Damen Cardenosa waren zwei gutmütige, alte Jungfern, freundlich, liebenswürdig, flachbrüstig und fast traurig anzusehen, nach der Mode von anno dazumal gekleidet, sanft und schüchtern, und trotz ihrer fünfzig Jahre von geradezu rührender Kindlichkeit.

Ihr Hauptgesprächsthema bildeten die Messen und die mehr oder weniger interessanten Ereignisse in der Andradeschen und anderen befreundeten

Familien. Für Hochzeiten hatten sie, wie die meisten alten Jungfern, ein ganz besonderes Interesse. Sie waren aufrichtig fromm und sagten ihren Nächsten niemals etwas Böses nach, denn für sie waren die Menschen genau so, wie sie sich ihnen zeigten. Die Schwestern Cardenosa genossen daher allgemeine Achtung und Liebe, und es gehörte gewissermaßen zum guten Ton, ihre Visitenkarten im Salon zu haben.

Das nüchterne, unschmackhafte Essen und der dünne Kaffee wirkten beruhigend auf Asis' Nerven. Der letzte Nest ihrer Migräne schwand, und der Umstand, dass die beiden Schwestern sie ebenso liebevoll und freundlich empfingen wie sonst, ließ sie ihre Angst allmählich vollkommen vergessen. Die heilsame Beruhigung ihrer Nerven schläferte sie langsam ein, und obgleich es erst zehn Uhr war, vermochte sie nur mit großer Mühe ihr Gähnen zu unterdrücken.

Die beiden Schwestern, denen das nicht entgangen war, boten ihr in der liebenswürdigsten Weise eine Sofaecke, ein Kissen für den Rücken und eines für die Füße an.

»Bitte, bemühen Sie sich nicht, tausend Dank, ich sitze sehr gut.«

Dabei warf sie, weil es ihr peinlich war, ihre Uhr hervorzuziehen, verstohlene Blicke auf eine vergoldete Standuhr mit dem Apoll, dessen klassische Nacktheit die beiden alten Damen merkwürdigerweise in den vierzig langen Jahren noch nicht chokiert zu haben schien. Aber das half ihr nicht viel, denn diese Uhr war wohl, wie die meisten derartigen Uhren, schon am ersten Tage stehen geblieben. Jedes Mal, wenn ein Sagen durch die ruhige Straße rollte, horchte Asis auf, bis endlich wirklich einer vor dem Hause hielt. Gott sei Dank! Aber zu gut erzogen, um ihre Freude darüber zu zeigen, beherrschte sie sich so völlig, dass sie, als das Mädchen die Ankunft des Wagens meldete, mit geheuchelter Gleichgültigkeit antwortete:

»Es ist gut; er soll warten.«

Wenige Minuten darauf drückte sie ihre zarte Wange gegen die pergamentenen der beiden Schwestern, küsste in die Luft und rief nach von der Treppe her:

»Es war wirklich zu nett und gemütlich. Ich habe mich ausgezeichnet unterhalten. Tausend Grüße an Pater Urdax!«

Als sie ihre Hausglocke zog, beschlich sie eine merkwürdige Unruhe, eine seltsame Ahnung. Und sie war daher – trotzdem die heftige Erregung sie beinahe zu Boden geworfen hätte – kaum überrascht, als ihr anstatt der erwarteten Diabla jener entsetzliche Mensch die Tür öffnete.

XI.

Merkwürdigerweise wusste Asis ihre Bestürzung darüber, dass sie Pacheco um diese Zeit in ihrer Wohnung fand, gut zu verhehlen. Er genügte allen Höflichkeitsformen, die ein Herr einer von ihm verehrten Dame gegenüber beobachtet, trat zur Seite, um sie vorbei zu lassen, und folgte ihr dann in einen kleinen Salon, in dem die große, mit dem rosigen Spitzenschirm verhüllte Lampe ein angenehmes Licht verbreitete, – blieb dann aber einen Augenblick an der Tür stehen, wie jemand, der darauf vorbereitet ist, verabschiedet zu werden.

»Setzen sie sich, Pacheco,« stotterte Asis ganz verwirrt.

Er aber setzte sich nicht, sondern machte zögernd ein paar Schritte auf sie zu. Seine ganze Haltung war die eines ungewandten Menschen; aber dieses Benehmen kontrastierte so seltsam mit seiner geschmeidigen Gestalt und der ausgesuchten Eleganz seiner Kleidung, dass Asis es für raffinierte Berechnung halten musste. Seine Schüchternheit und Zurückhaltung wirkten beruhigend auf die junge Frau und flößten ihr neuen Mut ein. – »Eine willkommene Gelegenheit, diesem Herrn einmal tüchtig die Wahrheit zu sagen!«... denn in ihrer Unerfahrenheit glaubte sie, in Pachecos Betragen etwas wie aufrichtige Reue und Zerknirschung zu sehen, und so sagte sie ruhig:

»Da Sie doch einmal hier sind, möchte ich ...«

Pacheco ging auf sie zu und sprach, während er ihr forschend in die Augen sah:

»Mich dürfen Sie auszanken, soviel Sie wollen. ... Die Dienstboten aber nicht ... Mindestens eine Viertelstunde habe ich mich mit Ihrem Mädchen herumgestritten, bis sie mich endlich hereingelassen hat. Ich habe ihr den Hof gemacht, habe ihr Geld geben wollen, und als das alles nichts nützte, habe ich ihr gesagt, Sie hätten sich nur deshalb vor allen anderen Menschen verleugnen lassen, weil Sie mit mir allein sein wollten. Und nun zanken Sie mich tüchtig aus ... Ich weiß, dass ich's verdiene.«

Das alles sagte er in kläglichem Ton, mit einem so traurigen Ausdruck und so bekümmertem Blick, dass es zum Erbarmen war. Asis schöpfte Mut, und nun brach ein ganzer Schwall von Worten los:

»Ja, mein Herr, Sie verdienen es wirklich. Ein Mensch, der mit den Dienstboten unter einer Decke steckt! ... Darum ließ sich auch niemand sehen ... Darum mussten Sie die Tür aufmachen ... Diabla soll etwas zu hören bekommen ... Aber tüchtig! ... Wer weiß, ob sie heute Nacht doch in diesem Hause schläft ... Seine eigene Dienerschaft zum Feinde haben! Wartet nur ... wartet! So spielt man nicht ungestraft mit mir. Die sollen sich wundern!«

Asis mochte wohl einsehen, dass sie in ihrem Zorn etwas zu weit ging und dass sie außerdem tauben Ohren predigte, da man von der Küche aus unmöglich etwas hören konnte. Und Pacheco, anstatt sich diese heftigen Vorwürfe auch nur im geringsten zu Herzen zu nehmen, gewann alsbald seine ganze Geistesgegenwart wieder, trat noch näher zu Asis und fuhr ihr sanft über die Stirn. Sie warf sich zurück, aber rasch fasste Pacheco sie um die Taille und flüsterte ihr zu: »Warum ärgerst du dich so über die Dienstboten, mein Kind? Habe ich dir nicht gesagt, dass sie keine Schuld haben? Dein Kammermädchen ist treu wie Gold und dir ganz zugetan. Ich wollte ihr Geld geben, und sie wies es zurück; ihr lag nur daran, dich nicht zu erzürnen ... wenn du so schreist, gibt es einen großen Skandal. Ich will ja gehen, wenn du es willst, wirklich, ich will gehen.«

Indem er sagte, dass er gehen wolle, setzte er sich auf das Sofa und bat Asis dasselbe zu tun; die murmelte in ihrer Verwirrung, ihren Zorn ganz vergessend, leise vor sich hin:

»Aber so gehen Sie doch nur, tun Sie mir den einzigen Gefallen und machen Sie, dass Sie fortkommen.«

»Hast du denn nicht einen Augenblick Zeit für mich? Ich bin krank, das musst du doch sehen. Die ganze Nacht habe ich kein Auge zugemacht.«

Asis war im Begriff, zu fragen, warum, unterdrückte die Frage aber noch rechtzeitig, da sie ihr nicht ganz passend erschien.

»Ich musste wissen, ob es dir besser geht, ob du dich ausgeruht hast und mir nicht mehr böse bist. Noch immer schlechter Laune? Und wie steht's mit dem Köpfchen? Lass' mal sehen.«

Bei diesen Worten zog er ihren Kopf an seine Schulter und stützte ihn mit der rechten Hand. Asis versuchte, sich loszumachen, merkte aber schon bald, dass ihr Zorn dem leise aufkeimenden Mitleid mit dem so Unterwürfigen und der verwünschten Neugierde weichen musste, die schon die erste Frau im Paradies ins Verderben stürzte und die alle anderen ins Verderben stürzen wird ... was Pacheco jetzt wohl sagen würde?

Der schwieg einen Augenblick und streichelte nur mit seiner zarten Hand, mit seinen mageren, nervösen Fingern sanft über Asis' Kopf und Stirn, wie gestern, als sie sich so elend fühlte. Es war, als verbreite der Stab eines unsichtbaren Zauberers in dem durch ein mattes Licht erhellten Raum eine friedlich-wohltuende Ruhe. Das Ameublement des Zimmers verriet jene artistischen Prätentionen, wie sie heutzutage fast ein jeder zur Schau trägt, ob er etwas von der Kunst versteht oder nicht, und durch die meistens ein Conglomerat von allerhand nicht zueinanderpassenden Sachen zustande kommt, wie: kleine Stühle, niedrige, kokette Lehnsesselchen, dreieckige mit

Samt bezogene Tische in Herz- und Kleeblattform, Säulen mit Figuren, kleine Diwans, auf denen man das Vergnügen hat, sich die Schultern zu stoßen und sich ein steifes Genick zu holen, Dracaenen in einer Zinkjardiniere und ein Porzellanhund, der vor dem Kamin Schildwache steht. Alles durcheinander und so ungeschickt aufgestellt, dass man Mühe hat, seinen Weg hindurchzufinden. Und auch an den Wänden war kaum für einen einzigen Nagel Platz, denn der gute Marquis d'Andrade, der nicht einmal imstande war, einen Tizian von einem Ribera zu unterscheiden, hatte sich als Beschützer junger Talente aufgespielt und seine Räume mit unzähligen Aquarellen und Skizzen aus der Renaissancezeit angefüllt, an denen die luxuriösen Rahmen zweifellos das wertvollste waren; Fotografien mit hochtönenden Dedikationen waren allenthalben zu finden. Und nur wenn, wie jetzt, ein mattes Licht den Raum erhellte, harmonierten all diese Gegenstände miteinander. – Die an dem halbgeöffneten Fenster stehenden Begonien erzittern leise, als hätte ein Hauch sie gestreift. Nur die Bulldogge aus Porzellan liegt ruhig wie eine Sphinx und blickt unverwandt zu der Gruppe auf dem Sofa hinüber. Sie scheint in ihrer ernsten, würdigen Haltung als eifersüchtiger Wächter von dem verstorbenen Marquis hier aufgestellt zu sein. Es sieht fast so aus, als wolle sie sich mit lautem Gebell auf den Eindringling stürzen.

Pacheco sprach leise mit seinem gezierten Lispeln: »Fürchtest du dasselbe wie gestern, mein Kind? Sage mir nicht nein, denn ihr Frauen kommt immer hartnäckig auf das Vergangene zurück. Lass mich jetzt einmal in Ruhe zu dir sprechen und unterbrich mich nicht. Du weißt sehr wohl, dass ich elend bin, und dir macht es Spaß, mich leiden zu sehen, nicht wahr? Die Zigeunerin hat behauptet, du hättest ein gutes Herz. Hat dir das schon mal ein Mann gesagt? Nein! Nun, so werde ich es dir jetzt sagen, und was ich sage, ist mehr wert, als was all die andern sagen. In dem Wagen hätte ich dir hundertmal mehr den Hof machen, hätte ich dich Liebling, Äffchen, Schatz nennen sollen – aber es fehlte mir der Mut dazu, weißt du! Wenn ich Mut hätte, würde ich alle Blumen des Frühlings an einem Zweige für dich vereinen!«

Nun gewann Asis plötzlich ihre Sprache wieder und rief heftig:

»Jawohl, wie für jenes Mädchen aus der Schenke, wie für meine Zofe und für tausend andere. Im Reden sind sie groß, das ...«

Er unterbrach sie mit einem leisen Schlag auf den Mund.

»Keine derartigen Vergleiche, Kind, wenn ich bitten darf! Man sagt zwar manchmal solche Dummheiten, um den Frauen zu schmeicheln, aber mit dir ... Heilige Jungfrau! ... mit dir ist das etwas ganz anderes. Herr Gott, du

könntest mich verrückt machen. Weißt du, ich bin noch ganz berauscht von allem, was geschehen, und bereue es aufrichtig, dass wir gestern nicht vor dem Frühstück umgekehrt sind. Glaubst du mir's nicht?«
Der Südländer schlug das Kreuz und küsste sich die Fingerspitzen. Asis musste lachen, ob sie wollte oder nicht. Und er konnte darüber nicht einmal böse werden, denn dieses Lachen musste auch den Zornigsten entwaffnen. »Und was nun?« dachte Asis, während sie all ihre Geistesgegenwart und ihre ganze weibliche Geschicklichkeit zu Hilfe rief. »Nichts, ganz einfach ... vor allen Dingen nicht die Zusammenkunft verweigern, die er sich für den nächsten Nachmittag fünf Uhr erbat! Er wäre sonst imstande, irgendeine Dummheit zu machen. Nein, nein, sie musste ihm die Ausfahrt zur bestimmten Stunde bewilligen, und dann möge er nur suchen –, sie würde dann irgendwo sein, wo er sie am allerwenigsten vermutete. Jetzt galt es, alles aufzubieten, um ihn in Ruhe und Freundschaft loszuwerden. Was würden die Dienstboten denken? Diabla mochte ihnen ohnehin schon schöne Geschichten erzählen! ...

XII.

Seit fünf Uhr wartete Asis' Wagen vor der Tür; der Kutscher in seiner stattlichen Livree war, nachdem er längere Zeit in der vorschriftsmäßigen Stellung verharrt, endlich dem einschläfernden Einfluss der abendlichen Ruhe zum Opfer gefallen, und saß nun da, den Kopf tief auf die Brust gesenkt. Sein Atem ging immer schwerer, er stieß einen leisen, pfeifenden Ton aus und fuhr plötzlich, durch sein eigenes Schnarchen erschreckt, aus dem Schlaf auf. Das Pferd, das anfangs ungeduldig mit den Hufen gescharrt, folgte dem Beispiel seines Herrn und verdrehte schläfrig die Augen. Sogar der Wagen schien sich in träger Müdigkeit auf seine Räder zu stützen.

Und als die Sonne unterging, die Hitze abnahm und der Laternenanzünder eine Laterne nach der andern ansteckte, schliefen Wagen, Pferd und Kutscher, in ihr Schicksal ergeben, einen festen Schlaf.

Es mochte ungefähr sieben Uhr sein, als eine männliche Erscheinung aus dem Hause trat, sich möglichst rasch von der Tür entfernte, auf den gegenüberliegenden Bürgersteig eilte und dort, einen Augenblick innehaltend, sehnsüchtig nach Asis' Fenstern hinüberschaute. Allein es war nichts zu sehen, und so entschloss er sich endlich, den Weg nach Ricoletas einzuschlagen.

XIII.

Oberst Pardo pflegte seine Landsmännin und Freundin, die Marquise d'Andrade, des Abends öfters zu besuchen. Sie plauderten dann von tausenderlei Dingen, diskutierten lebhaft und angeregt, und verbrachten diese Abende in angenehmster Unterhaltung. Von Galanterie im gewöhnlichsten Sinne des Wortes war keine Rede, wenn auch vielfach behauptet wurde (diese Klatscherei war bei der Herzogin von Sahagun entstanden), Don Gabriel interessiere sich lebhaft für Asis' liebenswürdige Persönlichkeit und ihr ansehnliches Vermögen; andere erklärten mit dem Brustton der Überzeugung, Pardo suche weder das eine noch das andere, da er noch immer an einer nicht ganz geheilten Liebeswunde litte: es handelte sich hierbei um eine romantische und etwas mysteriöse Affäre mit einer Verwandten, die, um ihm zu entfliehen, Nonne in einem Kloster von Santiago geworden war.

Auch an dem Abend jenes Tages, da Asis' Wagen so lange vergeblich vor der Tür warten musste, hatte Pardo sich entschlossen, seine Freundin zu besuchen; es war gegen neun Uhr, als er bei ihr klingelte.

Gewöhnlich bat ihn die Dienerschaft, die die Freude ihrer Herrin über diesen Besuch wohl kannte, sogleich einzutreten. Aber heute sahen sich Perfekto (Asis nannte ihn Imperfekto) und Diabla verlegen an und beantworteten die üblichen Fragen des Obersten stotternd und unsicher.

»Was gibt's? Ist die Gnädige ausgegangen? Das pflegt sie doch sonst am Dienstag nie zu tun.«

»Ausgegangen? Ausgegangen? ...« stotterte Imperfekto.

»Nein, nicht ausgegangen,« sagte Diabla rasch, »aber sie ist ein wenig ...«

»Ein wenig angegriffen ...« fügte der Diener diplomatisch hinzu.

»Wieso angegriffen?« rief der Oberst erschreckt aus. »Seit wann ist sie nicht wohl? Und was fehlt ihr? Liegt sie zu Bett?«

»Nein, Herr Oberst, zu Bett liegt sie nicht gerade, sie hat nur eine leichte Migräne.«

»So sagen Sie, dass ich ihr gute Besserung wünsche und morgen wiederkommen werde, – aber nicht vergessen, – verstanden?«

Der Oberst hatte diese Worte kaum ausgesprochen, als Asis, in ihren leichten Schlafrock gehüllt, im Vorsaal erschien.

»Aber diese Dienstboten machen doch auch immer alles verkehrt, – ich bin zu Hause, ich bin zu Hause, natürlich! Treten Sie nur näher.«

Gabriel trat ein. Das Zimmer war so traulich und gemütlich, wie am Abend zuvor. Durch den spitzenbesetzten Lampenschirm drang dasselbe rosige, einschläfernde Licht; – in einer kostbaren Vase welkten Flieder und weiße Rosen langsam dahin. Als der Oberst auf den Lehnstuhl zuging, in dem er gewöhnlich zu sitzen pflegte, stolperte er über einen Gegenstand, der in den Falten des kleinen, vor dem Diwan liegenden türkischen Teppichs halb versteckt lag. Er bückte sich und hob eine lederne, mit Silberinitialen verzierte Brieftasche vom Boden auf, die allem Anschein nach einem Herrn gehörte. Asis streckte die Hand danach aus, und trotzdem Gabriel sehr zerstreut und ein wenig schläfrig war, entging ihm ihre Erregung nicht. Instinktiv spielte Gabriel den Unbefangenen und übergab ihr seinen Fund, ohne auch nur den Versuch zu machen, jene Initialen zu entziffern.

»Imperfekto und Diabla haben mir da einen schönen Schrecken eingejagt,« murmelte Asis, indem sie ihre Erregung geschickt zu verbergen suchte. »Das sind zu große Dummköpfe. Ich hatte Befehl erteilt ... Aber natürlich galt der nicht Ihnen ... Sie sehen doch, dass ich Sie erwartet habe,« fügte sie, immer noch sehr verlegen, hinzu.

»Und wie steht's mit Ihrer Migräne?«

»Ach, die ist sehr heftig,« entgegnete Asis, die Hand an die Stirn legend.

»So will ich Sie allein lassen, gehen Sie zu Bett, im Schlaf verlieren sich die Schmerzen.«

»Nein, nein, bleiben Sie, bitte. Im Gegenteil.«

»Wieso im Gegenteil? Bitte, erklären Sie mir das,« fügte der Oberst hinzu, während er scherzend versuchte, die noch immer verlegene Asis zu beruhigen.

»Wieso? Weil Sie einen kleinen Spaziergang mit mir machen sollen. Ich muss mich ein wenig zerstreuen und frische Luft schöpfen.«

»Wir wollen in irgendein Theater gehen.«

»Ins Theater? In diese Hitze, unter all die Menschen? Ein furchtbarer Gedanke! Sie wollen mich wohl umbringen, Was mir fehlt, ist Bewegung. Ich will mich rasch anziehen, und dann wollen wir gehen.«

»Wie Sie wünschen.«

Als sie auf die Straße hinaustraten, seufzte Asis erleichtert auf und schlug den Weg nach Salamanka ein. Man hat hier das Empfinden, als trete man in einen Wald, denn hohe schattenspendende Bäume umgeben einen freien Raum, und der sternenbesäte Himmel scheint hier höher zu sein als in Madrid.

Die Nacht war herrlich. Asis hob den Kopf und blickt auf die leuchtenden Sterne, die sie, um nur etwas zu sagen, mit den funkelnden Juwelen ihrer Freundinnen verglich.

»Wie schön strahlt jener Stern, der so einsam am Himmel steht!«

»Das ist die Venus! Und seiner Schönheit verdankt er seinen Namen.«

»Sie vergleichen stets das Menschliche mit dem Göttlichen.«

»Nein, wenn jemand das tut, so waren Sie es, die beim Anblick der Sterne gleich an die Juwelen Ihrer Freundinnen dachte. – Wie schön ist doch der Himmel von Madrid!« setzte er nach kurzem Schweigen hinzu.

In diesem sternenbesäten, blauen Himmelsgewölbe sahen Asis und der Oberst wie durch eine geheime, magnetische Kraft eine lederne, mit silbernen Initialen verzierte Brieftasche, und derselbe Gedanke durchkreuzte beider Hirn.

Jetzt gelangten sie zu dem ganz still und verlassen daliegenden Prado mit seinen aufgestapelten Stuhlreihen. Im Hintergrunde des Gartens hob sich von einer dichten Koniferengruppe die elegante Silhouette des italienischen Palazzo ab. Auf dem von dem matten Schein einer einzigen Laterne spärlich beleuchteten Prado keine Seele weit und breit.

»Wollen wir bis nach Carrera gehen?« fragte Pardo.

»Nein, nein, lieber Freund, um Gottes willen nicht. Es könnte uns jeden Augenblick ein Bekannter begegnen, und was würde man sich dann im Salon der Herzogin alles zu erzählen wissen!«

»Und seit wann legen Sie denn auf solche Dinge so großen Wert? Ist es denn gar so schlimm, wenn Sie mit einem Freunde ein wenig spazieren gehen? Was brauchen Sie sich um die albernen gesellschaftlichen Formen zu kümmern? Ich kann in Ihr Haus gehen, so oft und wann ich will, ohne dass sich jemand daran stößt. Warum können wir denn nicht ebenso gut eine Stunde zusammen spazieren gehen?«

»Wagen Sie es nur, gegen den Strom zu schwimmen; wir beide werden die Welt nicht mehr ändern. Lassen wir sie ruhig so, wie sie ist. Alles hat seine Gründe, und diese Formen und Vorsichtsmaßregeln sind oft genug durchaus gerechtfertigt. Ach, hier ist's herrlich frisch!«

»Geht's Ihnen besser?«

»Ja, etwas, die Luft tut mir gut.«

»Wollen Sie sich nicht einen Augenblick ausruhen? Dieser Sitz hier ist sehr einladend.«

Schweigend ließen die beiden sich nieder. Asis saß still und in Gedanken versunken da.

Derartige Pausen in der Unterhaltung zwischen einem Herrn und einer Dame in einer solchen Umgebung und zu solcher Stunde haben für beide Teile stets etwas Peinliches. Der Oberst zog sein Taschentuch hervor, putzte bedächtig sein Pincenez und ging dann, fest davon überzeugt, Asis habe den Wunsch, sich ihm gegenüber auszusprechen, geradeswegs auf sein Ziel los.

»An Ihre Migräne glaube ich nicht recht, es ist etwas anderes ... es beschäftigt Sie etwas ... das sehe ich deutlich ... verheimlichen Sie es mir nicht, wir sind doch alte Freunde.«

»Aber wirklich, es ist durchaus nichts, wie kommen Sie nur darauf?«

»Um so besser, meine Gnädige, um so besser,« sagte Don Gabriel diskret.

»Ich hingegen könnte Ihnen von großen Schmerzen und seltsamen Dingen erzählen.«

»Bezieht sich's auf Ihre Verwandte?« fragte Asis neugierig; zwei- oder dreimal schon hatte er ihr in vertraulicher Unterhaltung gewisse Einzelheiten aus seinem Leben berichtet.

»Ja, ich kann's Ihnen ruhig sagen, Sie wissen ja, wie viel darüber geklatscht wird.«

Pardo nahm den Hut ab und wischte sich den Schweiß von der Stirn. »Man glaubt allgemein, die Ärmste hege eine unüberwindliche Abneigung gegen mich und sei nur deshalb ins Kloster gegangen. Aber das ist nicht wahr; ich glaube sogar, dass sie mich unbewusst geliebt hat. Als sie mich kennenlernte, war sie bereits durch einen anderen Mann kompromittiert, einen Menschen, der gesellschaftlich so tief unter ihr stand, dass sie niemals an eine Verbindung mit ihm hätte denken können, und so glaubte das unglückliche Wesen, dass das Leben ihr nichts mehr zu bieten hätte, und dass es für sie nur *eine* Zuflucht gäbe: das Kloster. Ach, Asis, wenn Sie ahnten, was das für eine Tragödie ist! Es ist traurig, dass man nach solchen Erlebnissen noch imstande ist, das alte Leben wieder aufzunehmen, in Gesellschaften zu gehen, zu scherzen, zu lachen und Gefallen an den Frauen zu finden – wie zum Beispiel ich an Ihnen ... Und dass ich kein lästiger Verehrer, sondern ein wahrhaft treuer Freund bin, das wissen Sie.«

Asis hörte die Stimme des Obersten, und in ihren Ohren summte es: »Vertraue dich ihm an, bitte ihn um seinen Rat ... originelle Ideen hast du ... Das wäre sehr unklug, aber doch begreiflich! ... Gefahr ist nicht dabei, und für dich wäre es eine Erleichterung. – Hast du kein Vertrauen zu ihm? – Also vorwärts, los! Glaubst du nicht, dass er über deine Unbesonnenheit

Schweigen beobachten wird? Und er hat ja doch selbst die Brieftasche aufgehoben!«

Während Asis sich das alles in ihrem Innern überlegte, sagte sie laut:

»Also das junge Mädchen liebte sie, ohne sich dessen bewusst zu sein? Das ist ja höchst merkwürdig! Und wie erklären Sie sich das?«

»Ach, meine liebe Asis, ich habe längst darauf verzichtet, derartige Dinge zu erklären. Für Herzenswunden gibt's eben keine Erklärung; dafür birgt unser Inneres zu viel Unerforschtes, zu viel Widersprüche. Jede Neigung, Liebe oder Leidenschaft gibt Veranlassung zu allerhand Extravaganzen. Zu diesen Launen und Verirrungen kommen dann noch die verschrobenen Urteile und Ansichten der Gesellschaft, und so ist's kein Wunder, dass die psychologischen Probleme fast unlösbar werden. Die Gesellschaft ...«

»Nun sind Sie wieder in Ihrem Fahrwasser, Sie schieben doch auch immer alle Schuld auf die Gesellschaft,« unterbrach ihn Asis heftig; »die Ärmste muss wirklich kräftige Schultern haben, um das alles zu tragen.«

»Aber so hören Sie mich doch, bitte, einen Augenblick ruhig an. Für diese ganze Tragödie mache ich in der Tat nur die Gesellschaft verantwortlich, und nur sie allein. Weil sie allem, was nur natürlich ist, eine viel zu große Bedeutung beilegt und die Nebensachen zu Hauptsachen macht. Aber ich will jetzt schweigen, denn ich möchte Sie nicht chokieren.«

»Aber mein bester Freund, Sie reizen meine Neugierde ... Man kann alles sagen, es kommt nur darauf an, wie. Ich werde nicht chokiert sein, ich verspreche es Ihnen.«

»Also schön. – Aber wo war ich denn eigentlich stehen geblieben? Wissen Sie's noch?«

»Sie behaupteten, dass die Gesellschaft die Nebensachen zu Hauptsachen mache ... ich halte das für falsch ...«

»So? Ich möchte Ihnen das Gegenteil beweisen. Ich nenne Nebensachen all das, was in derartigen Fällen die Hauptrolle zu spielen pflegt. Und Sie?«

Asis antwortete nicht, da in demselben Augenblick ein halbwüchsiger Jüngling pfeifend vorbeischlenderte und verschmitzt zu ihnen hinüberblinzelte. Als er verschwunden war, sagte sie: »Ich bin anderer Ansicht.«

»Werden Sie auch nicht empört sein, wenn ich mich klar und deutlich ausdrücke?«

Man hätte diese Unterhaltung leicht für ein Liebesgespräch halten können. Und wer weiß, ob sie ohne die verhängnisvolle Brieftasche nicht wirklich noch dazu geworden wäre!

»Nein, nein, ich verspreche es Ihnen! Und nun wollen wir offen, wie zwei gute Kameraden, miteinander reden.«

»Also bleiben wir bei der Freundschaft!«

»Gern. Aber dann dürfen Sie mich auch nicht unterbrechen, wenn meine Zunge mal mit mir durchgehen sollte ... Und das ist sehr leicht möglich. Also kurz und gut: Ich nenne eine Nebensache, was die anderen eine große Sünde nennen. Soll ich mich jetzt *noch* klarer ausdrücken?«

»Nein, nein, genug,« rief Asis laut. »Aber bitte, sagen Sie mir jetzt, was *Sie* die Hauptsache nennen!«

»Etwas, das selten und darum doppelt wertvoll ist: aufrichtige Liebe und Neigung zweier Menschen füreinander. Wie denken sie darüber?«

»Alle Achtung!« rief die also Angeredete erstaunt aus.

»Ich will Ihnen meine Theorie näher erklären ... Ein Exempel statuieren, wie der Priester sagen würde. Stellen sie sich einmal vor, wir wären statt im Prado in Pierra de Campos, zwei Meilen von einem kleinen Dörfchen entfernt; ich wäre ein roher Patron und machte von der günstigen Gelegenheit Gebrauch, um es Ihnen gegenüber an dem schuldigen Respekt fehlen zu lassen ... Würde es darum zwei Minuten später zwischen uns eine Fessel geben, die es zwei Minuten früher noch nicht gab? Nein, meine Gnädige. Es wäre genau so, als wenn sie einen Moment gestrauchelt wären, um gleich darauf mit umso größerer Vorsicht zu gehen. Und damit wäre die ganze Sache aus.«

»Wäre das geschehen, so würden Sie mir von dem Moment an furchtbar antipathisch und verhasst sein.«

»Möglich. Aber um Ihnen das Beispiel ganz klar zu machen, müssen Sie mir von vornherein verzeihen, wenn ich allerhand erörtere, was man »shoking« zu nennen pflegt. Meine Gnädige, glauben Sie nur ja nicht, dass ich meine Macht in dieser Weise missbrauchen werde, das wäre nicht der richtige Weg. Von einer Gewalttätigkeit kann nicht die Rede sein, höchstens – auf moralischem Gebiet, falls ich geschickt genug bin, einen Moment der Schwäche bei Ihnen hervorzurufen.«

Glücklicherweise war es dunkel, und Asis weit genug von der Laterne entfernt, um ihre Erregung vor den Augen des Obersten zu verbergen. – »Er weiß es, er weiß es!« wiederholte sie unaufhörlich und rief dann plötzlich mit veränderter Stimme aus:

»Wie entsetzlich, Don Gabriel!«

»Was ist entsetzlich? Das, was Sie entsetzlich finden, liebste Asis, erscheint keinem der Herren so, die mit Ihnen verkehren und Sie hoch schätzen: so zum Beispiel dem Marquis von Vuelva mit seinen strengen Prinzipien ... Ihrem so liebenswürdigen, jovialen Vater ... mir und allen anderen ... Sie sind über jeden Zweifel erhaben, und so würde sich auch niemand über eine Bagatelle wundern. Wo es sich aber um eine Frau handelt, wird bei dem geringsten Anlass ein Teufelslärm gemacht, als brenne Madrid an allen Enden. Und wenn sie einen Fehltritt tut, so wittert man ihn sofort und entreißt ihr das Geständnis mit der größten Schlauheit. Entweder der Verführer heiratet sie oder man reiht sie zeitlebens in die Kategorie der galanten Frauen ein. Und wollte sie nach diesem Fehltritt auch das Leben einer Nonne führen – sie ist gefallen, und es kümmert sich kein Mensch mehr um sie. Schöne Logik! Ein unschuldiges Mädchen, das seiner Jugend, seiner Unerfahrenheit und seinen natürlichen Trieben zum Opfer fällt, wird in ein Kloster gesteckt, weil es für sie keinen anderen Ausweg mehr gibt. Freundin Asis, das sind Dummheiten!«

Während der Oberst diese Worte sprach, wurden in ihrer Phantasie die Platanen des Gartens zu einem dichten Wald, die Akaziendüfte zu dem würzigen Geruch der Krauseminze, die am Meilenstein wuchs, und das ferne Geräusch der Stadt zum wüsten Lärm des Jahrmarkts. Und vor ihrem geistigen Auge erschien ein kleines, am Ufer des Manzanares gelegenes Häuschen, eine enge, niedere Stube, ein hartes Bett und eine umgegossene Tasse Tee.

»Dummheiten!« fuhr Don Gabriel fort, ohne sich im geringsten um Asis' Erregung zu kümmern, »die man meist allzu teuer bezahlt. Und dazu kommt noch, dass eine wirklich vornehme Frau sich selbst nach einem einzigen unbesonnenen Augenblick ihr ganzes Leben lang für verächtlich und befleckt hält. Und da sie den Mann, dem ihre Neigung gehört, nicht heiraten kann, ist sie verdammt, entweder Nonne zu werden, ohne sich zu diesem Beruf hingezogen zu fühlen, oder eine liebeleere Ehe einzugehen.«

Und während er voller Bitterkeit diese Worte murmelte, sah er im Geist ein bleiches Antlitz mit dunklen Augen, von engen Mauern umgeben: das Mädchen, das er mehr als alles auf der Welt geliebt.

XIV.

»Pardo, Sie sind furchtbar, wollen Sie nun gar die gleiche Moral für beide Geschlechter predigen?«

»Meine liebe Asis, nur keine Gemeinplätze. Ja, ich halte es für verwerflich, euch gewisser Dinge wegen, die man uns nicht zum Vorwurf macht, schonungslos zu verdammen.«

»Und das Gewissen, mein Herr? Und Gott?«

Asis betonte diese Worte mit einer gewissen Feierlichkeit und Strenge, hinter der sie ihre große Befriedigung zu verbergen suchte, sie begann die Sophismen des Obersten, aus denen klar hervorging, dass die Leidenschaften den Verstand trüben, allmählich richtig und vernünftig zu finden.

»Das Gewissen! Gott!« rief er aus, ihren pathetischen Ton nachahmend. »Schon wieder ein anderes Register – schön, also wollen wir das jetzt ziehen. Bei den Gläubigen ist die Gewissensfrage ganz unabhängig vom Geschlecht. Wenn Sie mich auch für einen Ketzer halten, so habe ich doch die Lehren des Katechismus noch nicht vergessen; ich kann Ihnen die Zehn Gebote fließend hersagen. ... Und ich bin überzeugt, wir beten genau so wie sie. Ich weiß auch, dass der Beichtvater Ihnen ebenso gut Absolution erteilt wie uns. Der Diener Gottes verlangt von dem Beichtkind nur Reue und das Versprechen der Besserung; die Welt aber, noch strenger als Gott, verlangt absolute Vollkommenheit.«

»Nein, nein, da haben Sie unrecht, der Beichtvater nimmt's bei uns auch viel genauer als bei den Männern, denen er vieles durchgehen lässt,« erwiderte Asis, absichtlich falsche Behauptungen aufstellend, nur um das Vergnügen zu genießen, sie von ihm widerlegt zu sehen.

»Liebe Asis, wenn er das wirklich tut, so geschieht es nur aus Klugheit, damit wir dem Beichtstuhl nicht fernbleiben sollen. Im Grunde genommen wird Ihnen kein Beichtvater sagen, dass es für Sie keine Sünde mehr gibt, wohl aber, dass, abgesehen vom Urteil der Welt, die Sache an sich für beide Geschlechter die gleiche bleibt. So, jetzt müssen Sie mich von einer anderen Seite angreifen.«

»Ich?« stotterte Asis, die nicht die geringste Lust dazu verspürte.

»Wenn Sie mir mit dem Respekt und der Selbstachtung kommen, die sich ein jeder schuldig ist ...«

»Nun, was das anbetrifft, ...« entgegnete Asis zögernd.

»Ich will gern zugeben, dass solche Dinge eine Frau adeln, im Grunde hängt sie aber doch vom gesellschaftlichen Urteil ab. Eine Frau kommt sich selbst nach einem Fehltritt befleckt und unehrenhaft vor, weil man ihr von Kindheit an klar zu machen versucht hat, das sei das Niedrigste und Schlechteste und niemals wieder gut zu machen. Es sei wie die Hölle, aus der es kein Entrinnen gibt. Uns hingegen impft man das Gegenteil ein, dass es für einen Mann halbwegs eine Schande sei, keine Abenteuer erlebt zu haben, und dass man ihn albern finde, wenn er ihnen aus dem Wege geht, sodass dasselbe, was man von den Männern verlangt, die Frauen erniedrigt. Das sind ererbte Vorurteile, wie Spencer sagen würde. Und lassen Sie mich Ihnen noch einige weitere Beispiele nennen.«

»Nein, ich danke, Sie wollen mich wohl zu einer Gelehrten machen, jeden Tag pfropfen Sie mir die Ohren voll mit solchen Dingen.«

»Meiner Ansicht nach sinkt das, was ich in kleinen Liebeleien als nebensächlich erachte, bei großen Neigungen in ein Nichts zusammen.«

Asis lauschte, lauschte mit ganzer Seele, und es war ihr, als hätte ihr Freund noch nie so glückliche Momente gehabt, wie heute Abend, da er so klug und eindringlich zu ihr sprach. Die Worte des Obersten, die ihre anerzogenen Grundsätze geißelten, trafen sie wie gut gezielte Pfeile und entfachten in ihr ein Feuer, dem ihre alten vorgefassten Meinungen und Grundsätze nicht standzuhalten vermochten. Es war, als fiele ihr eine Zentnerlast von der Brust, als trenne man sie von einem toten Körper ... Eine durch das Chloroform falscher Grundsätze hervorgerufene Paralyse des Gehirns mochte man diese pathologisch-moralische Erkrankung nennen.

»Das ist ein recht überspannter Mensch,« dachte die Operierte. »Mir lauter so dumme Dinge zu sagen! Aber aus seinem Munde spricht die Gerechtigkeit. Ist man denn gleich ein Verbrecher, wenn man einmal gesündigt hat? Mir bleibt immer noch Zeit, inne zu halten und nicht wieder in den alten Fehler zu verfallen. Seine Theorie ist, dass gewisse Dinge, die – ich weiß nicht wie – ohne eigene Initiative oder vorhergegangene Überlegung passieren, nicht für einen Makel angesehen werden dürfen, den man nie wieder los wird ... Selbst der unerbittliche Pater Urdax, ist darin nicht so streng, wie die hyperkritische Gesellschaft ... Ach, mein Gott! ... Ich bin, wie er, ich schiebe nun auch schon der Gesellschaft alle Schuld zu.«

Bei diesen Reflexionen empfand die junge Frau einen Kitzel in der Gegend der Augenbrauen, dann in der Nase ... Hatschi! Sie nieste laut und kräftig.

»Prost, das wird Ihnen wohltun,« rief ihr Freund aus, »an solch nächtliches Umherstreifen sind Sie nicht gewöhnt, stehen Sie auf, wir wollen nach Hause gehen.«

»Nein, die Nachtluft schadet mir nicht, diese Erkältung verdanke ich der Sonnenhitze.«

»Der Hitze?«

»Ja, gestern, das heißt vorgestern ... auf dem Wege zur Messe von Pasquales. Dorthin gehe ich jetzt regelmäßig, ob ich Migräne habe oder nicht ...«

»In jedem Falle hören Sie auf mich, wir wollen uns jetzt auf den Weg machen; ich möchte nicht, dass Sie noch krank werden und sich ein Wechselfieber holen, wie man es im Frühjahr in Madrid nur allzu häufig bekommt.«

»Nach Hause?«

»Ja, wir wollen langsam zurückgehen.«

Schweigend legten sie den Weg bis zu Asis' Haus zurück. Als Imperfekto öffnete, lud Asis ihren Freund ein, sich noch einen Augenblick bei ihr auszuruhen. Er dankte, und erklärte, dass er durchaus noch auf eine Stunde in den Klub müsse, um ein paar ausländische Zeitungen zu lesen und einen Freund zu sprechen. Pardo wünschte der jungen Frau mit einer formellen Verbeugung Gute Nacht und eilte die Treppen hinunter. Der große Verächter der Moral führte, den Weg zum Klub langsam zurücklegend, unterwegs etwa folgendes Selbstgespräch:

»Ich habe mich in der jungen Witwe getäuscht; ich hielt sie für eine ehrbare, unantastbare Frau. Das Monogramm auf der Brieftasche habe ich mir leider nicht näher angesehen. Sollte es vielleicht? ... das muss ich herausbringen. In der Tat habe ich noch nie etwas Schlechtes über sie gehört, noch auch sie mit Menschen verkehren sehen, die ... Aber schließlich geschehen derartige Dinge häufig im Leben. Jeder treibt mal seinen Scherz, wenn ich bedenke, dass ich oft nahe daran war ... ihr in aller Form ... aber, du lieber Gott: Von einem Fall kann ja doch nicht die Rede sein, höchstens von einem leichten Straucheln.«

Er setzte, in Gedanken versunken, seinen Weg fort, ohne den starken, betäubenden Duft der Akazien zu verspüren.

XV.

Den Nachmittag des folgenden Tages widmete Asis ihren Besuchspflichten, den langweiligsten, die der Verkehr in der Gesellschaft auferlegt, und denen sich selten jemand unterwirft, ohne über diesen lästigen Zwang laut oder im geheimen zu murren, weniger unbequem sind formelle Besuche, die sich schon an der Haustür erledigen lassen. Ja, wenn es überall so ginge, wie bei der Herzogin von Sahagun oder der Familie Torresnobles, dann ließe sich's ertragen! Schon bevor der Wagen hielt, nahm Asis die Visitenkarte mit der umgebogenen Ecke in die Hand und reichte sie dem herbeieilenden Portier, der liebenswürdig lächelnd die Karte in Empfang nahm und, nachdem er die übliche Frage an sie gerichtet: »Wohin befehlen die gnädige Frau jetzt?«, dem Kutscher die entsprechende Weisung erteilte. Die anderen Besuche hingegen gehörten nicht gerade zu den angenehmsten. Da musste sie vor einer schmalen Haustür lange warten, bis sie endlich von dem mürrischen Portier die fatale Antwort erhielt: »Ich glaube, die gnädig« Frau war heute den ganzen Tag noch nicht aus. Im dritten Stock links, erste Tür.« Und dann der endlose Aufstieg, die unvermeidliche

Kurzatmigkeit, die Unsicherheit auf den dunklen Wendeltreppen, der widerwärtige Küchengeruch, der verlegene Empfang, die zerzausten Kinder, die langweiligen Krankheitsgeschichten und der unangenehme Klatsch. Innerlich verwünschte Asis derartige Besuche, während sie seufzend die Liste studierte: »Ach, nun fehlt noch die Witwe Pardannas, Dr. Celas Mutter ... und Rita, Pardos Schwester. Und das ist sehr dringend, denn das Kind hat Diphtheritis gehabt ...«

Asis kehrte todmüde von ihrer Besuchstournee in ihre Wohnung zurück. Wie Gläubige oft, einer rasch aufwallenden Gewissensregung folgend, drei Rosenkränze und drei Vaterunser beten, so fühlte Asis zuweilen das dringende Bedürfnis, sich wenigstens der Hälfte ihrer Verpflichtungen zu entledigen. Anderseits war sie fester als je entschlossen, die Unregelmäßigkeiten, die sie sich hatte zuschulden kommen lassen, auf jede nur denkbare Weise wieder gut zu machen. Oberst Pardo, hatte recht; im Grunde genommen war ihr Vergehen gar nicht so unerhört, aber wenn es in die Öffentlichkeit drang, ja dann! Sie musste um jeden Preis den Skandal vermeiden und alle üblen Nachreden im Keim ersticken. Damit war die Sache erledigt, und sie konnte es mit ruhigem Gewissen tun, denn ihr Herz war dabei nicht beteiligt. »Wenn mir zum Beispiel jemand sagen würde,« überlegte sie sich in ihrem Innern, »Pacheco sei heute in seine Heimat zurückgekehrt und scheine sich dort mit einem reichen Mädchen verloben zu wollen, so wäre mir das ganz gleichgültig, und ich würde ihm keine Träne nachweinen. Ich würde sogar Gott danken, ihn auf diese Weise los zu werden. Und schlimmstenfalls: Wenn *er* nicht geht, so werde *ich* gehen. Denn ich verreise im Sommer ohnehin, und so wird es eben diesmal etwas früher sein.« Wie verlockend allein schon der Gedanke, sich in die Bahn zu setzen! So beruhigte sie ihre Angst und musste selbst darüber lachen, dass sie damals, als Diabla nach ihrer Rückkehr eine Frage an sie gerichtet, verlegen den Kopf abgewandt. Denn im Grunde genommen brauchte eine Witwe doch wirklich keinem Menschen über ihr Tun und Lassen Rechenschaft abzulegen.

Solche Gedanken kreuzten ihr Hirn, während sie die Treppe ihres Hauses hinaufstieg; nach dem heißen Tage hatte man das Gas noch nicht angezündet. Auf dem zweiten Absatz in einem dunklen Winkel, Gott im Himmel! stand ein Mann ... Pacheco! ...

Sie unterdrückte einen Schrei. Der Gaditano fasste heftig ihre beiden Hände:

»Wie geht es dir, mein Kind? Dreimal war ich hier, und jedes Mal hast du dich verleugnen lassen. Einmal wenigstens musst du zu Hause gewesen sein. Wenn du mich nicht mehr hier haben willst, so sage es mir und ich komme nicht mehr. Dann werde ich versuchen, dich auf der Promenade oder im Theater zu sehen. Aber mich von einem Dienstboten abweisen zu lassen, der mir lachend die Tür vor der Nase zuwirft, dafür danke ich!«

»Aber wenn ich doch ...« entgegnete sie stotternd.

»Kind, hast du dich denn etwa nicht vor mir verleugnen lassen?«

»Nein, vor dir nicht,« entgegnete Asis rasch in aufrichtigem Tone; in diesem Augenblick glaubte sie selbst daran.

»Dann komme ich heute Abend um neun Uhr. Ja?«

Die junge Frau machte eine hastige Bewegung.

»Das ist dir wohl nicht recht? Willst du ausgehen? Sage mir die Wahrheit. Dann wirst du mich gleich los. Durch mich sollst du nicht die geringsten Unannehmlichkeiten haben.«

Asis zögerte: entscheidend für ihre definitive Antwort wurde ihr im Wagen gefasster Entschluss, im geeigneten Augenblick ganz einfach heimlich abzureisen.

»Gut, also um neun.«

Pacheco zog sie an sich.

»Aber du gehst dann um zehn wieder fort, gelt?«

»Um zehn? Dann brauche ich ja gar nicht zu kommen, das lohnt sich nicht. Du hast gewiss etwas vor, sage es mir aufrichtig.« »Nein, ich habe nichts vor. ... Es ist nur wegen der Dienstboten, ich gebe den Leuten nicht gern ein Schauspiel.«

»O, dein Diener ist ein Schafskopf – aber das Mädchen ist zu klug, das kannst du inzwischen fortschicken.«

»Also auf Wiedersehen.«

Pacheco nahm ihr, bevor er verschwand, den Hut ab und drückte sein Gesicht in ihr Haar; sie ordnete es mit zitternden Fingern, bevor sie das Mädchen rief.

Verlegen und zerstreut legte sie ihre Sachen ab, ein Stück hierhin, ein anderes dorthin werfend. Diabla hob langsam alles auf, nicht ohne die Kleidungsstücke mit einer Gründlichkeit zu reinigen und auszuklopfen, die Asis etwas unnötig erschien. Weshalb ihm nicht energisch die Bitte abschlagen? Das wäre viel besser. Aber schließlich ... Sie wandte sich wiederum an das Mädchen:

»Diabla, du musst den großen Reisekoffer nachsehen, ich glaube, er ist nicht ganz in Ordnung. Und denke daran, dass du morgen zu Madame

Armandina gehst, die Hüte werden wohl fertig sein. Und wenn nicht, so sage, dass es eilt. Ich will verreisen.«

»Nach Vigo, gnädige Frau?« fragte Diabla mit gut gespielter Unbefangenheit.

»Und dann geh mal zum Schuhmacher ... und hole mir auf dem Platz del Angel den Fächer ab.«

Indem sie diese Befehle erteilte, beruhigte sie sich ein wenig. Nein, es war unmöglich gewesen, ihm seine Bitte abzuschlagen. Wäre er nicht heute gekommen, dann eben morgen. ... Es wäre also nur ein Aufschub gewesen.

Sie aß wenig; die Erregung hatte ihr den Appetit geraubt. Unzählige Male warf sie einen Blick auf die Uhr, die acht schlug, als sie sich vom Tisch erhob.

»Höre, Diabla ...«

Sie stockte. Die Zunge klebte ihr am Gaumen.

»Höre, Kind ... möchtest du ... möchtest du heute Abend deine Schwester besuchen?«

»Gerne, gnädige Frau, gerne! Aber sie wohnt sehr weit, für den Hin- und Rückweg brauche ich ...«

»Das tut nichts, ich zahle dir die Pferdebahn oder einen Fiaker. Du kannst dann gegen zwölf Uhr zurückkommen. Man wird dir schon aufmachen. iss nur recht schnell! und hör mal! Hat deine Schwester nicht ein Töchterchen von sechs Jahren?«

»Von acht, gnädige Frau, von acht, und einen Buben von dreizehn Monaten; der zahnt eben.«

»Gut, dem Mädchen kannst du Marujitas Kleidchen mitnehmen, das wir neulich erst hergerichtet haben.«

»Gott vergelt's Ihnen, gnädige Frau – und vielleicht auch den weißen Hut mit dem Vogel?«

»Ja, den auch, – und nun geh!«

Der weiße Hut verfehlte seine Wirkung nicht. Seit mehreren Tagen schon glaubte Asis bemerkt zu haben, dass Diabla die Keckheit hatte, in ironischem Ton mit ihr zu sprechen. Aber nach diesen noblen Geschenken konnte sie in dem hübschen Gesicht ihrer Jungfer nur noch eitel Freude und Dankbarkeit entdecken. Diabla aß in drei Minuten und präsentierte sich bald darauf, schmuck und hübsch gekleidet, mit gebranntem Haar und neuen Stiefeln, vor ihrer Herrin.

»Geh jetzt, es ist schon spät, bald dreiviertel neun.«

»Nein, gnädige Frau, erst zwanzig Minuten nach acht. Ist noch etwas zu besorgen? wünschen die gnädige Frau noch etwas?«

»Nein, nichts. Geh nur. wie fein du dich gemacht hast, es ist wohl Besuch da?«

»Ja, ein Landsmann von uns.«

»Jetzt geh nur!«

Warum ging die verwünschte Diabla nun noch immer nicht? Das Ohr fest an die Tür gelegt, wartete Asis auf das Fortgehen ihrer Jungfer, sich in nervöser Ungeduld die Lippen wund beißend. Endlich hörte sie Schritte und lautes Gelächter aus der Küche. Die Tür wurde geöffnet ... Bautz ... Sie war ins Schloss gefallen. Gott sei Dank!

Nachdem Diabla fort war, schien es Asis, als wäre die ganze Wohnung in ein andachtsvolles Schweigen gehüllt. Sogar die Lampe im Salon verbreitete ein matteres, gedämpfteres Licht als sonst. Es war gegen neun Uhr; in zwanzig Minuten würde Pacheco erscheinen. Und bald darauf hörte sie ein schüchternes Klingeln, als fürchte selbst die Glocke, indiskret zu sein.

XVI.

Pacheco stand in seinem braunen Mantel unschlüssig vor der Tür und trat erst ein, als Asis zu ihm sagte:

»Bitte, näher.«

Er schlug den Mantel zurück und erkundigte sich nach ihrem Befinden. Die ersten Momente ihrer Begegnungen waren stets formell; sie reichten sich steif die Hand. Der Grund dieser verlegenen Zurückhaltung war ihnen selbst nicht recht klar. Dennoch merkte der Gaditano an dem Benehmen der jungen Frau, die sich an seiner Seite in einen Sessel niederließ, dass sie ihn kälter und zurückhaltender empfing als gewöhnlich; und er murmelte nach kurzem Stillschweigen:

»Was hast du? Du bist so merkwürdig ...«

»Was sollte ich wohl haben? Das kommt dir nur so vor.«

»Ach was, mir machst du nichts weis. In Frauenangelegenheiten bin ich erfahren. Du hattest irgendetwas vor heute Abend.«

»Nein, du kannst mir wirklich glauben,« entgegnete Asis zärtlich.

»Gut, gut, ich glaube dir. Über mein Kommen bist du doch nicht entzückt; im Gegenteil, du wünschest mich zu allen Teufeln.«

Bei diesen Worten strich er mit seinen gepflegten Händen über Asis' schönes, reiches Haar, das er wohlgefällig betrachtete.

»Wenn ich dich nicht hatte haben wollen, hätte ich es dir wohl gesagt.«

»So soll es auch sein ... Immer das Herz auf der Zunge. Aber manchmal scheint es mir, als wenn du nicht aufrichtig wärst, weißt du? Ich hab's ja selbst so gemacht, mit unzähligen Frauen. ... Aber schwer ist's immer, einem Menschen, sei's Mann oder Frau, direkt ins Gesicht zu lügen. Mach du es nicht ebenso mit mir, und erwecke vor allen Dingen keine Illusionen in mir.«

»Wer weiß, ob es dir nicht eines Tages mit mir ebenso ergehen wird?« sagte Asis fragend.

Die einzige Antwort des Südländers war eine feurige, leidenschaftliche Umarmung und ein theatralisches: »Gott gebe es!«, sodass es die junge Frau wie ein elektrischer Schlag durchzuckte.

»Warum sagt du: ›Gott gebe es‹?« fragte sie, den Ton des Andalusiers nachahmend.

»Weil dies über meine Kraft geht. Ich bin noch nie so gewesen, wie jetzt. Du hast mir einen Zaubertrank eingegeben, den ich nie zuvor gekannt, seitdem ich dich gesehen, bin ich wie umgewandelt. Du hast mich elend und wahnsinnig gemacht; du bist eine Hexe, eine Sirene.«

Asis schwieg bestürzt, ohne zu wissen, was sie auf diesen leidenschaftlichen Ausbruch erwidern sollte. Da kam ihr ein unerwarteter Zwischenfall zu Hilfe: Von der Straße her tönte eine fürchterliche Musik herauf.

»Das ganze Stadtviertel feiert uns schon mit Musik,« rief Pacheco, indem er sich vom Sofa erhob und ans Fenster trat. »Komm, hör« Kind, die schlagen ihre Trommeln beinahe entzwei.«

Dem Südländer war dieser rasche Übergang von leidenschaftlich-zärtlichen Ergüssen zu der Ernüchterung, die solch prosaische Straßenszenen hervorrufen, nicht unsympathisch, denn so jähe Wechsel entsprachen seinem ganzen Naturell.

»Komm, sieh,« fuhr er fort. »Ich stelle dir einen Sessel hierher, und dann wollen wir uns setzen.« Pacheco rückte bei diesen Worten einen Stuhl ans Fenster und ließ sich darauf nieder.

»Du bist gut!« rief Asis lachend aus, »hast du nicht eben gesagt, *ich* sollte mich hinsetzen?«

»Ja, das sollst du auch!« entgegnete ihr Freund, schlang den Arm um ihre Taille und zog die Widerstrebende auf sein Knie. Pacheco begann sie zu schaukeln wie ein kleines Kind, und Ais legte, um sich eine Stütze zu schaffen, die Arme um seinen Hals und den Kopf an seine Schulter. Ein leichter Luftzug, mit dem einzelne abgebrochene Töne und süße Akaziendüfte hereindrangen, kräuselte die Fenstervorhänge. Ihre Stimmen sanken zum Flüsterton herab: Asis richtete tausend Fragen an Pacheco und wollte unzählige Details wissen:

Was er treibe? Woher er stamme? Seine Familie? Sein Beruf? Seine Neigungen? Sein Vorleben? Seine Freundschaften? Und sein richtiges Alter auf Monat, Tag und Stunde?

»Aber dann bin ich ja älter als du!« murmelte sie, nachdem der Gaditano sein Alter genannt hatte.

»Ah, bah! Das kann höchstens ein halbes Jahr oder ein Jahr sein!«

»Nein, nein, zwei wenigstens!«

»Meinetwegen, aber Männer sind immer älter, denn wir leben und ihr nicht. Ich zum Beispiel, ich habe für zehn gelebt. Du kannst dir nichts denken, was ich nicht durchgemacht hätte, wenn du das alles wüsstest!«

Asis empfand eine brennende Neugierde und zugleich heftigen Zorn.

»Na, ich glaub's schon, dass du ein toller Bursche bist!«

»Ich? Nein, so schlimm ist's nicht. Ich habe Hunderten von Frauen den Hof gemacht, und jetzt scheint es mir, als hätte ich nicht eine geliebt. Ich habe alles kennengelernt, und bin doch nicht schlecht. Wenn man mir Gelegenheit gibt, mache ich Gebrauch davon. Aber das ist ja auch begreiflich, meinst du nicht?«

»lässt du dich denn auch zu etwas Unehrenhaftem verleiten?«

Der Gaditano fuhr auf, wie von einer Tarantel gestochen.

»Aber, Kind, was fragst du mich da für Dinge? Wofür hältst du mich? Bei uns zu Lande nennt man Dummheiten noch keine Verbrechen. ... Ich habe eine Unglückliche ... der ich nicht den Saum des Kleides hätte berühren dürfen ... enttäuscht ... Das ist nicht der Rede wert. ... Mich hat der Teufel noch nie packen können. ... Ich habe gespielt ... getrunken ... geliebt ... Das ist wahr. Aber ich gestehe dir das alles ja auch ein; von solchen Sachen verstehst du eben nichts.«

»Schlimm genug,« rief Asis, sich entsetzt von ihm wendend, »was bist du doch für ein großer Held!«

»Das kannst du nicht beurteilen! Ich möchte wohl wissen, warum Gott mich in die Welt gesetzt hat. Denn ich bin ein Schwindler, ein Faulenzer und ein Müßiggänger ersten Ranges. Ich leiste nichts und habe auch gar keine Lust, etwas zu leisten. Wozu? Es war meines Vaters sehnlichster Wunsch, mich die politische Karriere einschlagen zu sehen. Aber ich danke dafür, im Abgeordnetenhause den Popanz zu spielen! Ich im Abgeordnetenhause! Nicht, als ob ich mich davor fürchtete! Mich könnten zwanzig Abgeordnetenhäuser nicht schrecken ... Und glaube mir ... ich gehe energisch auf jedes Ziel los, das ich erreichen will. Aber offen gestanden, habe ich mir immer nur da große Mühe gegeben, wo es sich um Frauen handelte. Ich bin weder dumm noch träge und könnte, wenn ich wollte, sehr viel leisten. Aber ich finde all die Dinge, für die die Menschen sich so abmühen, völlig wertlos. Wo es sich aber um eine Frau handelt, wie du eine ...«

Diese letzten Worte flüsterte er ihr, sie an sich ziehend, zärtlich ins Ohr.

»Das Einzige, was uns das Leben wert erscheinen lässt, ist die Frau: Eine Frau verehren, lieben, anbeten ... das ist schön ... alles andere ...«

»Aber das sind ja furchtbare Grundsätze,« erwiderte Asis, indem sie sich heftig von ihm losmachte. »Schämst du dich nicht, ein so unnützer, aufdringlicher Mensch, eine solche Null zu sein?«

»Und was kümmert dich das, mein Herz? Bin ich unnütz, wenn ich dich liebe? Oder hast du dir etwa vorgenommen, dich nur noch in Männer zu verlieben, die das Ministerportefeuille in der Tasche tragen? Sieh, wenn du dir die Mühe gibst, aus mir einen berühmten Mann zu machen, so will ich dem Vaterland ruhmreiche Tage verschaffen! Du wirst sehen, was für Register ich dann aufziehe. Die anderen spannen alle Segel auf, um das zu erreichen. Ich würde einfach den günstigen Moment abwarten, – das ist der ganze Unterschied.«

Solche läppischen und aufgeblasenen Redensarten konnten nur lächerlich wirken, und Asis lachte so aus vollem Halse, dass sie zu husten anfing.

»Um Gottes willen, du wirst dich erkältet haben,« rief der Gaditano erschreckt aus. »Tu mir den Gefallen und nimm ein Tuch um.«

»Aber das tue ich nie, niemals, ich bin nicht empfindlich.«

»So tue es heut, mir zuliebe, wenn du krank würdest ... ich überlebte es nicht.«

Halb tot vor Lachen, machte sich Asis aus den Armen ihres Verehrers los und lief in ihr Schlafzimmer, wo sie, im Dunkeln tappend, nach ihrem Spitzentuch suchte. Sie stand mit dem Rücken gegen das aus dem Salon hereindringende Licht und fühlte sich plötzlich von zwei kräftigen Armen umschlungen. Eine Flut von stürmischen Zärtlichkeiten und die mit erregter stimme geflüsterten Worte:

»Ich liebe dich, ich bete dich an!« klangen an ihr Ohr.

Es war, als gehörte die stimme nicht Pacheco. Sie klang so zitternd und bewegt, wie die eines Menschen, der eine große Erregung gewaltsam unterdrückt.

Erschreckt wandte Asis sich um.

»Diego,« murmelte sie, ihn zum ersten Mal beim Vornamen nennend.

»Sage, mein Diego, mein geliebter Diego,« rief der Gaditano leidenschaftlich aus, sie noch inniger umschlingend.

»Aber das ist ja Wahnsinn, du bist wie ein Schauspieler. wirklich zu lächerlich!«

»Ach, einmal nur, ein einziges Mal sage ›geliebter Diego‹,« rief er flehend aus, während er sie immer fester an sich drückte. »Du bist ein Gletscher! Und all die anderen Frauen, die so ganz anders sind wie du! Sie existieren für mich nicht mehr.«

»Nun sehe ich doch,« rief Asis aus, von Neuem in lautes Gelächter ausbrechend, »was für ein Narr du bist. Man kann gar nicht ernst bleiben dir gegenüber, wenn man bedenkt, dass du Hunderte von Frauen geliebt hast ... und jetzt benimmst du dich wie Petrarca zu seiner Laura ... Nichts mehr von mir ... Lass mich!«

»Du verstehst mich nicht, und doch ist alles, was ich dir sage, so wahr, wie ich jetzt deine Hand fasse. Ich habe eine Menge Dummheiten gemacht, das gebe ich zu; aber nie ist es mir so ergangen, wie jetzt. Du kannst mir's glauben, wenn ich all meinen früheren Geliebten jetzt begegnete – ich würde sie nicht mehr erkennen. Dich aber könnte ich im Dunkeln malen, wenn ich ein Maler wäre, so genau kenne ich dich. Und würde dich auch in fünfzig Jahren noch zwischen hundert alten Frauen erkennen. All die anderen Geschichten habe ich aus Eitelkeit, aus Laune, zum Zeitvertreib angefangen. ... Aber einen Winkel hier innen habe ich mir bewahrt, in den bisher kein Mensch eindringen durfte. Und den goldenen Schlüssel dazu hebe ich für dich auf, mein Lieb. Zweifelst du daran? Sieh, ich will es dir beweisen.«

Bei diesen Worten zog Pacheco Asis in den Salon, warf sich auf den Diwan und zwang sie, ihre Hand auf sein Herz zu legen. Asis fühlte ein leises Schlagen, wie das eines Pendels.

Pacheco hatte die Augen geschlossen.

»Jetzt pass gut auf, Kind', jetzt denke ich an andere Frauen.«

»Es klopft nicht sehr stark.«

»Nun warte einen Augenblick, ich denke jetzt an meine letzte Geliebte, ein Mädchen mit rötlichem Haar und der feinsten Taille, die ich je umschlang. Siehst du, wie ruhig der Vogel bleibt? – Aber jetzt sage du mir, wenn du kannst, nur *ein* liebes Wort, und du wirst sehen ...«

»Geliebter Diego,« flüsterte Asis ihm mit sanfter Stimme ins Ohr.

Sie fühlte, wie sein Herz heftig zu schlagen und einen wilden Tanz aufzuführen begann. Es waren die Sprünge eines gefesselten Vogels, der die Stäbe seines Käfigs zu sprengen versucht ... Der Südländer öffnete seine blauen Augen halb. Sein dunkler Teint war um einen Schatten bleicher geworden. Mit einem wilden Satz sprang er auf und trat auf den Balkon hinaus, wie, um nach einer physischen und seelischen Erschöpfung in der frischen Luft neue Kraft zu gewinnen. Asis folgte ihm besorgt und umschlang ihn mit ihren Armen.

»Jetzt siehst du, wie albern ich bin,« murmelte er, sich zu ihr wendend.

»Fehlt dir etwas?«

»Nein, nichts ...«

Der Gaditano trat vom Balkon in das Zimmer zurück, setzte sich auf einen niedrigen Sessel und bat Asis mit einem stummen Blick, sich neben ihm auf dem Stuhl niederzulassen. Er legte seinen Kopf in ihren Schoß.

»Nur zwei Worte von deinen Lippen ... Lache nicht, mein Kind ... mir ist sehr ernst zumute ... du hast mir so den Kopf verdreht, dass ich imstande wäre, die größte Dummheit zu begehen. Lass mich zu deinen Füßen ruhen.«

Bevor es halb zwölf geschlagen, hatte Pacheco das Haus verlassen. Diabla war noch nicht zurückgekehrt. Unten angelangt, warf der Gaditano wie gewöhnlich noch einen letzten Blick zu Asis' Fenstern hinauf, vermochte aber nur undeutlich eine weiße Gestalt auf dem Balkon zu erkennen. Asis wollte sich ihre erhitzten Wangen noch in der frischen Abendluft kühlen, und langsam, ganz allmählich, begann ihre Erregung zu schwinden. Wie ein Schiffbrüchiger, der beim Untergang des Schiffes voller Wonne nach dem Rettungsgürtel greift, klammerte sich Asis befriedigt an den Gedanken, dass ein letzter Rest von Vernunft sie zurückgehalten habe, seinen unsinnigen Bitten nachzugeben.

»Das wird morgen etwas Schönes werden. Die Nachbarn, der Portier, der Diener, der Nachtwächter und, weiß der Himmel, wer sonst noch alles! Ach Gott, mein Gott, die Seekrankheit von der Kirmes werde ich nie wieder los! Und jetzt habe ich nicht einmal ein Mittel hier, das mich heilen könnte. Die Seekrankheit! Ach, warum nicht gar! Unsinn, – Seekrankheit, Sonnenstich, alles Unsinn! Die Sache ist einfach die: Er gefällt mir mit jedem Tage besser und macht mich mit seinem Geschwätz ganz dumm und verwirrt. Er behauptet, ich hätte ihm einen Liebestrank eingegeben. ... Ich aber sage, dass es mir noch viel schlimmer ergeht als ihm. Und nirgends ... nirgends ein Ausweg. Wenn er fort ist, kann ich mir in Ruhe und Vernunft noch so viel überlegen; jedes Mal, wenn ich ihn dann wiedersehe, ist alle Überlegung dahin.«

War Asis erst einmal bei diesem Kapitel angelangt, so wusste sie tausend Kleinigkeiten anzuführen, die zusammen ein hübsches Bild ihres Verehrers boten: seine leidenschaftliche Liebe und Zärtlichkeit, die Sorgfalt, mit der er sie umgab, seine liebenswürdige Persönlichkeit, seine guten Manieren, die ihn ungezwungen, nicht allzu frei, aber auch nicht wie einen schüchternen Kleinstädter erscheinen ließen. Diese eigenartige Mischung von spontaner Leidenschaft und ritterlicher Höflichkeit, diese vornehmen, etwas absonderlichen Manieren, diese elegante Erscheinung, das alles wirkte seltsam auf Asis und rechtfertigte ihre Schwäche und ihre mit jedem Tage wachsende Neigung. Gleichzeitig aber konnte sie nicht umhin, sich wegen anderer Dinge bitter zu tadeln.

Sie brauchte sich nichts vorzumachen. Sie hatte es keineswegs mit einem hervorragenden, nicht einmal mit einem guten Menschen zu tun. Er war ein Spaßvogel, ein leichtsinniger Don Juan! – Wenn er auch stets behauptet, dass nur ich. ... Das ist Unsinn. ... Unaufrichtigkeit, die jedem Lebemann zur zweiten Natur geworden ist. ... Wenn er erst um die nächste Straßenecke gebogen ist, weiß er schon nicht mehr, was er mir gesagt hat. Diese Andalusier sind die geborenen Schauspieler. »Ruhig Blut, Asis, ruhig Blut! Gegen solches Wechselfieber, mein Kind, gibt es nur ein Mittel: ... Vigo ... dreimal am Tage, morgens, mittags und abends ... Vigo ... vier Monate lang ... Vigo ... geliebte Bucht von Vigo, wann werde ich dich wiedersehen?« Die kühle Abendluft raunte Asis, wie um sich über sie lustig zu machen, immer wieder und wieder die Worte der Zigeunerin ins Ohr: »Es gibt einen Menschen, der in Sie verliebt ist; eine Reise steht Ihnen bevor.«

XVII.

Die Marquise d'Andrade und ihre Jungfer hatten alle Hände voll zu tun mit dem Nachsehen der Koffer, Mäntel und Kleider, einer sehr langweiligen, aber vor der Abreise unvermeidlichen Beschäftigung. Dabei ist's immer, als hätte der Teufel die Hand im Spiel: Jedes Mal fehlen im letzten Augenblick die Kofferschlüssel. Selbst wenn man sie an einen ganz bestimmten Ort gelegt und sich gesagt hat: »Hier hinein tue ich die Schlüssel, nicht vergessen! – ich binde ein blaues Band daran,« so muss man sie im kritischen Moment dennoch immer suchen, und dann sind sie, hol's der Kuckuck, nirgends zu finden. Der Schlosser wird geholt, – er muss einen neuen machen.

Asis war unruhig und nervös. Die Reisevorbereitungen hatten sie misslaunig gestimmt. Es ist aber auch gar zu schrecklich, diese Unordnung, dieser Wirrwarr! Und dabei weiß man nie, was man zurücklassen und was man mitnehmen soll. Man glaubt, den Regenmantel nicht zu brauchen, denn man ist ja mitten in den Hundstagen. Aber man muss doch immerhin an das unzuverlässige Klima denken, das in vierundzwanzig Stunden sechsundzwanzig verschiedene Temperaturen aufzuweisen hat. Und dann die Bälle und Sommerfeste, zu denen man Gesellschaftstoilette braucht! Nein, die letzte Stunde ist zum Verrücktwerden. Diabla hatte natürlich wieder vergessen, zur Armandina zu gehen und zu fragen, ob der Hut und das Kleidchen für das Kind fertig seien. Am Regenmantel waren auch immer noch dieselben Knöpfe, an denen man überall hängen blieb. Und Kampfer für den Pelz und Insektenpulver für den Teppich! Alles vergessen!

Ganz aus der Fassung gebracht, rannte Diabla hin und her, der Sturmflut von Ermahnungen, Anordnungen und Fragen ihrer Herrin so gut wie möglich standhaltend. Das Mädchen war ärgerlich. Diese verfrühte Abreise war auch zu fatal; nun mussten alle Vorbereitungen in größter Eile getroffen werden, und Diabla war gezwungen, ihr neues Perkalkleid und die Schnürstiefel im Stich zu lassen. Sie hatte geglaubt, sie würden frühestens Mitte Juni aufbrechen. Weshalb nur diese furchtbare Hetzjagd? Asis antwortete mit einem unterdrückten Seufzer, schwieg ein paar Minuten und begann dann erregt aus dem Toilettenzimmer in das Schlafzimmer, aus dem Schlafzimmer in den Salon und aus dem Salon in die Küche zu laufen, um Imperfekto ihre Befehle zu erteilen. Er hatte das Seidenpapier, den Bindfaden, die Reißnägel und die Watte vergessen. Imperfekto lief mit offenem Munde in blinder Hast hundertmal die Treppen auf und ab. Die Nägel waren zu dick, die Watte zu grau, – kurzum, es war ihr nichts recht. Eben hatte Asis den Diener wieder mit einem neuen Auftrag weggeschickt, als die Glocke ertönte und sie selbst die Tür öffnete, was sie sonst nie zu tun pflegte. Auge in Auge stand sie Diego gegenüber. Ihr erster Impuls war Erstaunen und schlecht verhehlter Ärger. Was sollte sie jetzt mit Pacheco anfangen? um halb elf Uhr morgens? Sie sah recht unordentlich aus, und hätte sich auch auf der einsamsten Insel nicht gern in diesem Aufzug gezeigt, mit ihrem zerrissenen Schlafrock, den alten Pantoffeln und der unkleidsamen Frisur. Ihre weißseidene Matinee hatte große Flecken und zeigte deutlich die Spuren eines Kampfes mit dem Koffer. Eine leichte Staubschicht bedeckte ihre Haut und ihre Augenlider, sodass sie stark blinzeln und von Zeit zu Zeit die Lippen mit der Zunge anfeuchten musste, Pacheco hingegen stand in tadellosestem Anzug vor ihr: sein Oberhemd und seine Weste waren weiß wie frischgefallener Schnee, und eine wunderbare Nelke zierte sein Knopfloch. In der Hand trug er die Erklärung seines frühzeitigen Besuches: zwei dicke Bücher.

»Hier sind die versprochenen französischen Romane,« sagte er mit lauter Stimme, nachdem sie sich begrüßt hatten, denn Asis machte ihm ein Zeichen, dass jemand im Nebenzimmer sei. »Wenn ich Sie störe, gehe ich gleich wieder. Wenn nicht, so möchte ich für zehn Minuten eintreten.«

»Bitte sehr ... in den Salon ... die anderen Räume sind heute unbewohnbar; ich will nicht, dass Sie sich über ihren Zustand entsetzen.«

Pacheco trat in den Salon. Aber noch bevor Asis die Tür zu dem Nebenzimmer schließen konnte, hatte er die geöffneten Koffer entdeckt.

»Ziehen Sie aus oder verreisen Sie?« fragte er mit ernster Stimme, mühsam seiner Erregung Herr werdend.

»Nein,« entgegnete Asis zögernd, »verreisen ... das nicht. Ich lege nur meine Wintersachen in Kampfer, wenn man sich nicht gegen die Motten schützt, fressen sie einem alles auf.«

Pacheco näherte sich der jungen Frau und sagte mit melancholischer Stimme:

»Mich belügst du nicht, das kann ich dir sagen, schon bevor ich hierher kam, wusste ich, dass du verreisen wirst. Du kennst mich nicht. Du hast geglaubt, du könntest mir etwas vormachen. Aber die Ideen sind deinem Köpfchen noch kaum entsprungen, dann kenne ich sie schon. Du möchtest dich mir gegenüber verstellen, aber das gelingt dir nicht.«

Asis gab sich nicht die Mühe, zu antworten, senkte nur den Blick und verzog den Mund.

»Ich nehme es dir auch nicht weiter übel. Du bist frei, zu gehen, wohin es dir beliebt. Aber das eine will ich wissen: Warum fliehst du vor mir? Gestern hast du mir gesagt, du könntest mich heute nicht empfangen, da du zum Essen eingeladen seiest.«

Asis und Diego sahen sich um; die Türen waren geschlossen. Und dennoch hörte man deutlich Diablas geschäftiges Hin- und Hergehen, sie traten, wie auf ein gegebenes Zeichen, näher zueinander, um Gedanken auszutauschen, die das Herz erriet, noch bevor sie ausgesprochen.

»Sei vorsichtig. ... die Dienstboten. ... das ist ja Wahnsinn ... so etwas habe ich noch nie erlebt. Ich weiß nicht mehr, was mit mir vorgeht. Ich flehe dich an ...«

»Aber *ich* weiß es. Glaubst du, dass ich nicht von jedem Schritt unterrichtet bin, den meine Königin macht? Ich bin überzeugt, dass niemand dir auch nur im geringsten etwas nachsagen wird. Ich am allerwenigsten. Nur um etwas bitte ich dich noch. Frühstücke heute mit mir, komm.«

»Du bist wohl von Sinnen! Still!«

»Aber so komm doch, ich gebe dir mein Wort, dass niemand etwas davon erfahren soll.«

»Aber wie denn? Wo?«

»Auf dem Lande. Komm nur, rasch, um so schneller wirst du mich wieder los. So verabschiedet man nur einen Verbrecher.«

Warum musste sie ihm nachgeben, warum bei allem, was ihr heilig war, schwören, dass sie ihm folgen würde? Sie gehorchte den beiden Beweggründen, die, ohne dass sie sich dessen bewusst war, seit dem denkwürdigen Sonnenstich von S. Isidro, ihren ganzen Willen beherrschten: der Schwäche, die sie jedes Mal vor der Ausführung ihres einmal gefassten Entschlusses zurückschrecken ließ, und der Empfindung, dass Pacheco bereits eine Macht über sie gewonnen, der sie sich nicht mehr entziehen konnte.

Asis' Versprechen vertrauend, ging Pacheco fort, da sie nicht gemeinsam das Haus verlassen wollten. Asis trat in ihr Zimmer, um sich umzukleiden. Diabla betrachtete sie mit der ihr eigenen spöttischen Neugierde und richtete noch einige spitzfindige Fragen an sie, die sich auf die plötzliche Unterbrechung der Reisevorbereitungen bezogen.

»Soll ich den großen Koffer und die Taschen packen? Und wünschen die gnädige Frau, dass ich die Billetts löse?«

Wie sollte Asis all diese Fragen beantworten? Natürlich so kurz wie möglich und mit nicht geringem, nur mühsam verhaltenem Zorn.

Und tausend andere Kleinigkeiten trugen dazu bei, die junge Frau zur Verzweiflung zu bringen. Durch das Packen war nichts mehr zu finden: weder Handschuhe noch Hut, noch Schleier, und so mussten der kleine Koffer und die Hutschachtel wieder geöffnet werden. Die Schnalle löste sich von ihren Schuhen, an der Taille fehlte eine Öse, und als sie sich die Zähne putzen wollte, zerbrach die Flasche an der Marmorplatte ihres Waschtisches.

»Frühstücken gnädige Frau auswärts?« fragte die unverbesserliche Diabla.

»Ja, – bei Frau von Inzula.«

»Soll der Wagen die gnädige Frau abholen?«

»Nein, – aber du kannst dem Kutscher sagen, dass er um sieben Uhr anspannt.«

»Abends?«

»Ja, meinst du etwa morgens? Du kannst Dinge fragen!!!« ...

Diabla lachte hinter dem Rücken ihrer Herrin und bückte sich, um die Falten ihres Kleides in Ordnung zu bringen. Asis war wütend und trat ungeduldig mit dem Fuß auf. Den Fächer, den grauen Mantel, falls es kalt werden sollte, – das Taschentuch? Wo war nur der Schleier wieder hingekommen? Und die Stecknadeln schienen sich verkrochen zu haben, die sind auch nie zu finden.

Ah, endlich! Gott sei Dank!

XVIII.

Sie flog die Treppe hinunter wie ein Vogel, dem die Tür seines Käfigs geöffnet wird, und eilte in demselben Sturmschritt über die Straße. Der von Pacheco zum Rendezvous bestimmte Platz lag dem Hause der Frau von Gibeles gerade gegenüber. Asis schützte sich mit ihrem Sonnenschirm, – aber sie kam fast um vor Sonnenhitze, jener fatalen Sonnenhitze, die an allem schuld war. Sie spannte ihren Blick scharf an, konnte aber niemanden entdecken, sollte Diego des Wartens müde geworden sein? Unmöglich wäre es nicht! Plötzlich hörte sie hinter sich eine bekannte Stimme flüstern:

»Dort zwischen den Bäumen hält der Wagen.«

Ohne ihre Antwort abzuwarten, führte der Gaditano sie zu der Kutsche. Es war eines jener vorsündflutlichen Vehikel mit übel riechendem, rissigem Wachstuchbezug, schmutzigen Scheiben und einem halb betrunkenen Kutscher, wie man sie in Madrid häufig antrifft. Nur widerwillig nahm Asis Platz, während sie bei sich dachte, dass ihr Freund wohl für ein besseres Gefährt hätte Sorge tragen können.

Nachdem auch Pacheco eingestiegen, reichte er ihr einen großen Strauß herrlich duftender Rosen.

»Es riecht so schlecht in diesen verdammten Kutschen,« sagte der Südländer, gleichsam, als wolle er seine Galanterie damit entschuldigen. Asis warf ihm einen liebenswürdigen Dankesblick zu. Das elende Gefährt setzte sich in Bewegung.

»Darf man vielleicht wissen, wohin es geht, oder ist das ein Geheimnis?«

»Nach Espiritu Santo.«

»Dahin?« rief Asis entsetzt. »Aber das ist ja einer der belebtesten Orte. Wir wollen doch nicht wieder solche Dummheit begehen, wie damals ...«

»Es ist dort nur an Sonntagen belebt, an Wochentagen ist es ganz einsam, beruhige dich! Bevor ich dich einlud, habe ich mir lange hin und her überlegt, ob wir nicht in Madrid frühstücken könnten – aber das wäre wirklich unmöglich gewesen. Man könnte vielleicht in ein belebtes Restaurant oder in eine nette Konditorei gehen, aber dort gibt es keine Chambres Separees, und man müsste im gemeinsamen Saal essen und wäre vielleicht den frechen Blicken irgendeines Stierkämpfers oder einer Dirne ausgesetzt. Im Hotel ging es auch nicht, – so blieb uns also nur Espiritu Santo – und das ist doch auch ganz gut.«

»Gut?« Asis sah sich den Weg an, den sie nun einschlugen, sich langsam in Bewegung setzend, rollte die Kutsche, das hübsche Laubwerk von Retiro und die koketten Häuser von Recoletto im Rücken lassend, träge und schwerfällig durch eine öde, unfruchtbare Gegend, die mit der schönen Umgebung von Santo in keiner Weise zu vergleichen war. Der Unterschied zwischen der Gegend von Retiro und der Vorstadt von Madrid war so groß und machte sich in so krasser Weise bemerkbar, dass die plötzliche Wandlung den Beschauer in Staunen versetzen musste. Im Vordergrunde große, von Pfählen eingezäunte Schutt- und Bauplätze und weiter drüben am Horizont, wie die Parodie eines römischen Amphitheaters, der Platz der Stiergefechte.

In diesem veröderten Erdenwinkel, der von dem Zentrum des elegantesten Lebens nicht allzu weit entfernt lag, hatten sich die heterogensten Gebäude zusammengefunden: die Arena, die Schule mit dem maurischen Turm, die Zwieback- und Biskuitfabrik und weiter hinten das mit einer lustigen Aufschrift versehene Restaurant.

Ringsum kahle Öde, in der das dürftige Häuschen eines Steuereinnehmers einen kümmerlichen, Mitleid erweckenden Eindruck machte. An einem Rüstbock vor der Tür hingen eine Menge Hasen und Kaninchen, und ein schmutzig aussehender Alter mit einer fettigen Pelzmütze auf dem Kopf suchte in einer abgegriffenen Ledertasche nach der Münze, mit der er die Steuer für seine Ware zu entrichten hatte. Auf einer gelben, sandigen Wiese tummelte sich eine Horde junger Burschen, das Schulhaus umlagernd, wie die Gallier das alte Rom; das Gebäude machte den Eindruck einer mittelalterlichen Burg, aus deren rissigen Wänden blühende Ranunkeln ihre Arme hervorstreckten. Eine elende Schenke, deren Schild keine geringere Aufschrift trug, als »Zum Heiligen Geist«, ein Wirtshaus mit der seltsamen Devise: »Was tut's?« und eine große Ziegelbrennerei. Und in weiter, unabsehbarer Ferne streckte der Guadarrama seine mit ewigem Schnee bedeckten Spitzen empor.

Asis war angenehm überrascht, hier so wenig elegante Fuhrwerke zu erblicken. So hatte Pacheco also doch recht behalten. Nur ein Eseltreiber kam ihnen mit einem von mehreren Mauleseln gezogenen zweirädrigen Karren entgegen; ferner eine Droschke, eine voll besetzte Pferdebahn und ein Leichenwagen, auf dessen hohem Gerüst ein blau- und weiß gestreifter Sarg schwankte und dem niemand folgte.

Die beiden Liebenden legten den Weg fast schweigend zurück. Hand in Hand saßen sie da. Mehr als einmal sog Asis, das Gesicht tief in ihre Blumen vergrabend, den herrlichen Duft der Rosen ein. Es war, als könnte sie so das quälende Empfinden abstreifen, das dies letzte Zusammensein mit Pacheco in ihr wachrief.

So gelangten sie an die Brücke und zu dem aus Schenken, kleinen Hotels und schmalen Gärten bestehenden Flecken – dem neuesten Teil von Ventas.

»Wo willst du am liebsten hin? Wollen wir hier absteigen?« fragte Pacheco.

»Ja, hier; hier sieht's nett und sauber aus,« sagte Asis, indem sie mit der Hand ein kleines Wirtshaus bezeichnete, zu dem eine grellgrün gestrichene Holztreppe hinaufführte.

Sie traten ein; ein etwa fünfzigjähriger Kellner in Schürze und Hemdärmeln mit einem schlauen, widerwärtigen Gesicht, kam auf sie zu und fragte devot nach ihren Befehlen.

»Frühstück,« sagte Pacheco lakonisch.

»Wo wünschen die Herrschaften das Frühstück einzunehmen?«

Der Gaditano sah sich überall um und richtete dann fragend den Blick auf seine Gefährtin, die mit abgewandtem Gesicht vor ihm stand. Mit der diesen Menschen eigenen Schlauheit hatte der Kellner sofort die Situation erkannt und half ihnen aus der Verlegenheit.

»Darf ich die Herrschaften bitten, mir zu folgen?«

Und den Weg nach links einschlagend, führte er sie über eine kleine, düstere Treppe, die durch eine Palmen- und Akaziengruppe noch mehr verdunkelt wurde, und geleitete sie in eine Art Vorsaal. Dann öffnete er eine kleine Tür, trat unterwürfig zur Seite und flüsterte:

»Bitte, hier hinein!«

Asis empfand beim Betreten dieses schmucken, diskreten Raumes mit seinen weiß getünchten Wänden und kleinen Fenstern ein seltsames Wohlbehagen. Auch die Möbel waren mit weißem Stoff bezogen; auf dem in der Mitte stehenden Tisch leuchtete ein blendend weißes Tischtuch, und das hübscheste an all dieser Weiße war, dass die goldige Sonne ihr strahlende Reflexe verlieh und ihr das Leichenhafte benahm, das dem Weiß unter bedecktem, wolkigem Himmel sonst meistens anhaftet.

»Sie haben uns hier in einen hübschen Taubenschlag geführt,« sagte Pacheco, indem er lächelnd zu Asis hinüberblickte.

XIX.

Die beiden waren nicht lange in dem Taubenschlag, ohne von mehreren Arbeiterinnen, die an der Tür der gegenüberliegenden Wirtschaft mit der Zubereitung eines Hammelgerichts beschäftigt waren, entdeckt und scharf beobachtet zu werden. Das Gericht schmorte in einer Kasserolle auf einem kleinen Kochherd – zwei Gegenstände, die der Besitzer des Restaurants gegen eine kleine Summe verlieh. Das Fleisch und den dazu gehörigen Reis hatten die Zigarrenarbeiterinnen in ihrer Schürze herbei getragen.

Das Haupt der Gruppe bildete eine alte Arbeiterin, braun, lebhaft, flink und weiser als Merlin. Zwei Kinder von etwa acht und sechs Jahren liefen geschäftig um den Kochherd herum, hier und dort mit Hand anlegend. Beim Anblick der Marquise d'Andrade steckten die Frauen mit gewichtiger Miene, geheimnisvollem Blinzeln und mysteriösem Flüstern die Köpfe zusammen und begannen in dem hässlichen Akzent des Madrider Plebs ihre Bemerkungen auszutauschen.

»Na, die beiden sehen auch schön aus!«

»Sie ist was Feines.«

»Das wird ein schönes Frauenzimmer sein.«

»Natürlich, das sieht man auf den ersten Blick.«

»Kinder, solche Weiber haben immer einen seinen Herrn bei sich.«

»Es ist vielleicht eine aus dem Zirkus; sie ist ja ganz angemalt.«

»Bewahre, das ist eine ganz Feine, vielleicht die Frau von einem Minister. Ich kenne eine, die ist mit einem mehr als vornehmen Mann verheiratet, die hat Wagen und Pferde und ein Haus wie der Palazza Royal ... und ging auch mit so einem.«

»Aber sehr verliebt sehen die beiden nicht aus.«

»Bei denen sitzt die Liebe tiefer; Fenster und Türen haben sie fest verriegelt, damit die Sonne ihnen nicht die Haut verbrennt.«

Wie um die Prophezeiungen der erfahrenen Matrone Lügen zu strafen, wurden in diesem Augenblick die Fenster des Taubenschlages geöffnet, und Asis streckte, aufmerksam hinüberblickend, den Kopf heraus.

»Seht, seht – der Tanz gefällt ihr!«

In der Tat bot der gegenüberliegende Saal mit den tanzenden Mädchen einen hübschen, lustigen Anblick. Das Orchestrion spielte mit der diesen

Instrumenten eigenen Härte und Monotonie eine Melodie nach der anderen, und eine Menge Zigarrenarbeiterinnen und Kinder im Sonntagsstaat tanzten und drehten sich nach dem Takt der Musik, so heftig aufstampfend, dass das ganze Haus dröhnte ... Asis sah die erhitzten Gesichter, die rosafarbenen und blauen Häubchen, diese ganze lärmende Fröhlichkeit an sich vorüberziehen, an der kein männliches Wesen sich beteiligte, und das Ganze machte auf sie den theatralischen Eindruck eines Operettenchors. Asis nahm an, dass die Mädchen von dem Wirt angestellt wären, um durch ihre Fröhlichkeit die Gäste anzulocken.

»Still,« riefen gleich darauf die mit der Zubereitung des Hammelgerichts beschäftigten Mädchen.

Der Kellner eilte diensteifrig hin und her.

»Seht nur, was die für gute Sachen essen: Kuchen und Schinken und Rebhühner mit Speck. Uff!«

»Na, ich tausche es nicht gegen mein Hammelgericht ein; das riecht zu fein!«

»Ruhig!« rief der Kellner den Plappermäulern zu. »Seid doch still; wenn sie euch hören ... das sind sehr feine Herrschaften ... o je!«

Bei diesen Worten schnitt er eine unbeschreiblich komische, halb spöttische, halb respektvolle Grimasse.

Die alte Zigarrenarbeiterin nahm eine ernste, diplomatische Miene an.

»Natürlich können die Leute so ehrbar sein, wie der Herr Jesus Christus selbst. Muss man denn immer gleich das Schlimmste von jedem glauben? Es sind vielleicht junge Eheleute oder Geschwister oder Onkel und Nichte. Wer weiß! Kellner, kommen Sie mal her!«

Sie sprach heimlich einen Augenblick mit ihm, und während dieser kurzen Unterredung reifte in dem Hirn der alten Zigarrenarbeiterin Donata ein schlauer Gedanke. Inzwischen begannen Asis und Pacheco die guten Sachen zu verzehren, die ihnen der Kellner serviert hatte: Oliven, Sardinen und allerhand andere Leckerbissen. Obgleich Pacheco den besten Wein verlangt hatte, konnte Asis sich nicht entschließen, davon zu trinken, denn schon der Anblick allein genügte, um die fatalen Erinnerungen an Santo in ihr wachzurufen. Da Asis darauf bestand, dass die Türen und Fenster weit geöffnet blieben, konnte keine rechte Vertraulichkeit zwischen ihnen aufkommen, und sie machten den Eindruck eines jungen Ehepaares, dessen Flitterwochen sich bereits ihrem Ende neigen. Pacheco hatte seine südländische Beredsamkeit völlig eingebüßt und zeigte eine Verstimmung, die keineswegs berechtigt erschien.

»Langweilst du dich?« fragte sie ihn einmal übers andere.

»Aber nein, nein, gewiss nicht,« antwortete er, sich stets von Neuem eingießend.

Der Kellner hatte eben den letzten Gang, die Rebhühner, aufgetragen, als ein kleines, dickes Kind mit wirren, schwarzen Locken und halb geöffnetem Mund in der Tür erschien.

»Was für ein nettes Kind!« rief Asis aus.

Es stand unschlüssig an der Tür und wusste nicht recht, ob es eintreten sollte oder nicht, Asis winkte ihm; und da flog das Vögelchen sogleich ins Nest, ohne sich das ein zweites Mal sagen zu lassen. Und nun begann ein Kreuzfeuer von Fragen.

»Wie heißt du?«

»Gehst du in die Schule?«

»Willst du nicht herkommen und ein paar Oliven essen?«

»Trink' einen Schluck Wein!«

»Wo ist deine Mutter?«

»Was treibt dein Vater?«

Unmöglich, irgendeine Antwort herauszubekommen. Das Kind öffnete und schloss die Augen wie zwei Klappen, senkte den Kopf, wie es die Kleinen stets machen, wenn sie sich schämen oder fürchten, und stemmte den Absatz des linken Fußes gegen das rechte Bein.

Kaum war der erste Vogel ins Nest geflogen, als auch schon der zweite erschien. Der erste war etwa fünf Jahre alt, der zweite, manierlicher, aber nicht weniger schüchtern, mochte wohl schon acht zählen.

»Hallo, da kommt das Schwesterchen!« rief Asis aus. »Und ähnlich sehen sie sich wie zwei Tropfen Wasser. ... Die Kleine scheint klüger zu sein, aber die Augen der Großen sind wunderschön. Komm 'mal her, Kind; von dir kann man vielleicht erfahren, wie dein Vater heißt. Der Kleinen da scheinen die Ratten die Zunge abgefressen zu haben.«

Das kleine Mädchen stand nachdenklich und verlegen da, wie jemand, der sich eine schwierige Sache reiflich überlegt. Ihre großen Augen irrten fragend von Diego zu Asis; sie wusste nicht, wie sie ihre Bitte einkleiden sollte, denn Bitten war ihr sehr verhasst und dieses Widerstreben passte so recht zu dem Stolz, der aus ihren arabischen, glänzenden Augen blitzte. Während sie noch so dastand, erschien plötzlich eine unerwartete Hilfstruppe in Gestalt der Donata, die mit gut geheuchelter Empörung herbeieilte und in ihren Bart brummte:

»Aber, Kinder, Schäfchen, ihr belästigt die Herrschaften, kommt mal rasch heraus oder ich werde euch ...«

»Die Kinder stören uns gar nicht, sie sind ganz artig,« erklärte Asis. »Die da steht noch immer an der Tür, und die Kleine kann ihren Mund überhaupt nicht aufmachen.«

»Zum Essen wohl, – der kleine Vagabund!«

Pacheco erhob sich und bot der Alten höflich einen Stuhl. Der Gaditano, der gegen Gleichgestellte sehr reserviert, oft sogar hochmütig war, brachte dem Volke stets eine wohlwollende Liebenswürdigkeit entgegen.

»Kommen Sie, setzen Sie sich zu uns. Trinken Sie ein Glas Jerez auf das allgemeine Wohl.«

Donata ließ sich das nicht zweimal sagen, setzte sich und war so geschwätzig und lebhaft, dass Pacheco, von ihr angesteckt, bald den größten Unsinn redete. Sie lachte aus vollem Halse über seine Erzählungen und zeigte dabei ein glänzend weißes Gebiss. Bei alledem vergaß sie nicht, was ihr seit einer halben Stunde im Sinn lag: Sie habe es recht schwer, erzählte sie, und sie arbeite in einer Fabrik in Madrid, ebenso wie ihre vier Enkel, die Kinder einer Tochter, die am Typhus gestorben, und deren Mann der galoppierenden Schwindsucht zum Opfer gefallen sei. »Nach zwei Monaten war er tot. Herr Gott, wenn man das hier so hört, möchte man es nicht glauben!« Und nun wäre es so schön, wenn sich eine feine Herrschaft ein wenig um die Mädchen kümmern wollte, denn in dieser kleinen Welt werde doch alles nur durch persönliche Bekanntschaft und Protektion erreicht.

Hier nahm die Stimme der Alten einen pathetischen Klang an. – »Heilige Jungfrau, der Herr verhüte, dass Sie jemals erfahren, was es heißt, wenn sich fünf unglückliche Frauen von acht bis neun kümmerlich verdienten Reales kleiden und nähren müssen. Wenn die Dame, die so liebenswürdig und gut aussähe, vielleicht zufällig den Minister, den Direktor oder den Sekretär kenne, könnte am Ende auch die kleine Solilla in die Fabrik eintreten? Das wäre eine große Wohltat, die man nie vergelten könnte. Nur zwei Zeilen auf einem kleinen Zettel!«

Pacheco antwortete würdevoll auf diese lange Rede der Alten, zog seine Brieftasche heraus, schrieb langsam die Adresse der Zigarrenarbeiterin auf und gab ihr die Versicherung, dass er mit dem obersten Rat von Kastilien, der Infantin Isabella (seiner intimsten Freundin), dem Bischof und dem Erzbischof sprechen wolle. Während sie noch so hin und her redeten, drängten sich an der zerlumpten Alten und der stummen Kleinen zwei größere Mädchen vorüber.

»Sehen Sie, das sind die anderen unglücklichen Waisen,« sagte Donata in kläglichem Ton, den die beiden frischen Mädchen keineswegs zu rechtfertigen schienen. Erhitzt und rot vom Tanzen, lustig und fröhlich, boten sie das Bild anmutiger Lebenslust. Kichernd stießen sie einander an und zischelten sich lustige Bemerkungen ins Ohr.

Beim Anblick der beiden Nymphen ließ Pacheco die Alte im Stich und näherte sich ihnen mit echt andalusischer Höflichkeit und Verbindlichkeit. Mit verliebten Blicken und stärker lispelnd als je, versicherte er diesen beiden Mädchen, dass er von dem Moment an, da sie eingetreten, keine Ruhe mehr habe und sie am liebsten mit den Blicken verzehren möchte.

»Kommt ihr vom Tanz?« fragte er sie lächelnd.

»Das sehen Sie ja,« antworteten sie kokett.

»Ohne Männer?«

»Ja, warum denn nicht?«

»Ach, so unter Mädchen zu tanzen, das ist langweilig und geschmacklos, warum habt ihr mich denn nicht gerufen?«

»Sie wären ja doch nicht gekommen, wir sind Ihnen viel zu gering.«

»Zu gering, ihr? Engel seid ihr! Nun, wie ist's? Wollen wir mal zusammen tanzen? Auf zum Tanz!«

Und bei diesen Worten eilte er hinaus über den Gang, der die beiden Säle miteinander verband, und drehte sich bald darauf mit den Mädchen nach den lustigen Klängen des Orchestrions.

XX.

Die Marquise d'Andrade verstand es, jede große Erregung vor den Augen anderer möglichst zu verbergen. Auf diese Weise kann man am leichtesten Streit vermeiden, läuft dafür aber auch Gefahr, dass die so gewaltsam zurückgedrängten Empfindungen allmählich völlig absterben.

Als der Andalusier viermal herumgetanzt und sich mit dem Taschentuch die erhitzte Stirn gewischt hatte, ging er wieder zu Asis hinüber, die, anscheinend ruhig und freundlich, die Kinder mit Leckerbissen überhäufte und zum dritten Mal die Krankheitsgeschichten der Alten anhörte. Der schlaue Kellner hielt es für geraten, die vornehmen Gäste nun endlich von dieser lästigen Gesellschaft zu befreien.

»Jetzt habt ihr den Herrschaften aber lange genug im Wege gesessen, macht, dass ihr hinauskommt!«

»Hört doch den an! Ich bin hergekommen, weil die Herrschaften es mir erlaubt haben. Ich bin nicht aufdringlich, aber immer gern bei feinen Menschen, die arme Leute nicht verachten.«

Nach längerem Hin- und Herreden verabschiedete sich endlich die Alte, aber nicht, ohne von Pacheco das Versprechen erhalten zu haben, dass er alles daran setzen wolle, der kleinen Solilla eine Anstellung in der Fabrik zu verschaffen. Und so gingen sie davon, die kleinen Händchen voller Süßigkeiten, aber ohne dass auch nur ein Wort aus ihnen herauszubringen gewesen wäre.

Erst unten im Tanzsaal hatten sie ihre Stimmen wiedergefunden.

Der Kellner verschwand nun auch, und versprach, den Kaffee und die Liköre sofort zu bringen; nachdem er die Tür hinter sich geschlossen, bemühte sich Pacheco, einen Blick von seiner Freundin zu erhaschen, deren Augen etwas zu suchen schienen.

»Was wünschest du, mein Schatz?«

»Einen Spiegel.«

»Wozu? Hier gibt's keinen. Die Leute, die hierher kommen, brauchen keinen Spiegel. – Wozu einen Spiegel? Sieh mich an. Aber was soll das? Jetzt schon den Hut, Kind?«

»Nur um Zeit zu gewinnen; denn sowie wir den Kaffee getrunken haben, will ich gehen.«

Pacheco trat ganz dicht vor Asis hin und blickte ihr lange und tief in die Augen. Die junge Frau suchte sich diesem prüfenden Blick zu entziehen und breitete einen Schleier undurchdringlichen Ernstes über ihre Züge. Pacheco umschlang sie leidenschaftlich, zog sie zu sich auf das Sofa und sagte lachend und neckend:

»Ha, ha, ha, wir sind eifersüchtig! Meine Asis eifersüchtig! Du, die Königin meines Herzens!«

Asis rückte von ihm fort.

»Du musst immer allem auf den Grund gehen; an Eitelkeit fehlt's dir auch nicht. Ich bin nicht eifersüchtig, aber wenn du mich reizest, dann werde ich dir sagen ...«

»Was, was wirst du mir sagen?« rief Pacheco erbleichend und mit fremd klingender Stimme.

»Dass ... dass es geradezu unmöglich ist, eifersüchtig zu sein, wenn ...«

»Ah!« unterbrach der Südländer sie, erdfahl, indem er heiser hervorstieß:

»Deutlicher brauchst du dich nicht auszudrücken. Ich habe verstanden, Gnädigste; ich habe verstanden. Diese elenden drei bis vier Stunden, vielleicht die letzten, die wir auf dieser miserablen Welt zusammen verleben, hättest du wohl noch schweigen und mich täuschen können wie bisher. Für dich muss es ja recht angenehm gewesen sein, mit mir hierher zu gehen, wenn ich dir *so* gleichgültig bin. Du hast geglaubt, Du könntest mir etwas vormachen ... Hältst mich für dumm! Ja ... ich war leichtsinnig, ein Windhund, ein Taugenichts, das alles gebe ich zu, aber dumm –! Da, wo es sich um Frauen handelt?! Nein! Nenne mich, wie du willst; aber höre mich an: Du hast mich bis heute nicht geliebt, das weiß ich wohl; jetzt aber liebst du mich, ohne es eingestehen zu wollen, liebst mich mehr, als du selbst es weißt, liebst mich rasend, bis zum Wahnsinn. Allmählich wird es dir klar werden; denn du wirst sehen, wenn ich erst nicht mehr bei dir bin, ist das Leben dir nichts mehr. Du hältst es unter deiner Würde, auf mich eifersüchtig zu sein? Schön! Verwünscht sei die Stunde, in der ich dich zum ersten Mal gesehen habe! – Verzeih, verzeih, ich wollte dich nicht kränken. Jetzt nicht und niemals. Ich weiß nicht mehr, was ich sage!«

Diesen Wortschwall stieß er hervor, indem er, heftig gestikulierend, im Zimmer auf und ab lief, wie ein Raubtier in seinem Käfig. Seine vom Zorn entstellten Züge verliehen seinem Aussehen etwas Interessantes und nahmen ihm den indolenten Ausdruck, der ihm sonst eigen war. Die Enden seines blonden Schnurrbarts zitterten heftig, seine weißen Zähne leuchteten, und das Blau seiner Augen wurde dunkel wie das Wasser eines sturmbewegten Meeres. Der Boden dröhnte unter seinen wuchtigen Schritten, die das leicht gebaute Haus in all seinen Fugen erzittern ließen.

Wenngleich der Kellner die Tür hinter sich geschlossen hatte, so waren die beiden doch nicht unbeobachtet, da die Mädchen durch die auf den Tanzsaal gehenden Fenster den Streit der Liebenden neugierig verfolgten.

»Seht mal, die gibt's ihm tüchtig ... die lässt sich nichts gefallen!«

»Weil er mit uns getanzt hat ... zu dumm! ...«

»Herr Gott, der hat sich nicht schlecht die Zunge verbrannt, seht nur.«

»Wenn die sich so zanken, könnten sie doch wenigstens die Fenster zumachen.«

»Wer sagt uns denn, dass wir zusehen sollen?«

»Wozu hat man denn sonst seine Augen?«

»Seht nur, wie wütend er wird.«

»Heilige Jungfrau, die muss ihm was Schönes gesagt haben, dass er so tobt. Seine Arme fliegen wie eine Windmühle, was mag sie nur von ihm wollen?«

»Sie kann doch nicht verlangen, dass er um Verzeihung bittet wie ein kleines Kind; habe ich's nicht gesagt? Seht nur. Lammfromm ist er. ... Aber sie! Unfreundlich und kalt. Jetzt zieht sie sich den Mantel an! Was solche Frauenzimmer sich wohl einbilden, er soll wohl vor ihr auf die Knie fallen! ... Rasch fort, da kommen sie.«

Der Schwarm stob auseinander, denn Asis trat in diesem Augenblick langsam und ruhig heraus. Sie lächelte Solilla, die eben dabei war, das Feuer zu schüren, freundlich zu, und erklärte dem Kellner, den dieser plötzliche Aufbruch in große Erregung versetzte, mit klarer Stimme, dass es schon spät sei und sie keine Minute länger Zeit hätten. Er möge den Kutscher benachrichtigen, der wohl irgendwo im Schatten warte.

Während Pacheco bleich und mit fliegenden Pulsen nach einer Banknote in seinem Portemonnaie suchte, zeichnete Asis mit der Spitze ihres Sonnenschirmes nachlässig ein paar Figuren in den Sand, pflückte einen blühenden Akazienzweig und steckte ihn sich an die Brust. Freundlich verabschiedete sie sich von der Kleinen und der Alten, nachdem sie ihr ein Geldstück in die schwielige Hand gedrückt.

Der Wagen fuhr vor. Der Kutscher musste wohl mehrere Schnäpse getrunken haben, denn seine Nase leuchtete wie spanischer Pfeffer. Asis stieg die wenigen Stufen der kleinen Treppe hinab; Pacheco folgte ihr.

»Im Wagen werden sie schon Frieden schließen,« piepten die Spatzen.

»Ja, sicher, wenn sie erst mal drin sind.«

Aber unbeschreiblich war das Staunen der Vögel, als sie sahen, wie Asis nach einer kurzen Debatte Pacheco die Hand hinstreckte, dieser den Hut zog und der Wagen sich langsam in Bewegung setzte.

»Sie lässt mich im Stich,« murmelte er vor sich hin.

»Kommen sie jetzt noch ein wenig zu uns,« rief der frühreife Spatz, sich die fettigen Haare ordnend. Aber Pacheco kam nicht. Er winkte ihnen nicht einmal einen Abschiedsgruß zu, sondern trat gesenkten Hauptes den Heimweg an, nachdem er dem Wagen wie geistesabwesend eine Weile nachgestarrt hatte.

XXI.

Von zwei Uhr an, der Stunde, da sie nach Hause kam, bis um neun Uhr abends beschäftigte die Marquise d'Andrade sich eifrig mit den Vorbereitungen zur Reise, die nun definitiv auf den folgenden Tag festgesetzt war. Es war keine leichte Arbeit, und die seelische Niedergeschlagenheit ließ sie ihr noch viel schwerer erscheinen. Sie war unbeschreiblich aufgeregt, rannte unruhig durch das Haus und brachte Diabla und die anderen Dienstboten ganz aus der Fassung.

Ihre Nerven waren angespannt wie die Saiten einer Guitarre, und in der Herzgegend empfand sie einen leichten stechenden Schmerz. Nachdem sie ohne jeden Appetit, nur um etwas zu sich zu nehmen, gegessen hatte, kam Diabla und bat um die Erlaubnis, den letzten Abend bei ihrer Schwester zubringen zu dürfen, was ihr anfangs zornig verweigert, zwei Minuten später aber dennoch gestattet wurde. Kaum hatte das Mädchen die Tür hinter sich geschlossen, als Asis sich, körperlich und geistig völlig ermattet, in ihr Schlafzimmer zurückzog; der Schmerz in der Herzgegend wurde immer stechender und immer unerträglicher, ihre Unruhe immer größer. Sollte sie sich ein wenig aufs Bett legen? Vielleicht würde es dann besser!

Sie schloss die Augen und empfand einen bitteren Geschmack im Munde. Sie hatte richtig gehandelt, sich würdig und entschlossen gezeigt, und eigentlich war eine bessere Lösung des Konflikts gar nicht denkbar. Denn wäre dieses letzte Zusammensein sehr schön gewesen, dann hätte sie mit Sehnsucht daran zurückdenken müssen. Nein, es war besser so, hundertmal besser! Außerdem hatte sie für ihre Handlungsweise Gründe genug gehabt: erstens ihre Eifersucht, zweitens ihr Selbstbewusstsein, drittens das Urteil der Welt, das man niemals außer Acht lassen sollte. Wie hatte er es nur wagen können, vor ihren Augen zu tanzen, mit solchen ... Sie sah den Tanzsaal noch vor sich, hörte noch das Geschwätz der Mädchen, und wurde immer erbitterter ...

Wohl hatten sie Türen und Fenster offen gelassen – aber Pachecos Benehmen war jedenfalls ... Ja, das war schon der Rechte, der brauchte nur einen Weiberrock zu sehen ... Ach, wie unglückselig war die Frau, die seinen Treueschwüren glaubte! Sich mit solch gemeinen Zigarrenarbeiterinnen einzulassen! ... und das vor ihren Augen! ... Und er war noch so albern, sie absolut davon überzeugen zu wollen, dass sie sterblich in ihn verliebt. Verliebt? Nein, nein, mein Herr, Gott sei Dank nicht! ... Eine Erinnerung würde sie wohl daran bewahren, eine Erinnerung, wie man sie ... Dort in dem kleinen, goldenen Medaillon lag neben Marujas blonder Haarlocke eine weiße Akazienblüte ... Wie dumm! ... Vermutlich würde sie Pacheco nie mehr sehen ... nie mehr ... Und was bedeuteten diese Stiche in der Herzgegend? Eine Krankheit oder ... Es war, als umschnüre ein eiserner Reifen ihr die Brust. Herr Gott, was für einfältige Grübeleien!

Diese und ähnliche Gedanken durchkreuzten ihr Hirn, während sie langsam einzuschlummern begann. Es war eine Art Halbschlummer, in dem die Wirklichkeit mit dem Traumleben eins wird, nicht jener feste, bleierne Schlaf, bei dem man anfangs oft die Empfindung hat, als stürze man von einem hohen Turm herab.

Asis träumte, sie säße im Coupé, Diabla ihr gegenüber; das Netz war mit ihren Gepäckstücken, Hutschachteln, Handtaschen und so weiter ganz vollgepfropft. Ein dichter Gazeschleier bedeckte ihr Gesicht, sie trug Handschuhe aus dickem, englischem Leder und einen hoch am Halse schließenden Staubmantel. Keuchend und schnaubend setzte sich der Zug in Bewegung und jagte an den gelben, sonnverbrannten Steppen vorüber. Wie öde und dürr und staubig war doch dies elende Kastilien! Ach Hitze, unerträgliche Hitze, wann wirst du aufhören, uns zu quälen?! Asis fühlte, wie die glühende Sonne durch die herabgelassenen Vorhänge schien, das ganze Coupé mit ihrem bläulichen Licht durchflutend, und wie sie in ihr Gehirn eindrang, wie das Wasser in einen Schwamm. Sie hatte das Empfinden, als quälten sie Tausende von Nadelstichen, als träten ihr die Augen aus den Höhlen. Der Kohlenstaub und der feine, gelbe Sand der dürren, öden Steppen drangen stoßweise in das Coupé, legten sich ihr auf die Augen und die Kehle und drohten sie fast zu ersticken. Wasser, Wasser, Wasser, um's Himmels willen! »Diabla, geh, suche mir die Flasche Mineralwasser im Reisekorb!« Diabla durchstöberte ihn von oben bis unten, ohne die bewusste Flasche zu finden. Nicht möglich! – Sie hatte natürlich wieder vergessen, die Flasche einzupacken. Aber nein, da ist sie ... Schnell ein Glas gefüllt ... Asis trank. Aber es ist kein Wasser, es ist kein Wasser, es ist Jerez, es ist Manzanilla, es ist eins von jenen scharfen Getränken, die dem Menschen das klare Urteil rauben. Ach, da kommen wir an einen Fluss, einen Fluss ... Mit einem einzigen Schluck möchte ich ihn ausschlürfen. Asis seufzte; die Sonnenglut war unerträglich, es war, als würde das Feuer immer wieder geschürt, als schütteten Erzengel und Seraphinen, in Heizer verwandelt, stets neue Kohlen in die Höllenglut. Und jetzt kamen sie durch die felsige Gegend von Avila, mit ihren riesigen Quadersteinen, den Ebenen von Palencia, Leon und Maragateria. Ich verbrenne ... Ich verbrenne ... ich sterbe ... Hilfe! –

Aber was ist das? Wir lassen das flache, öde Land hinter uns. Berge, meine geliebten Berge! Bei jedem Tunnel ein minutenlanges Versinken in die Nacht, ein erfrischendes, kaltes Bad, und sobald man herauskommt, Berge und immer wieder mit dichten Kastanienwaldungen bedeckte Berge, an deren Abhängen, o wie köstlich! Zahlreiche Wasserfälle, Flüsschen und Quellen sprudeln ... Selbst aus den Felsen dringt das Wasser und in den

Tunnelwölbungen tropft es unaufhörlich. Der ganze Boden ist durchtränkt. Asis fühlt sich erfrischt und neu gestärkt, wie ein Fisch, der nach langem Umherzappeln endlich wieder ins Wasser gelangt. Ihr erregtes Herz beruhigt sich, das wild pulsierende Blut rinnt langsamer durch ihre Adern, und der schreckliche Durst quält sie nicht länger. Aber die Flüsse und Quellen werden immer größer, immer breiter, die feuchten, dunklen Tunnels folgen einander immer rascher, und endlich wird ein bleifarbener, tief hängender Himmel sichtbar, die wasserschweren Wolken öffnen ihre Schleusen und entleeren sich, anfangs in großen, dicken Tropfen und dann in immer heftiger niederprasselnden Wasserströmen. Der anhaltende eisigkalte Regen des Nordwest klatscht lärmend gegen die Fensterscheiben. Asis hat die Empfindung, als dringe er auch in ihren Körper und in ihr Herz, und als sei ihr Herz so voller Wasser, dass es nichts mehr in sich aufnehmen könne und die Tropfen langsam daraus hervorzusickern begännen. Sie weint ...

Klapp ... klapp ... zwei Schläge gegen die Tür des Alkovens! Herr Gott, was war das? Wachte oder träumte sie? Asis blickte um sich, betastete ihr Kopfkissen; es war feucht, wie auch ihre Augen! Tränen! Wer ist da? Wer?

»Ich, Freundin Asis! Gabriel Pardo. Störe ich? Dann gehe ich sofort wieder.«

»Aber nein, durchaus nicht. Setzen sie sich einen Augenblick, ich komme sofort.« Asis kühlte sich rasch die Augenlider, ordnete ihr Haar, puderte sich, zupfte die Spitzen am Halse zurecht und trat frisch und rosig vor ihn hin. Pardo las in der »Epoca« und hatte das Herannahen der Freundin gar nicht bemerkt, so vertieft war er in seine Lektüre.

Kaum hatten die beiden Zeit, einige Begrüßungsphrasen auszutauschen, als ein lautes Klingeln und schwere männliche Schritte auf dem Flur ertönten. Asis erbleichte, aber doch huschte ein frohes Lächeln über ihre Züge. Pacheco trat ein, und bei seinem Anblick packte den Obersten Pardo eine rasende Wut.

»Aha! Der ist's! Und dabei kennen sich die beiden kaum vierzehn Tage! O, ihr Weiber!« Der Gaditano – gleich als wolle er absichtlich bestätigen, was Pardo bisher nur vermutet – hatte kaum Platz genommen, als er auch schon eine Brieftasche aus englischem Leder mit silbernem Monogramm hervorzog und sie Asis mit den Worten überreichte:

»Gnädigste, da ist die erbetene Adresse der Zigarrenarbeiterin, Sie entsinnen sich wohl. Wollen Sie sie abschreiben, oder soll ich Ihnen die Brieftasche hier lassen? ... Leim Lesen des Namens wird Ihnen Ihr Versprechen schon einfallen.«

Asis war in Verzweiflung. Es war aber auch *zu* arg! Das war ein schöner Vorwand für einen so spätabendlichen Besuch! Wenn Don Gabriel jetzt seiner Sache noch nicht sicher war ...

Sie blickte zum Obersten hinüber, der sich ahnungslos zu stellen versuchte und so tat, als habe er die Brieftasche gar nicht gesehen. Nichts ist fataler, als die Rolle des überzähligen Dritten zu spielen! Don Gabriel saß, nachdem er einen Blick aufgefangen, den Asis und Pacheco ausgetauscht, wie auf Kohlen und zerbrach sich den Kopf, wie er seinen Rückzug wohl am besten motivieren könne. Aber das musste geschickt und mit vornehmer Würde gemacht werden. Eine Viertelstunde brauchte er, um seinen Abgang vorzubereiten, und dann schützte er den militärischen Klub vor, in dem heute Abend noch eine wichtige Besprechung stattfinden sollte. Klubs, Vereine und Verabredungen pflegen bei derartigen Gelegenheiten stets ins Treffen geführt zu werden, wenn es sich um das eigene Glück oder darum handelt, dem Glück anderer nicht als neidischer Unbeteiligter zuzusehen.

An der nächsten Straßenecke angelangt, verlangsamte er seinen Schritt und begann über das soeben Erlebte nachzudenken. In solchen Fällen findet die Wahl einer Dame nur selten die Billigung des Freundes. Wie merkwürdig ist doch der Geschmack der Weiber! Man könnte wahrlich meinen, sie wären dem Teufel verfallen ... Sei nachsichtig, Gabriel; es gibt keine Weiber, es gibt nur Menschen, und wir Menschen sind alle gleich ... Diese Missbilligung riecht ein wenig nach Neid und nach ... Nein, mein Sohn, das ist's doch nicht; neidisch bist du nicht, nur siehst du klar, während deine arme Freundin ganz blind ist ... Wie leuchteten ihre Augen, als er eintrat! Wie ist es nur möglich! Nie hätte ich geglaubt, dass sie einen Geliebten haben würde, und noch dazu so einen! Wenn ich mich nicht sehr täusche, macht er sie unglücklich ... Dieser Andalusier ist so ganz der Typus der dekadenten spanischen Rasse. Was für ein Mensch! Unwissend, pervers, sinnlich, energielos, ein Spielball der wildesten Leidenschaften, unfähig zur Arbeit, streitsüchtig, indolent und egoistisch, ungeeignet, eine Familie zu begründen ... Es gibt so unendlich viele von dieser Sorte! Und trotzdem haben gerade solche Männer oft Glück bei den Frauen durch ihre scheinbaren Talente und ihre südländische Lebhaftigkeit ... Aber Asis braucht, da sie selbst von so vornehmer Herkunft ist, zweifellos einen Mann mit vollendeten Manieren ... Es ist nur gut, dass die beiden sich nicht heiraten, denn das halte ich für geradezu unmöglich ... Aus solchem Holz schnitzt man keine Ehemänner. Als Liebhaber mag er ja seine Reize haben ... Was für ein Zufall! Und da sagt man noch, es gäbe keinen Zufall ...

Dieses und Ähnliches überlegte sich der Oberst ... War er ungerecht oder hellseherisch? Folgte er seiner Gewohnheit, alles zu analysieren, oder nur einer Zornesregung? Er rückte unruhig seinen Kneifer zurecht und strich sich nervös den Schnurrbart ...

»Nun in den militärischen Klub, der mir den Rückzug ermöglichte! Die beiden werden sich nicht wenig gefreut haben, dass sie mich losgeworden sind.«

Und vor seinem geistigen Auge erschien das Bild eines liebenden Paares – Pacheco und Asis.

XXII.

Inzwischen hatten sich die beiden wieder ausgesöhnt, ohne den Tanz in der Wirtschaft oder den abendlichen Besuch des Obersten auch nur mit einem Wort zu erwähnen. Der Gaditano flüsterte ihr leise zu:

»Glaubst du denn wirklich, ich hätte nicht gewusst, dass du morgen auf Reisen gehst? Dummes Kind! Deine Abreise hattest du schon auf heute früh festgesetzt, und nur aus Mitleid mit mir hast du meine Einladung zum Frühstück doch noch angenommen. – Du sagtest dir, »es handelt sich ja nur um ein paar Stunden, und das Vergnügen kann ich ihm ruhig machen, ich lass ihn dann ja doch bald im Stich« ... Und jetzt tut dir die Geschichte selbst leid ... dass wir uns nie mehr sehen und nie mehr sprechen sollen, und dass jetzt alle Zärtlichkeiten ein Ende haben ... Ach, Asis, du liebst mich viel mehr, als du selbst es ahnst, und als du dir eingestehen willst. Närrchen! Du wirst noch oft genug an mich denken, wenn du erst auf dem Lande bist, zwischen all den Bauerntölpeln. Armes Kind! ... Und hier bleibt dann ein Mann zurück, der dich doch so ein ganz klein wenig lieb hat.«

Die beiden Liebenden hielten sich nicht fest umschlungen, wie der Oberst es vor sich gesehen hatte, auch saßen sie nicht dicht nebeneinander, sondern Pacheco auf dem Stuhl und Asis auf dem Diwan, aber ihre glühenden Hände hatten sich gesucht und gefunden ... Beide schwiegen; doch war die stumme Sprache ihrer Augen beredt genug, und diese innige Berührung erweckte in Asis ein ungeahntes Entzücken, ein Staunen über dies seltsamschöne Empfinden. Sie blickte Pacheco an, und ihr war's, als habe sie ihn nie zuvor gesehen. In seiner Haltung, seinen Zügen, seinem Ausdruck lag für sie etwas Erhabenes, etwas, das in Wirklichkeit gar nicht bestand ... und so begann in ihr ganz allmählich ein Gefühl der Liebe für ihn zu erwachen. Und, fast ohne sich dessen bewusst zu sein, legte sie Diegos Hand auf ihr Herz, gleich, als wolle sie so das heftige Pochen dort drinnen beruhigen. Ihre Augen füllten sich mit Tränen ... sie atmete tief auf und seufzte ...

»Sei nicht so traurig,« flüsterte sie zärtlich.

»Ja, ich muss traurig sein, mein Liebling, um deinetwillen. Meine Kraft ist zu Ende. Ich weiß nicht mehr aus noch ein. Es ist ein Weh, das meine ganze Seele vergiftet ... Es ist seltsam, mein Kind, und ich weiß, wenn wir uns trennen, so wird es noch viel, viel schlimmer werden ...«

»Komm, rück ein wenig näher, du sitzest so weit von mir,« sprach sie sanft und zärtlich, wie zu einem Kinde.

»Nein, lass mich; es ist besser so, ich will nur deine Hand ...«

»Liebst du mich nicht mehr?«

»Du weißt wohl, wie sehr. Aber ... was ist das? Tränen?«

Asis weinte in der Tat. Es war nicht nur der Widerschein des roten Lampenschleiers, der auf ihren Wangen glänzte. ... Pacheco seufzte tief auf und warf sich leidenschaftlich vor ihr auf die Knie.

»Ich gehe, ich gehe!« rief er entschlossen mit heiserer halberstickter Stimme aus. Asis sprang auf, und ihre Arme stürmisch um seinen Hals schlingend, rief sie flehentlich: »Nein, Diego, bitte, nicht! Jetzt noch nicht! Du bist eben erst gekommen ... warum willst du schon wieder gehen? Geh nicht, wenn du mich liebst!«

»Kind, einen schweren Gang macht man am besten so rasch wie möglich. Ich kann nicht mehr – lass mich! Wozu sich den Abschied unnötig erschweren? Adieu, Geliebte, leb' wohl! Glaube mir, es ist besser so ...«

»Nein, nein, geh nicht, ich bitte dich! Gerade, weil es der letzte Abend ist. Diego, mein geliebter Diego, es ist nicht möglich, dass du mich schon verlassen willst.«

Pacheco befreite sich langsam aus Asis' Armen und sagte endlich, sie fest und lange anschauend:

»Überlege es dir wohl. Wenn ich jetzt noch bleibe, dann bleibe ich ... bis der Morgen graut. Du hast die Wahl. Entscheide.«

Asis schwankte einen Augenblick, doch ihre Liebe war stärker als alles andere. Moral, Erziehung, Grundsätze – nichts vermochte diesem Sturm der Leidenschaften zu trotzen, und mit einer Stimme, die ihr selbst fremd klang, flüsterte sie endlich:

»Bleibe.«

***

Der Plan war kühn, aber leicht ausführbar. Diabla war durch einen glücklichen Zufall nicht zu Hause, die Köchin ebenso wenig. So handelte es sich nur noch darum, Imperfekto, die verkörperte Dummheit, zu täuschen, und die Hausverwalterin, die um diese Zeit meist zu schlafen pflegte. So ganz einfach war es nicht, das ersehnte Ziel zu erreichen. Und es wurde ein großer umständlicher Kriegsplan entworfen – Hin- und Hergehen, Aufmachen und Zuklappen der Türen – wobei die Delinquenten leise und heimlich kicherten. So war um Mitternacht dieses Haus wie immer verschlossen, aber innerhalb seiner Wände kümmerte man sich wenig um die soziale Ordnung und die menschlichen Gesetze ...

Aber das war noch nicht alles. Was dann geschah, ist so seltsam und so einzig dastehend, dass ich nicht versäumen möchte, es hier zu erzählen, besonders deshalb nicht, weil es diese Geschichte, die bei dem Fest von Jan Isidro so frivol und leichtfertig begann, zu einem glücklichen und ganz unerwarteten Abschluss führt ...

Wer von den beiden Liebenden oder, besser gesagt, von den beiden Verliebten mag zuerst auf den Gedanken gekommen sein? Vielleicht er, indem er mit wahrem Heldenmut einen Ausweg wählte, der mit Rücksicht auf seine Grundsätze und Lebensanschauungen aufs Höchste überraschen musste?

Oder sie, weil sie darin das Mittel fand, ihre Ehre mit ihrer Leidenschaft, ihr Rechtlichkeits- und Pflichtgefühl mit ihrem nur allzu schwachen Willen in Einklang zu bringen? Oder musste dieser Gedanke auf alle anderen Erwägungen der beiden folgen, wie der Mittag auf die Morgenröte, der Abend auf die Dämmerung und der Tod auf das Leben?

Möge jeder es sich auf seine Weise zurechtlegen, welche Wege beide einschlugen, um nicht in Ungelegenheiten zu geraten, um der Zukunft mutig ins Auge schauen und alle Vernunft zum Teufel jagen zu können, jene Vernunft, die vor dem Niewiedergutzumachenden zittert, die die schwerwiegende Inschrift trägt »für immer!«, und die ernst daran gemahnt, dass ein schlechter Anfang nur selten zu einem guten Ende führt. – Und er möge sich auch das Gespräch auf seine Weise deuten, in dem dieser Gedanke sich langsam Bahn brach, anfangs verschwommen, dann immer klarer, bestimmter und überzeugender, um endlich triumphierend von dem jubelnden Gott Amor begrüßt zu werden, der, anstatt des Zepters seine schärfsten, vergiftetsten Pfeile tragend, vor der Tür des verschwiegenen Gemaches Wache hielt und jedem profanen Eindringling den Eingang verwehrte.

Deshalb erlasse man mir den Eintritt in dieses Zimmer, bis die Sonne ihren goldigen Schein verbreitet und durch das Fenster dringt, welches Asis, strahlend und in stolzer Freude, mit aufgelöstem Haar, frisch wie der anbrechende Morgen, weit öffnet! Ah! Jetzt durfte sie unterliegen ... Pacheco stand, sie zärtlich umschlingend, dicht neben ihr, und so badeten die beiden ihr Glück im klaren Sonnenlicht und ließen die ganze Nachbarschaft teilnehmen an ihrer Hochzeitsfreude ... Es war, als wollten die künftigen Gatten einen Hymnus anstimmen auf ihren Schutzengel, die Sonne.

»Es ist nun heller Tag, Liebling,« rief Pacheco aus. – »Wie ist's mit deiner Reise?«

»Und mit der deinen? Kannst du in acht bis zehn Tagen zur Abreise nach Cadix bereit sein?«

»Nein, keinesfalls. Denk' nur – die Einwilligung vom Vater und noch tausend andere Dinge. Der stirbt, wenn er hört, dass ich mich verheirate, wird's gar nicht glauben können. ... Aber ich werde ihm sagen, dass ich mithilfe meines Schwiegervaters nach der Hochzeit wohl zum Abgeordneten von Vigo gewählt werde. Du wirst sehen, es wird schon alles gut werden. Wenn ich etwas durchsetzen will, dann geht's immer. Das versteht keiner so wie ich. Wenigstens, wenn mir's wirklich darauf ankommt.«

»Wirst du mir auch schreiben, wie oft du dich verliebt hast?«

»Närrchen!«

»Dummkopf!«

»Meine Königin!«

»Weißt du, in Vigo müssen wir wieder ganz förmlich miteinander umgehen ...«

»Ja, bis der Pfarrer« ... und Pacheco machte bei diesen Worten mit der rechten Hand eine segnende Gebärde. »Währenddessen werde ich mich diesem Töchterchen widmen. Und in zwei Tagen habe ich ihr Herz gewonnen, da kannst du sicher sein. Vielleicht lasse ich dich dann am Ende noch im Stich und heirate sie.«

Und so lachten und scherzten sie, und Diego nahm immer wieder Asis' Hand und drückte sie zärtlich. Endlich fragte er:

»Denkst du noch an unser Abenteuer in San Isidro und an die alte Zigeunerin? Wie war's doch?«

»Etwas lese ich in dieser weißen Hand, das wird bald eintreffen, und es weiß keiner etwas davon, bloß Sie ... Eine Reise steht Ihnen bevor ... und dann ... es gibt einen Menschen, der wird alles daran setzen, Sie zu gewinnen, denn er ist sterblich in Sie verliebt.«

Und der Gaditano fügte, eingebildet wie immer, hinzu:

»Und sie in ihn ...«

Manolitas Telefongespräch – Juan Valera
1824-1905

Szene in zwei Bildern. Manolita (einzige Person).

Erstes Bild

Reicher, eleganter Salon. Es ist Abend. Es brennen Kerzen und eine Lampe. Ein Telefon. Manolita ist allein, geht unruhig auf und ab und führt ein Selbstgespräch.

Ich habe Mama sehr lieb, aber es fehlte nicht viel und es wäre vorbei mit meiner Liebe. Das vierte Gebot lautet: »Du sollst deinen Vater und deine Mutter ehren,« und mir wird es gewiss nicht schwer, dies Gebot zu befolgen. Ich bedaure es nicht, bin vielmehr froh darüber, dass man mich fast drei Jahre in dem Kloster gelassen hat. Ich war ein verwöhntes, eigensinniges und launisches Geschöpf. Ich war ein Teufel und verdiente wohl, dass man mich straff im Zaum hielt. Jetzt, da ich wieder nach Hause zurückgekehrt, bin ich eine wichtige Persönlichkeit. Und warum sollte ich Mama nicht ehren und lieben? Sie verwöhnt, verhätschelt und vergöttert mich. Meine Launen sind ihr Gesetz. Mama schenkt mir tausend Schmucksachen, gibt für meine Kleider und Hüte ein Vermögen aus, und ist niemals ungehalten, wenn die Rechnungen kommen. Ja, es will ihr beinahe scheinen, als gäbe sie noch zu wenig für mich aus. Und trotz alledem: Ich kann es nicht leugnen, ich bin mit Mama nicht zufrieden.

Die Unschuld ist gut und heilig; jawohl – sehr gut und sehr heilig sogar; aber ich habe schon mein achtzehntes Jahr vollendet, und wenn ich auch erst vor drei Monaten aus dem Kloster des Heiligen Herzens zurückgekehrt bin, so braucht Mama deshalb doch nicht zu denken, dass ich dumm sei und nichts sehe oder höre.

Sie lebt schon über acht Jahre als Witwe, hat meinen Vater während seiner Krankheit treu gepflegt, war unglücklich über seinen Tod und hat ihn aufrichtig betrauert. Aber schließlich ist sie heute erst sechsunddreißig Jahre alt, sie könnte meine ältere Schwester sein. Manchmal beneide ich sie ein ganz klein wenig, denn ich finde, dass sie hübscher ist als ich, und ich bemerke, dass auch andere derselben Meinung sind. Ist es da wunderbar, dass Mama sich tröstet? Gott verzeih' mir den bösen Gedanken! Aber ich habe den Verdacht, dass Mama bei dem General Trost sucht. Ich verurteile sie deshalb nicht. Der Zeitpunkt ist ganz richtig gewählt. Sie ist frei und kann tun und lassen, was ihr beliebt. – Was mich kränkt, ist ihr Mangel an Vertrauen zu mir; und dass sie mich ohne Grund hintergeht. Ferner, dass der General schon fünfzig Jahre, ein alter Freund meines Vaters oder, besser gesagt, meines Großvaters ist und für Liebesgeschichten, die man ihm auch nie nachgesagt, durchaus nicht geeignet erscheint. Er ist unterhaltend und liebenswürdig, aber mir ist er langweilig. Im Theater kommt der General stets in unsere Loge und bleibt während der Pause, während des nächsten und manchmal auch während des übernächsten Aktes bei uns. Er erzählt eine lustige Geschichte mit behaglicher Breite, und Mama biegt sich dabei vor Lachen. Sie begeistert sich im königlichen Theater für dieselbe Musik, wie der General, und wenn Mama in »Lara« die Witze der Valverde belacht, belacht der General sie ebenfalls, und im »Espagnol« applaudiert er nie, bevor Mama nicht applaudiert hat. Auch in Bezug auf die Politik sind sie stets einer Meinung. Nur, wenn Mama die Schönheit, die Eleganz und die Liebenswürdigkeit anderer Damen preist, stimmen sie nicht überein, was sogar oft zu heftigen Auseinandersetzungen führt. Der General ist ein echter Schwerenöter, aber bei mir verfängt das nicht, wenn wir eine Gesellschaft besuchen, ist er immer der Erste, den ich erblicke; und der General spielt immer an demselben Whisttische, an dem Mama spielt. Machen wir eine Spazierfahrt, so sind wir noch nicht einmal im Retiro angelangt, und der Schlaukopf ist schon dicht neben uns auf seinem tänzelnden, unruhigen Vollblut. Zu uns kommt er an all den Tagen, an denen Mama empfängt, und oft genug auch an anderen. Mama soll nur noch versuchen, mir weismachen zu wollen, das sei reine Freundschaft! Ja, ja, weiß Gott, ich sehe ganz klar!

Ich finde das alles sehr natürlich, aber so recht billigen kann ich es erst, wenn Mama sich verheiratet, was mich ärgert, das ist ihr Mangel an Aufrichtigkeit. Dass sie mir keinen Bräutigam sucht, weil sie immer behauptet, das eile noch gar nicht, und ich hätte noch mehr als Zeit genug, ärgert mich nicht, wohl aber, dass sie, während sie sich mit ihrem General amüsiert, gar nicht an mich denkt und mich ganz der Sorge dieser alten Donna Rita überlässt, die, obgleich sie nur meine Kinderfrau war, doch ein verteufelt schlaues Weib ist.

Es steht mir ja schlecht an, das von mir selbst zu sagen; aber ich bin glücklicherweise klug genug, als dass mir die Sorglosigkeit meiner Mutter oder die zweifelhafte Aufsicht der Donna Rita irgendwie verderblich werden könnte. Und ich habe mich, seitdem ich vor drei Monaten in die Welt eingeführt wurde, doch schon unzählige Male in gefährlichen Situationen befunden.

Wenn Mama *ihre* Geheimnisse hat, so habe *ich* die meinigen und handle auch danach. Mein Geheimnis ist ein Bräutigam – und ein schmucker.

Obgleich ich noch ein Neuling in dergleichen Dingen bin, halte ich doch die Augen offen und habe noch nie einen dummen Streich gemacht. Entzückt haben mich vom ersten Augenblick an seine Eleganz und sein distinguiertes Äußere. Und was für ein hübscher Mensch er ist! Und wie respektvoll, ohne dabei im geringsten schüchtern zu sein! Jedes Mal, wenn ich mit Donna Rita zur Kirche, spazieren oder zu einer Freundin gehe, flugs ist er da, unweigerlich, als hätte ich ihn gerufen, und sieht mich an mit Augen ... Gott im Himmel, was für Augen! Aber nie fällt es ihm ein, mich anzusprechen.

Ich habe ihn weder auf Bällen noch in Gesellschaften noch im Theater getroffen. Und trotzdem ist er kein Philister; man braucht ihn nur anzusehen, um davon überzeugt zu sein. Er wird ein Fremder sein, habe ich mir schon gedacht; aber nicht aus einer der Provinzen, sondern sicherlich aus einem fernen exotischen Lande.

So verging mehr als ein Monat, der mir lang erschien, wie ein Jahrhundert, denn mich quälte die Neugier, zu erfahren, wer dieser geheimnisvolle Fremdling wohl sein mochte. Ich hatte den Wunsch, er möge mit mir sprechen, und fürchtete es dennoch. Ich wünschte so sehr, ihn kennenzulernen und ihn ganz so zu finden, wie ich ihn mir gedacht, und fürchtete doch, ich würde ihm, wenn er mich anspräche, ohne ihm vorgestellt zu sein, Mangel an Respekt und Aufdringlichkeit zum Vorwurf machen müssen.

Was dann geschah, erschien mir wie ein Werk der Vorsehung. Der Himmel hat meine Frömmigkeit und meine treue Liebe zu meiner seligen Großmutter belohnt. Sie war eine Heilige, – aber endlich ging sie vor zwei Jahren mit all ihren kleinen Sünden dennoch in ein besseres Leben ein. Vielleicht aber ist sie auch in die Hölle gekommen. Und daher kann man für ihre Seele nicht genug Messen lesen lassen. So dachte ich auch bei mir, als ich vor etwa acht Tagen die Sakristei betrat, um dem Pater Gonzalez zwanzig Messen aufzutragen, die ich von meinem eigenen Taschengeld bezahlte. Und wen glaubt ihr, dass ich dort traf? Meinen Verfolger, der im vertraulichsten Gespräch mit dem Pater begriffen war! – Ich wollte in einiger Entfernung warten, bis jene Unterredung beendet, aber der Pater erblickte mich und rief mir schon von Weitem zu:

»Womit kann ich dienen, Donna Manolita? Sie sollen nicht warten oder sich gar zurückziehen, weil sie mich hier mit diesem Herrn sehen, denn er, seine Mutter und noch mehrere andere Mitglieder seiner vornehmen Familie sind meine ältesten und besten Freunde. Gestatten Sie mir, dass ich Ihnen Don Narciso Solis vorstelle!«

So trägt Pater Gonzalez die Schuld daran, dass ich Narciso kennenlernte. Aber die Schuld daran, dass ich mit Narciso gesprochen, mich mit ihm verständigt und einen Flirt mit ihm begonnen habe, der zur Verlobung führte, trägt einzig und allein diese falsche, hinterlistige Donna Rita, und man tut ganz recht daran, solch alte Kinderfrauen oder Begleiterinnen als einen absolut ungeeigneten Schutz für lustige junge Mädchen zu bezeichnen.

Denn ich habe es bereits gesagt, und wiederhole es jetzt – man möge mir meine Unbescheidenheit verzeihen, – dass meine Klugheit mir viel genützt hat. Es klingt zwar unglaublich, dass ich das Leben schon so genau kenne, und dass ich schon einen solchen Scharfblick habe, aber ich habe mich nicht in ihm getäuscht: Er ist eine durchaus ehrenwerte Persönlichkeit. Durch seine Schwärmerei für die Heiligen verdient er sich die Freundschaft des Pater Gonzalez, und durch seine Liebe zu mir, die ich auch eine Heilige bin, meine Gegenliebe. Was liegt denn darin für eine Sünde?

Ich blieb gestern Abend zu Hause, um mich, nachdem Mama fortgegangen, um zehn Uhr telefonisch mit ihm zu unterhalten. Amt IV, Nummer 500. Um zu vermeiden, dass ich etwa mit einem anderen spräche – ich kann durchs Telefon so schlecht verstehen und kenne seine Stimme noch kaum – haben wir für den Anfang des Gesprächs vier Zauberworte verabredet: das erste und das dritte sage ich, und das zweite und das vierte er. Und was für außergewöhnliche Worte! (Ein Papier hervorziehend.) In diesem Brief hat er sie mir mit Bleistift aufgeschrieben. Es wird gleich zehn schlagen. Da ich eine fürchterliche Migräne habe, – ja, ich habe eine fürchterliche Migräne –, war es durchaus keine Kriegslist. Ich hatte Mama, die mit der Gräfin ins Theater gegangen ist, einfach nicht begleiten können, (auf der Kaminuhr schlägt's zehn.)

Die Stunde ist gekommen. – Ein wenig fürchte ich mich doch. (Sie nähert sich dem Telefon und dreht an der Kurbel.) Amt IV, Nummer 500. (Pause. Dreht wieder an der Kurbel.) Logos ... Ich erkenne seine Stimme; er sagt: Theos ... Sares ... und er hat Egéneto geantwortet.

Ach, Narciso, welch ein Wahnsinn! Was für ein toller Streich! Mama würde mich mit Recht tüchtig auszanken, wenn sie mich überraschen würde, wie ich hier durchs Telefon mit einem Herrn spreche, den sie nicht einmal kennt. – – Welche Keckheit! – – »Ist das die Erziehung, welche dir die heiligen Nonnen im Kloster gegeben haben?« würde Mama ausrufen. Wenn Sie mich wahrhaft lieben, wenn Sie ein wohlerzogener junger Mann sind, und den Wunsch hegen, dass unsere Beziehungen fortdauern, so ist es unumgänglich nötig, dass Sie sich Mama so rasch wie möglich vorstellen lassen. Pause.

Nein, was wir bisher getan haben, soll und muss ein Ende nehmen. Hinter Mamas Rücken, bei Spaziergängen, auf der Straße, und unter Beihilfe der Donna Rita werde ich nie mehr mit Ihnen sprechen – oder wenigstens nur sehr selten. Sich täglich zu sprechen, wäre sehr unrecht. Die Welt würde darüber reden, und Sie selbst würden schlecht von mir denken. Mama würde es erfahren und natürlich sehr ärgerlich sein. (Pause.) Schön, ich freue mich von ganzem Herzen, dass Sie entschlossen sind, sich so bald wie möglich vorzustellen. Das ist das einzig Richtige.

Was? ... Darauf kann ich nicht antworten. Ich höre zu schlecht an diesem Kasten. Ich fürchte, dass die Damen im Amt mich auslachen. (Wiederum Pause.)

Nun hören Sie mal gut zu! Es geht nicht anders, ich *muss* es Ihnen sagen. Ich wiederhole das, was ich Ihnen schon drei- oder viermal gesagt habe, als wir die Enten und die Fische im Teich von Retiro mit Brosamen fütterten: Sie füttere ich mit den Brosamen meines Herzens, das *ganz* Ihnen gehören soll, wenn Sie es mir mit Ihrer *ganzen* Liebe bezahlen. (Pause.)

Das ist eine große Übereilung. Mama wird, wenn sie es nicht ganz von der Hand weist, doch meinen, dass wir uns erst kennenlernen sollen, und dass diese plötzliche Werbung ihr zu überraschend komme. Schmeichler! Wieso sind meine Augen die Spitzbuben, die Dolchstiche austeilen? Wieso sind Sie der Verwundete? Ich erkläre ganz im Gegenteil, dass Sie der Schelm sind. Wenn Pater Gonzalez auch nur im entferntesten vermutet hätte, was für ein gefährlicher Mensch Sie sind, und was für ein Unheil er damit anrichten würde, hätte er Sie mir, seinem Beichtkinde, ganz gewiss nicht vorgestellt. ...

So werden wir sehen, ob Ihr Ausspruch, dass alles zum Guten führt, auch auf uns Anwendung findet. Addio! Genug geschwatzt, ich fürchte, dass wir überrascht werden. Stellen Sie sich meiner Mutter vor! Sie empfängt wöchentlich zweimal.

Zweites Bild

Dieselbe Dekoration wie zuvor. Manolita betritt allein das Telefonzimmer und verriegelt die Tür.

Heute fühle ich mich sehr schlecht. Ich bin wütend. Mama, die an meine Krankheit nicht glauben will, ist ruhig in ihre Gesellschaft gegangen. Da ich bei Tisch nichts essen konnte, bekam ich furchtbaren Hunger, als Mama kaum fort war, und habe soeben zu Abend gegessen. Mir stehen viel Mühen und Kummer bevor, und dazu muss ich Kräfte sammeln.

Ich sterbe vor Ungeduld, mit Narciso zu sprechen. Ich habe ihm tausend unangenehme Dinge zu sagen. Wie viel Neues von gestern auf heute! Jetzt ist es schon unnötig geworden, dass er sich Mama vorstellen lässt, er würde sehr schlecht empfangen werden. Aber ... (die Kaminuhr schlägt zehn) zehn Uhr! Jetzt werde ich mit ihm sprechen. (Sie dreht an der Kurbel.) Bitte ... Amt IV, Nummer 500! (Längere Pause. Sie dreht wiederum an der Kurbel.) Logos ... Man antwortet: Theos ... Ob Narciso erkältet ist? Was für eine heisere Stimme er heute hat! Sares ... das ist gut. Egéneto. ... Aber wie heiser seine Stimme doch klingt! Ich wollte Sie nur fragen, Narciso, was bedeuten diese vier rätselhaften Worte?

Nein, es kann nicht sein, dass es Idiome gibt, in denen man in vier Worten so viel sagen kann. Die Worte sollen griechisch sein und bedeuten: »Du bist ein Engel, der vom Himmel auf die Erde gekommen ist, eine sonderbare Gestalt angenommen und sich in Manolita verwandelt hat.«

Sie wollen sich über mich lustig machen, glaube ich.

Es ist wohl eine Umschreibung, keine Übersetzung –, ja, dann versteh' ich's!

Aber nur keine Umschreibungen, bitte! Dafür bin ich ebenso wenig, wie für Schmeicheleien.

Ich bin verzweifelt, so verzweifelt, dass ich fast zu glauben anfange, ich hätte die Krankheit nicht nur fingiert, sondern ich sei wirklich krank. Der Doktor glaubt's auch und hat mir ein langes Rezept verschrieben, das Donna Rita anfertigen lassen soll. Das ist doch wirklich eine Dummheit von solchem Doktor!

Ach, mein Gott, was für ein unangenehmer Scherz ist das! – warum antwortet Narciso mir nicht?

Der Doktor, der bei ihm ist, antwortet und sagt mir, ich sollte nur, um zu sehen, dass er nicht gar so dumm sei, sein Rezept lesen, das Donna Rita, nachdem sie es gründlich studiert, hinter den Sockel der Kaminuhr geschoben habe. Wir wollen mal sehen. (Manolita sucht, findet und liest das Rezept.

Rezept:
Um neun Uhr Consommé mit Ei. Filet Mignon.
Chaud froid von Rebhühnern.
Mouton Rothschild.
Wiener Gebäck.
Ein großer Apfel, wie ihn die Kranke so gern isst.
Dessert, Kaffee und ein halbes Gläschen Chartreuse, um den Magen zu stärken. Und dann als Nachtisch ein kleines Gespräch mit Narciso per Telefon oder noch etwas näher.)

Hat man jemals eine größere Keckheit gehört? Das nenne ich jemanden an der Nase herumführen. Der General nennt die Griechen Betrüger, ich habe also sehr falsch gehandelt, indem ich mich einem Griechen anvertraute. Diese Betrügerei und dieser infame Streich waren zu erwarten. (Manolita läuft wütend ans Telefon.)

Narciso! Es ist eine Infamie, dass sie mich so behandeln! Meine Liebe für Sie ist erloschen, ich hasse Sie!

Aber es ist jetzt alles so verwickelt, dass ich meinen Zorn beherrschen und mich über diese wichtigen Dinge mit Ihnen aussprechen muss.

Mama sagt, dass die Gräfin und viele andere Mitwissende oder Beschützerinnen einer Liebe seien, an die sie selbst nicht einmal gedacht hat. Der General klagt mich mit den Worten »*tu quoque filia*« der Mitwissenschaft an. Wir hätten sie, behauptet er, erst auf den Gedanken gebracht, ein Liebesverhältnis miteinander anzuknüpfen, – ein Gedanke, der ihnen bisher absolut fern gelegen. Da hätten sie beide ausgerufen:»Also sei es!« Und in der Tat: Gestern hat er sich erklärt, und nun ist's so weit. Und da sie den Pomp und die Feierlichkeiten, die derartige Verbindungen zu begleiten pflegen, nicht lieben, so haben sie beschlossen, sich in aller Stille zu vermählen. Sie sehen also, dass Mama im Begriff ist, mir einen tyrannischen Stiefvater zu geben, der sich zweifellos binnen Kurzem in unserem Hause breit machen wird. ...

Jesus, Maria und Joseph! Was für ein Wirrwarr! Jetzt ist nicht Narciso am Telefon, sondern Mama, die mir sehr beleidigt zur Antwort gibt, dass sie mir den Tyrannen nicht ins Haus bringen, sondern dass sie zu ihm ziehen und mich hier allein lassen werde.

(Manolita geht ans Telefon zurück.)

Höre, Mama! Lass mich um Gottes willen nicht allein! Verzeih' mir! Ich werde vernünftig sein. Mama, kehre zu mir zurück und lebe mit mir oder nimm mich mit zu deinem Tyrannen!

Lass mich den meinigen selbst aussuchen und zwinge mich nicht, das zu tun, was der General gestern von mir verlangt hat! Ich will dir beichten. Ich habe einen gewissen Narciso, in den ich, wenn er sich auch jetzt so schlecht zu mir benimmt, dass ich ihn eigentlich hassen sollte, sterblich verliebt bin, und daran ist nun einmal nichts zu ändern, wie könnte ich wohl den Neffen des Generals heiraten, während mein Herz einem anderen gehört? Er mag reich und ein noch so guter Junge und ein Graf sein, und alles, was der General will, obgleich ich im Stillen den Verdacht hege – ich weiß nicht, weshalb –, dass er nur ein ganz gewöhnlicher Andalusier ist, der in einem Dorf geboren und erzogen, der lispelt und sich viel besser dazu eignet, als Gigerl gekleidet auf den Jahrmärkten die Herzen der Zigeunerinnen und Dirnen zu erobern, als sich in einem eleganten Salon zu bewegen und dort die Neigung einer wohlerzogenen Dame zu gewinnen. Du siehst also, Mama, dass ich allen Grund habe, statt deines künftigen Neffen meinen Griechen zu lieben. Und erhebe, bitte, nicht den Einwand, dass mein Grieche ein Ketzer und ein Abtrünniger sei! Ich bin überzeugt, er ist ein sehr guter Katholik, wenn er es nicht wäre, würde er mit dem Pater Gonzalez, der ihn mir vor etwa einer Woche in der Sakristei vorstellte, nicht so befreundet sein, hörst du, Mama? ... Was? Ihr wollt mich wohl verrückt machen? Jetzt antwortet mir plötzlich der Pater Gonzalez selbst; und er behauptet, dass Narciso kein geborener Grieche sei, sondern sich nur zeitweilig in Griechenland aufhalte; dass er der erste Sekretär der spanischen Gesandtschaft in Athen und Konstantinopel und jetzt mit viermonatlichem Urlaub in Madrid ist.

(Manolita spricht wiederum durchs Telefon.)

Hören Sie, Pater Gonzalez! Wer er auch sein möge, jedenfalls tragen *Sie* die Schuld, dass ich Narciso kennengelernt habe, und dass ich mit ihm auf den einsamsten Wegen des Retiro und am Teich spazieren gegangen bin, Donna Rita in weiter Entfernung zurücklassend. Deshalb erbarmen Sie sich unser, und beschwören Sie meine Mutter und den General, dass sie nicht auf meiner Heirat mit diesem fürchterlichen Neffen bestehen!

Heiliger Himmel! Was für eine entsetzliche Verschwörung gegen mich armes, unerfahrenes Kind! Jetzt ist wieder nicht mehr Pater Gonzalez am Telefon, sondern der General. Ich bin mit ihm verbunden und nicht mit Narciso. Was? – Ja! – Heute ist er mir gegenüber ungezogener und übermütiger als je.

Mama hat angefangen, mit dem Doktor und dem Pater Karten zu spielen, und der General benutzt die Gelegenheit, um mir tüchtig die Wahrheit zu sagen: dass sein Neffe durchaus nicht fürchterlich, sondern reizend, dass ich viel zu vorschnell und ein verwöhntes, eigensinniges und widerspenstiges Geschöpf sei, und dass ich Narciso, wenn er mir ihn als seinen Neffen vorgestellt, gewiss dumm, hässlich und unsympathisch gefunden hätte; und dass man diesen ganzen Anschlag und diese ganze Verschwörung, an der Mama, der General, der Doktor, der Pater Gonzalez und sogar Donna Rita teilgenommen, nur deshalb angezettelt habe, damit ich Narciso für einen Griechen oder Türken halten und mich in ihn verlieben sollte.

Hören sie, General, mäßigen Sie sich und beleidigen Sie mich nicht! Glauben Sie, was Sie wollen! Was ich glaube, und was ich auch aufrecht erhalte, ist, dass ich Narciso liebe, ja, dass ich ihn liebe, obgleich ich jetzt weiß – soll ich sagen, dass es mich freut oder dass es mich ärgert? – dass er Ihr Neffe, und dass er fast ebenso keck und unverschämt ist wie Sie. Sie haben den Mut, mich zu beleidigen, weil wir getrennt sind. Aber wenn wir uns Aug' in Auge gegenüberständen, würden Sie vor Angst umkommen, denn ich bin wütend, wütend, wütend. ...

Hallo, hallo! Sie fordern mich heraus, und ich mache mich bereit, sofort zu Ihnen zu eilen. Also, ich werde kommen, und wir werden uns in die Augen sehen –, aber wie dorthin gelangen? ... Ich erkenne dankbar Ihren Wunsch und die Hoffnung an, die Sie in mir erwecken, dass unsere Fehde keine tödliche sein möge, und dass wir heute Nacht um zwölf Uhr, am Silvester, ein Glas Champagner trinken werden, um unsere Versöhnung und den Beginn des neuen Jahres zu feiern: Auch freue ich mich über Ihre Nachricht, dass in unserem Hause allmählich alles in Ordnung kommen wird, und dass sie mit Mama glücklich werden, während ich Narciso heirate. Aber da sie noch nicht mein Stiefvater sind, darf ich es einstweilen wohl noch an dem nötigen Respekt fehlen lassen, und so erkläre ich Ihnen, dass es eine Flunkerei und eine Lüge ist, dass sie mich an der Nase herumführen und mir das beweisen wollen, was keines weiteren Beweises bedarf: dass Sie ein noch größerer Windhund und ein noch ärgerer Grieche sind als Ihr Neffe. »Aber, aber, wie verderbt sind unsere Zeiten!« würden die frommen Mütter sagen, die mich erzogen haben. Und wie verrückt sind wir Frauen doch! Wollen sie mir glauben, dass Sie mir trotz alledem sehr sympathisch sind? Sie jagen mir einen Schrecken ein, wenn Sie mir sagen, dass Narciso mich in Mamas kleinem Wagen abholen wird. Wenn es der Landauer wäre, oder doch wenigstens das Coupé, dann wäre es nicht so schlimm. Aber der kleine Wagen ist so entsetzlich eng. Wollen sie mir gefälligst sagen, verehrter General und Stiefvater, wo ich Donna Rita unterbringen soll, die zwei Zentner wiegt und den Umfang eines holländischen Hukers hat?

Es ist wohl richtiger, dass ich's von der heiteren Seite auffasse und mich nicht mit allen herumzanke, denn sie treiben doch nur ihren Scherz mit mir. Der General ist vom Telefon weggegangen und hat sich als vierter an den Whisttisch gesetzt. Man sagt mir, dass seine Schwester, Narcisos Mutter, ihn so lange vertreten, und da sie sehr schlecht spielt, seine ganze Monatsrente verloren habe. Aber mit wem spreche ich denn jetzt plötzlich? Mit der entrüsteten Donna Rita, die behauptet, dass sie kein holländischer Huker sei, und dass sie lange nicht so viel wiege, und dass ich sie auf keinen Fall mitnehmen solle, um mich von unserem Hause bis in die Wohnung des Generals zu begleiten, die am äußersten Ende der Castellana liegt, weil ich sie ja doch zu nichts gut fände und sie immer eine unnütze Person nenne.

(Manolita geht ans Telefon zurück.)

So sagen sie mir doch, Donna Rita, warum kommen Sie nicht, um mich abzuholen?

(Nachdem sie am Telefon gehorcht hat.)

***

Warum haben Sie Mamas Befehle nicht ausgeführt? Warum hat der General es gelitten, dass Narciso ohne Sie weggefahren ist? Donna Rita, Sie sind ein Monstrum! ...

Es antwortet niemand, Donna Rita hat den Hörer angehängt.

So will ich denn alles klar und ruhig überlegen; ich habe große Lust, die Gräfin-Witwe, meine zukünftige Schwiegermutter, kennenzulernen, und noch größere Lust, um Mitternacht in Gesellschaft des Generals und seiner Gäste Champagner zu trinken. Und da Narciso ein Kavalier ist, will mir's scheinen, dass ich ganz gut allein mit ihm fahren kann, ohne dass mein Ruf darunter leidet. Es ist nicht nötig, dass die Welt weiß, welchen Entschluss ich gefasst habe, aber wenn sie das erfährt ...

(Die Hausglocke ertönt.)

Es ist Narciso. Ich werde mir den Hut aufsetzen und den Umhang überwerfen, um mit ihm zu gehen. ...

Lebensabend – Frei nach dem Spanischen von Else Otten

Nachdem der reiche Blumenflor entfernt und die kostbar gedeckte Tafel abgeräumt war, boten die Wohnräume und das Speisezimmer allmählich wieder den altbekannten Anblick. Zwei Diener rieben eifrig den glänzenden Parkettboden, der bei dem soeben eingenommenen Mahle mehrere Flecken davongetragen hatte, und Frau von Sarlats Augen glänzten noch im Widerschein des durchlebten Vergnügens; sie fröstelte leicht in der Einsamkeit der verödeten Gemächer.

Öde, kalt und einsam ... würde nicht auch ihr Leben so sein, jetzt, da alles, was seinen Inhalt und seine Freude gebildet, ihr genommen war?

Tief aufseufzend öffnete sie mit einem Ruck die Tür, und betrat ihr Zimmer. Nachdem sie ihre Kammerjungfer verabschiedet hatte, die mit größter Sorgfalt die elegante Toilette ihrer Herrin fortgeräumt, ließ sie sich verzweifelt in einen Sessel sinken. ... wie oft war Marieta hierher gekommen zu ihr, im Morgenrock, bevor sie zu Bette ging! Und über wievielerlei Dinge hatten sie dann geplaudert, Mutter und Tochter!

Ach, jene Tage würden niemals wiederkehren!

Marieta hatte sich heute verheiratet, und jetzt, zu dieser Stunde, zog sie in die Welt hinaus an der Seite eines Mannes, der ihr von nun an alles sein würde.

Die Eltern, die ihr neunzehn Jahre lang all ihre Liebe und Zärtlichkeit geschenkt, würden künftighin den zweiten Platz einnehmen.

Wie ist es nur möglich, dass das Gesetz eine solche Undankbarkeit sanktioniert, dachte Frau von Sarlat bitterlich weinend, und sie verwünschte ihren Schwiegersohn von ganzem Herzen, so wie es wohl viele Mütter tun an dem Tage, da sie zum ersten Mal Schwiegermutter genannt werden.

Seit drei Monaten hatte man kaum an etwas anderes gedacht, kaum von etwas anderem gesprochen, als von dem gewichtigen Tage, der der Tochter in rosigem Schimmer und der Mutter in düsteren Farben erschien. Da gab es tausenderlei Dinge zu erledigen und vorzubereiten: Toiletten zu bestellen und anzuprobieren, die Aussteuer herzurichten, unzählige Besuche zu machen und zu empfangen, und dann endlich, gleichsam um dies alles zu krönen, kam jener letzte Tag, an dem Frau von Sarlat, ihre Erregung gewaltsam niederkämpfend, es versucht hatte, wie die allzeit lächelnde, allzeit verbindliche Wirtin zu erscheinen! Daher war es nicht mehr als natürlich, dass sie, als sie sich nach all den Erregungen der letzten Zeit in diese plötzliche Ruhe versetzt sah, wie eine Niobe bitterlich weinte und sich jedem Trostesworte verschloss.

Wenn Marieta nur wenigstens glücklich würde! ... Vor der Ungewissheit der unergründlichen Zukunft schreckte Frau von Sarlat zurück, von heftigen Zweifeln gequält. ... Wie, wenn sie ihren Schatz einem Unwürdigen anvertraut?

Wohl war die Auskunft, die ihr Gatte in Bezug auf Andres Montsa bekommen hatte, eine vorzügliche gewesen: Er sei ein tüchtiger Arzt, ein liebenswürdiger Mensch, gesund an Körper und Seele, und erfreue sich einer gesicherten, angenehmen Stellung; was konnte eine Mutter mehr verlangen? ... Und dann: er gefiel Marieta, und das war doch schließlich die Hauptsache ... Charakterfehler aber kommen erst nach längerem Zusammenleben zum Vorschein ...

Und wenn Andres auch der beste Mensch der Welt sein mochte, er blieb doch immerhin ein Mann, und dadurch allein schon waren seine Gedanken und Empfindungen von denen Marietas meilenweit entfernt. Sein Empfinden konnte vielleicht nicht zart genug, sein Takt nicht fein genug sein, um die weichen Regungen zu verstehen, die das Herz eines jungen Mädchens erzittern lassen. Und sollte er es hieran einmal fehlen lassen, so würde das geliebte Kind durch ihn den ersten Schmerz kennenlernen. Warum sich Illusionen hingeben?

In den ersten Flitterwochen entstehen häufig Zerwürfnisse, die zwei Wesen auf immer trennen. Und wenn sie dann erst in ihr neues Heim eingezogen und in den gesellschaftlichen Trubel zurückgekehrt, würden neue Anforderungen an sie gestellt werden, von denen sie bisher nichts geahnt hatte.

Es würde Marieta genau so ergehen, wie vielen anderen. Sie würde Enttäuschungen und manchen bitteren Schmerz erleiden, und wer weiß, wer weiß, ob sie stark genug sein würde, allen Versuchungen zu widerstehen!

Bei diesem Gedanken fühlte die arme Mutter, wie das Blut in ihren Adern erstarrte.

Sie kannte ja alle diese Möglichkeiten so genau, denn sie hatte sie alle durchgemacht. Sie hatte gelitten, mehr, glaubte sie, als alle anderen; sie hatte sich durchgekämpft durch verzweifelte Mutlosigkeit und mancherlei Enttäuschungen, die ihr die Lebensfreude im Keim zu ersticken drohten.

Und dennoch war Herr von Sarlat kein schlechter Gatte. Das hatte man ihr damals gesagt, und das empfand sie heute, nachdem ihre reiche Erfahrung sie gelehrt, vernünftig und nachsichtig zu urteilen. Er war in der Tat ein liebenswürdiger Mann, zu liebenswürdig vielleicht – und stets geneigt, auf seinem Lebenswege alle Rosen zu pflücken, um sein Knopfloch damit zu zieren. ...

Auch sie hatte im Anbeginn ihrer Ehe manchen Kampf zu kämpfen, und fürchtete oftmals, zu unterliegen, bis ihrem Leben durch die Geburt eines Kindes eine andere Wendung gegeben wurde. ...

Eines Nachts aber erwachte das Kind mit einem gefährlichen Husten. Da trat alles andere für die Mutter zurück, sie dachte nur noch an ihr geliebtes Kind, an dessen Bettchen Vater und Mutter Tag und Nacht in größter Sorge wachten. Und dann, als die Gefahr vorüber und das Kind lächelnd eingeschlafen war, zog ein köstlicher Friede in Frau von Sarlats Herz.

Was waren alle Erregungen und alle Kümmernisse vergangener Tage im Vergleich zu der furchtbaren Erschütterung, die sie jetzt durchgemacht! Nichts mehr von dem Zorn und der Gereiztheit, die sie sonst dem Gatten gegenüber empfunden; eine gründliche Wandlung hatte sich in ihr vollzogen. An die Stelle des Weibes war die Mutter getreten; und sie lernte nun einsehen, dass von allen Gefühlen die Mutterliebe das einzige ist, das ein Leben auszufüllen vermag.

Wie weit, ach, wie weit lagen all diese Erinnerungen zurück! ... Seitdem hatte sie glücklich und zufrieden gelebt, hatte sich einzig und allein ihrem Kinde gewidmet und voll und ganz die Freuden ausgekostet, die sie an ihm erlebte. Ihr Gatte indessen, dem das nahende Alter die Falterflügel gestutzt, fühlte sich am häuslichen Herd immer wohler und lebte behaglich und zufrieden im Kreise der Seinen.

Und jetzt? ... Was sollte aus ihnen werden, nachdem Marieta gegangen, um sich in der Welt ihren eigenen Weg zu suchen? Was für ein ödes, freudloses Leben! Und immer wieder legte sich Frau von Sarlat die Frage vor, ob dieses Leben wirklich noch des Lebens wert sei.

Da öffnet sich plötzlich die Tür und Herr von Sarlat tritt ein.

»Du gestattest?« fragt er zögernd, während er sich langsam auf den gegenüberstehenden Sessel niederlässt.

Als sie ihn so vor sich sieht, müde und abgespannt von den Erregungen des verflossenen Tages, empfindet Frau von Sarlat Mitleid mit ihrem Gatten.

Seitdem Sarlat seine Tochter, die weiß gekleidete, verschleierte Jungfrau, feierlich zum Standesamt geleitet hatte, war von Zeit zu Zeit eine Träne langsam über seine Wange gerollt, und er hatte nicht versucht, sie zu verbergen. Und er hatte auch die zitternde Zähre bemerkt, die auf dem kostbaren Gewand seiner Gattin glänzte.

Und jetzt zieht er, einer plötzlichen Erregung folgend, seine Gattin an sich, legt seinen Kopf auf ihre Schulter und weint wie ein Kind.

»Meine arme Freundin, meine arme Freundin,« wiederholt er einmal über das andere, gleich als sei sie von einem großen Unglück betroffen.

Und sie weint noch immer, aber nicht mehr mit der bitteren Empfindung, die sie zuvor im Herzen gehegt; denn geteilter Schmerz ist leichter zu ertragen.

»Ist es nicht lächerlich,« sagt er, sich zu einem Lächeln zwingend, »dass die unglücklichen Eltern, die sich von ihrem Kinde trennen sollen, gezwungen werden, an einem solchen Tage zu tausend fremden Menschen liebenswürdig und verbindlich zu sein?«

Er hält einen Augenblick inne und kämpft mit aufsteigenden Tränen. »Weißt du, woran ich soeben gedacht?« Frau von Sarlat schüttelt verneinend den Kopf.

»Weißt du, – ich habe gedacht ... ich habe gedacht, dass ich meinen Schwiegersohn, wenn er es sich einfallen lassen wollte, auch nur einen einzigen Tag so zu leben, wie ich früher stets gelebt, ganz einfach erschlagen würde.«

»Schweige,« sagt sie, indem sie ihm mit einer raschen Bewegung die Hand auf den Mund legt, tief gerührt über sein demütiges Bekenntnis; »das alles soll vergessen und vergeben sein.«

Er aber ergreift sanft ihre Hand und führt sie an seine Lippen.

»Nein,« erwidert er mit fester Stimme, »nein, lass mich sprechen! ... Sieh, es gibt Momente, in denen wir auf unser ganzes verflossenes Leben zurückschauen. Während ich von einem Tage zum andern beobachtete, wie sich Marieta geistig und körperlich so wunderbar entwickelte, habe ich einsehen gelernt, wie köstlich es ist, Vater eines Kindes zu sein! Und mit einer Reue, deren ich nicht Herr zu werden vermag, habe ich daran gedacht, wie auch mir Unwürdigem einst eine Marieta anvertraut wurde, die genau so anbetungswürdig und lieblich war, wie die, welche wir heute verloren, und die glücklich zu machen ich Elender niemals verstanden habe!«

Er birgt das Gesicht in den Händen, und während seine Gattin ihn so von Gewissensqualen gefoltert vor sich sieht, bemächtigt sich ihrer ein Gefühl unendlichen Mitleidens: Ach, das Leben war doch nicht so schlimm, wie es ihr erschienen, und ihr war noch eine schöne Pflicht geblieben, die, ihren Gatten zu stützen und zu trösten! Der Tag hatte trübe und traurig für sie begonnen, aber wie schön und friedlich war sein Abend!

Sollte ihre Tochter jemals an ihrem Glück verzweifeln und den Mut verlieren, so würde sie, die Mutter, ihr von *diesem* Tage erzählen ...

Sie blickt wieder zu ihrem Gatten hinüber, und beider Blicke treffen sich durch einen dichten Nebelschleier, der sie umhüllt.

»Meine arme Freundin,« sagt er mit leiser Stimme; »was soll aus dir werden, nun, da *sie* von dir gegangen?«

Sie legt ihre Hand sanft in die seine und sagt mit zärtlicher Stimme: »Und bleibst *du* mir nicht?«

Und so saßen die beiden Gatten noch lange beisammen, indes die Abenddämmerung das Firmament purpurn färbte.

Und das alles durch den Dudelsack! – Alfonso Peréz Nieva
1859 - 1931

I.

Der berühmte Sänger Don Antucho Alvarez streifte durch die Straßen der Hauptstadt, als die Töne eines Dudelsacks an sein Ohr klangen. Der Künstler hielt einen Augenblick inne und lauschte mit gespannter Aufmerksamkeit. Die Musik drang aus einer der Straßen, die auf die große, mit Platanen eingefasste Allee mündeten; und obgleich sie hin und wieder durch lautes Wagengerassel und das Klingeln der Pferdebahnen übertönt wurde, merkte man doch sofort, dass es sich bei diesem Spielmann um ein außergewöhnliches Talent handelte.

Dem Horchenden war diese Art zu spielen und dem ungelenken Instrument die Melodie zu entlocken, gar wohl bekannt; diese sichere Art, die hohen Töne weich und voll herauszubringen, diese Pausen zwischen den Akkorden, in denen Seufzer zu entschwinden schienen, diese lang ausgehaltenen Töne, die wie das Echo in den heimatlichen Kiefernwäldern klangen, konnten nur die Hände seines alten Dudelsackkameraden hervorzaubern, der einst sein intimer Freund und späterhin sein verhasster Feind und Nebenbuhler gewesen war. Aber er täuschte sich wohl dennoch. Chiudo war jetzt sicherlich auf dem Lande, zog von einer Kirchweih zur anderen und lebte zwischen seinen heimatlichen Maisfeldern, die er niemals verlassen wollte. Und doch – er musste es sein; so konnte nur *er* spielen; Alvarez hatte ihn zu oft begleitet, um sein Spiel nicht wiederzuerkennen.

»Wer spielt da?« fragte der Künstler.

»Das wird der Bettler sein, der hier von Straße zu Straße zieht. Er ist wohl mit dem letzten Auswandererschiff herübergekommen.«

Diese Antwort machte den Fragenden stutzig. Die Musik kam näher, wurde deutlich hörbar, und endlich tauchte ein zerlumpter Mensch auf. Er ging barfuß. Obgleich er noch im besten Mannesalter stand, hatten die wieten Reisen, die Sorge, die Ermüdung, vielleicht auch das Heimweh, das tiefer schmerzt, als die Wunden an den Füßen, ihn elend gemacht, und seine Stirn frühzeitig gefurcht. Seinen Dudelsack im Arm, kam er langsam näher und unterbrach sein Spiel nur einen Augenblick, um die Münzen aufzufangen, die ihm von den Vorübergehenden oder von den Balkons der umliegenden Häuser zugeworfen wurden.

»Kein Zweifel – er ist es,« murmelte Don Alvarez vor sich hin, sobald er den fahrenden Spielmann erblickte. Und seine ganze Lebensgeschichte, seine traurige Vergangenheit, die er mit jenem Manne geteilt, trat ihm plötzlich wieder vor Augen. Er dachte an die brüderliche Zärtlichkeit, die sie beide verbunden, an die Zeit, da sie zu den Festen in ihrem heimatlichen Dorfe zusammen aufgespielt hatten, und dabei fiel es ihm plötzlich ein, dass das kleine Lied, das er auf allen südamerikanischen Bühnen gesungen, und das wahre Beifallsstürme entfesselt hatte, einst von dem armen Emigranten komponiert ward, dem gottbegnadeten echten Künstler, der keine Note kannte; er dachte daran, wie sein Gefährte ihn das Instrument zu handhaben und jenes Lied zu singen gelehrt hatte, jenes Ständchen, dem er alle seine Erfolge und seinen ganzen Ruhm verdankte. Und dann endlich entsann er sich, wie sie beide dasselbe Mädchen geliebt, das den Hass zwischen ihnen entfacht und sie dann beide betrogen hatte. Und als er nun den armen ausgewanderten Chiudo wiedersah, wie er um ein Stück Brot bettelte, während das Schicksal ihn selbst mit Gütern überhäufte, da empfand er plötzlich etwas wie Scham und bittere Reue, und eilte, einer raschen Eingebung folgend, davon, noch bevor der Dudelsackspieler ihn entdeckt hatte, während er leise vor sich hin murmelte:

»Ich darf ihn nicht untergehen lassen.«

II.

Es war einer der größten Erfolge, die er zu verzeichnen hatte, seitdem er mit seinem Dudelsack von Ort zu Ort zog.

Das Theater bot einen imposanten Anblick und war bis auf den letzten Platz gefüllt. Die Vorstellung war von der spanischen Kolonie arrangiert und der Ertrag zur Erbauung einer Kirche bestimmt. Das Publikum war sehr erregt, und diese Erregung wurde wohl zum Teil durch jenes eigenartige Lied hervorgerufen, das jedem einzelnen Bilder aus der schönen Jugendzeit und der fernen Heimat vorzauberte.

Don Alvarez sang zum ersten Mal in X ..., und das Publikum, das vor Erregung fieberte, verlangte stürmisch nach einer Wiederholung des Liedes und nach dem Namen des Komponisten. Und nun geschah etwas Unerhörtes, das die Zuhörer verstummen ließ und sie in höchstes Staunen versetzte.

Niemand hatte gesehen, dass der Sänger während seines Vortrages von Zeit zu Zeit unruhig nach einer der rechts liegenden Kulissen gespäht hatte. Ja, dort stand sein einstiger Kamerad, unbeweglich, totenbleich, gleich als wäre er aus Marmor gemeißelt und lauschte gespannt. Der Plan, der entworfen war, um ihn ins Theater zu locken, war gut gelungen; der Portier hatte sich mit ihm angefreundet und ihm für diese außergewöhnliche Vorstellung ein Plätzchen zwischen den Kulissen angewiesen.

Nachdem die Nummer beendet, brach der Applaus noch stärker los als zuvor, und der Konzertgeber rief, indem er sich weit vorbeugte, und seinem Kollegen den Dudelsack überreichte, laut aus:

»Meine verehrten Damen und Herren, der Komponist des Liedes, das ich die Ehre hatte, Ihnen vorzusingen, ist dieser arme Bettler, den sie alle wohl schon durch die Straßen der Stadt haben ziehen sehen. Er ist mein Lehrer gewesen, und er wird mit der gütigen Erlaubnis des Publikums jetzt selbst ein Lied vortragen.«

Und ohne auch nur eine Antwort abzuwarten, machte der Sänger ein paar Schritte seitwärts, stellte sich vor den armen Spielmann hin und sagte, die Arme ausbreitend, mit zitternder Stimme:

»Chiudo, Kennst du mich nicht mehr? *Ich* kenne *dich* aber wohl, und ich bin es, der dich hierher hat kommen lassen, vergessen wir, was geschehen; lass uns Freunde sein wie einst, willst du? Du hast gehört, was ich dem Publikum gesagt habe. Du *musst* jetzt spielen! Es geht nicht anders, vorwärts, für unsere Heimat, Für Spanien!«

Der Sänger hatte stockend und in größter Erregung diese Worte hervorgestoßen. Der Spielmann hörte ihm schweigend zu, seine Lippen bebten; ringsumher stand das Personal des Theaters. Die Leute verstanden nichts, aber sie errieten, dass zwischen diesen beiden Menschen etwas Seltsames vorging. Endlich ließ der Straßensänger sich, wenn auch widerstrebend, von dem Künstler herausführen, wand sich zwischen den Kulissen hindurch, und während das Publikum wie rasend applaudierte, griff er nach dem Dudelsack und begann zu spielen. Es war ein herrliches Lied, unendlich schöner als das erste, und es trieb der ekstatischen Menge die Tränen in die Augen. Als der letzte Ton verklungen, weinten sie alle. Die Ovationen wollten kein Ende nehmen, halb wahnsinnig vor Begeisterung, wie vom Schwindel erfasst, schrie die berauschte Menge immer wieder: »*bis! bis!*« Das Lied musste wiederholt werden, denn alle wollten noch einmal die Klänge hören, durch die das Rauschen des Morgenwindes in den Pinien, das helle Lachen der Bauern auf dem Wege zur Kirchweih, die Seufzer der verliebten Jünglinge tönten, wollten noch einmal das ganze herrliche Bild schauen, das ihnen jener Dudelsack vorzauberte. Dann umarmte der Sänger seinen Gefährten und sagte fröhlich zu ihm:

»So, jetzt werden wir beide durch die ganze Welt ziehen. Und das alles durch den Dudelsack!«

Und der arme Spielmann, der fast niedergedrückt war von diesen stürmischen Ovationen – den ersten, die er in seinem Leben erhalten – rief, ohne sich Rechenschaft abzulegen von alledem, was vorging, ohne noch ganz an eine aufrichtige Versöhnung mit seinem Jugendfreunde glauben zu können, mit schluchzender Stimme aus:

»Ja, Antucho, das wollen wir! Ich habe dir stets die Freundschaft bewahrt, und doch verdanken wir es nur diesem gesegneten Dudelsack, dass wir nun wieder unzertrennliche Freunde werden, wie einst. – Und das alles durch den Dudelsack!«

Die Kreolin – Frei nach dem Spanischen von Else Otten

Havanna in hellster Sonnenglut. Jeden Augenblick strauchelt mein armes Roß vor Ermattung. Wie froh bin ich, meine Depeschen schon abgeliefert zu haben! Endlich naht nun lang ersehnte Rast und Kühlung. Bald wird das Sternenbanner über der prächtigen Stadt flattern. Es ist unerträglich heiß, unaufhörlich tropft mir der Schweiß von der Stirn.

»Wo sind wir einquartiert, Pedro?«

Die Ordonnanz deutet auf ein weißes Häuschen, das wie ein reizendes Schmuckkästchen zwischen dichten Bäumen halb verborgen liegt.

»Also links.«

Wir reiten den Kiesweg hinunter, der zum Häuschen führt. Alle Fensterläden sind geschlossen, es herrscht Grabesstille. Ich reite bis an die Freitreppe – kein Mensch lässt sich blicken. Ich springe vom Pferde und lasse absichtlich den Säbel schleifen und die Sporen klirren, während ich die Treppe hinaufsteige. Plötzlich dringt ein langgedehnter, klagender Ton an mein Ohr. Einen Augenblick bleibe ich horchend stehen, dann öffne ich mit festem Griff die Tür und betrete den Vorsaal. Geräuschlos öffnet sich eine Seitentür, ein hochgewachsener Mann mit schwarzem Bart und feurigen Augen tritt auf mich zu.

»Verzeihung, aber ich kann sie unmöglich aufnehmen. Es liegt eine Schwerkranke hier im Hause.«

Mich übermannt der Zorn, und ich sage kurz, fast befehlend:

»Ich bin Hauptmann Lorenzo und werde die Kranke nicht belästigen; morgen früh reite ich weiter, solange müssen Sie mich aufnehmen. Das ist Kriegsbrauch.«

Der Spanier, der in mir wohl einen Aufständischen zu sehen glaubte, blickte mich zornfunkelnd an. Da erscholl wiederum der lang gedehnte, klagende Ton.

Und wiederum öffnet sich leise die Tür, und ein zweiter Herr erscheint: »Ich bin der Arzt,« sagt er, sich vorstellend; »dort drinnen liegt eine Kranke, die von Wahnvorstellungen verfolgt wird; sie ringt mit dem Tode. Sie könnten sie retten, wollten sie auf ein Viertelstündchen zu ihr gehen und mit ihr sprechen.«

Ich bin aufs Höchste erstaunt. Aber noch erstaunter ist der Spanier, der den Arzt bei den Schultern packt und ihm zuruft:

»Was fällt Ihnen ein, Doktor?«

Der Arzt zieht ihn beiseite, spricht hastig auf ihn ein, und, wie es scheint, mit Erfolg.

Inzwischen stehe ich, noch immer wartend, im Vorsaal. Drei Nächte schon habe ich keinen Schlaf gehabt, seit gestern habe ich nichts genossen; meine Geduld ist erschöpft. Hastig stoße ich mit dem Säbel auf die Fliesen, nähere mich den beiden Männern und bin im Begriff, eine Erklärung für ihr seltsames Gebaren zu fordern, als zum dritten Male der lang gedehnte Ton erklingt, doch schriller diesmal, und gellender: Es ist der Schrei des Wahnsinns. Der Doktor zieht mich hastig mit fort.

»Seien Sie barmherzig, mein Herr, und retten Sie ein Menschenleben!«

Er führt mich in ein prächtig ausgestattetes Gemach. Ringsum schwere Teppiche, weiche Portieren, tropische Pflanzen und an der Wand ein breites Bett, auf dem eine Frau liegt. Als ich eintrete, wendet sie sich um, ihre wunderbaren, schwarzen Augen beginnen seltsam zu leuchten. Sie streicht sich das reiche, blau-schwarze Haar aus der Stirn und streckt mir ihre zarte, weiße Hand entgegen. Sie ist eine Kreolin von blendender Schönheit. Meine Hand umklammernd, zwingt sie mich, auf dem Stuhl neben ihrem Lager Platz zu nehmen. Und mit der Schnelligkeit des Gedankens schlingt sie ihre weichen Arme um meinen Nacken und küsst mich mit ihren trockenen, fieberheißen Lippen wild und leidenschaftlich, als wolle sie alles Blut aus meinen Adern saugen.

»Ach, Juan, wie lange, wie furchtbar lange hast du mich warten lassen; aber nun bist du doch endlich gekommen, Geliebter!«

Mit einem Schlage wird mir alles klar: Sie verwechselt mich mit ihrem Geliebten, einem spanischen Offizier. Die Uniform und das Säbelrasseln haben ihr durch die wilden Fieberfantasien geschwächtes Hirn noch mehr erregt und ihre Gedanken verwirrt. Sie hält mich für jenen anderen. Mir ist die Sache außerordentlich peinlich. Meine Augen heften sich auf das Antlitz des Mannes, der an der entgegengesetzten Wand lehnt, wilde Eifersucht und ein entsetzlich quälender Schmerz sprechen aus den abgehärmten todesbleichen Zügen. Ich will mich erheben, allein die junge Frau drückt meine Hand fest an ihre Brust.

»Bleibe, Juan, bleib' bei mir, sonst sterbe ich.«

Ich setze mich wieder.

»Nach so langem ermüdendem Ritt müssten Sie etwas genießen, Sie sind gewiss hungrig und durstig,« spricht eine mir unbekannte Stimme dicht an meinem Ohr.

Man bringt mir Speise und Trank, aber ich esse ohne Appetit. Die Uniform klebt mir am Körper, die leidenschaftliche Erregung des schönen jungen Weibes jagt mir das Blut gleich Fieberschauern durch die Adern.

Plötzlich reißt sie mich an sich, lehnt das Köpfchen an meine Brust, lächelt und zupft mich neckisch an meinem Schnurrbart.

»Weißt du noch, Liebster, wie ich das letzte Mal bei dir war? Die Sonne verschwand mit rotgoldener Glut hinter den Bergen, und dann ging der Mond auf und warf seine bleichen Silberstrahlen über die Wellen ...«

Ein Beben packt mich und lässt meinen ganzen Körper erzittern. Darf ich diesen süßen Liebesworten länger lauschen? Ich blicke auf; der Doktor winkt mir, zu bleiben.

»Sieh, wie die kühlen Granatblüten über meine Schultern fallen.«

Ich hülle sie fester ein in ihre leichte Decke. Sie fasst meine Hand und küsst sie innig.

Endlich scheint der Schlaf sie zu übermannen. Als ich meine Hand vorsichtig aus der ihren lösen will, erwacht sie und bittet mich flehentlich, sie nicht zu verlassen. –

Die ganze Nacht verweilte ich am Lager der Kranken. Nach Mitternacht fiel sie in einen tiefen, friedlichen Schlaf.

»Die Krisis ist glücklich überstanden,« flüsterte mir der Arzt zu.

Als ich am Morgen Abschied nehmen wollte, wandte mir der Spanier schweigend den Rücken. Nach dieser einen Nacht schien der Gatte der Kreolin um zehn Jahre gealtert.

Widersprüche – Antonio de Valbuena
1844-1929

Lange bevor ich wusste, was »heiraten« heißt, und bevor ich über irgendetwas ein klares Urteil hatte, war ich fest entschlossen, meine Cousine Rosa zur Frau zu nehmen.

»Mit wem wirst du dich verheiraten?« fragte mich die Tante Felicina, die Vertraute meiner kindlichen Wünsche, fast täglich.

»Mit Rosina,« antwortete ich dann unfehlbar.

Und dann gab sie mir drei oder vier Küsse und ebenso viele Äpfel, und ich trabte vergnügt mit den anderen Kindern davon, um am nächsten Tage dieselbe Frage zu hören und als Belohnung für meine Antwort dieselben Küsse und dieselben Äpfel zu bekommen.

Ich habe schon gesagt, dass ich nicht wusste, was »heiraten« heißt. Aber da ich sah, dass die, welche verheiratet waren, wie mein Vater und meine Mutter, immer in demselben Hause wohnten, immer zusammen aßen und immer zusammen zur heiligen Messe und zum Rosenkranzgebet gingen, dachte ich mir, da ich so gern mit Rosina ausging, mich so sehr freute, wenn ich bei ihr oder sie bei mir essen konnte, und es mich jedes Mal Tränen kostete, wenn wir uns trennen mussten, dass es wohl am besten sein würde, wenn mir uns heirateten, damit wir stets zusammen sein könnten.

Rosina war sechs und ich vier Jahre alt; sie war ein sehr entwickeltes, für ihr Alter vielleicht etwas zu ernstes Kind, trotzdem aber sehr lieb und zärtlich.

Bei unseren kindlichen Spielen fiel es ihr niemals ein, ihr moralisches oder natürliches Übergewicht geltend zu machen; vielmehr fügte sie sich meinem gebieterischen und oft wankelmütigen Willen stets ohne Widerrede.

Ihre Spielsachen mit den meinigen auszutauschen, wenn jene mir besser gefielen, um sie dann, wenn ich ihrer überdrüssig war, wieder durch die alten zu ersetzen, das angefangene Spiel für ein neues auszugeben, eine Puppe auszukleiden, bloß um mir zu zeigen, was unter den Kleidern steckte, und sie dann wieder von Neuem anzuziehen: Das waren Dinge, um die ich sie sehr häufig bat, und stets erfüllte sie jeden meiner Wünsche mit der größten Bereitwilligkeit.

Und all das tat sie nicht etwa aus anerzogener Folgsamkeit oder angeborener Nachgiebigkeit, sondern weil sie sich sagte, dass ich, der ich doch noch kleiner war als sie, auch weniger vernünftig sei. Dafür suchte ich sie aber auch auf jede nur denkbare Art und Weise zu erfreuen, und brachte ihr eine stets wachsende Zärtlichkeit und Anhänglichkeit entgegen.

Wenn wir, als wir etwas größer waren, mit den anderen Kindern Ball, Bäumchenwechseln oder Räuber und Prinzessin spielten, tat es mir so leid, wenn sie verlor, dass ich stets eifrig bemüht war, ihr zum Gewinn zu verhelfen, um sie vor dem Spott und Hohn der anderen zu schützen, was von diesen oft genug bemerkt wurde.

Eines Tages – ich war damals ungefähr neun Jahre alt und es war der letzte Sonntag im Mai – sagte Silvano beim Ausgang der heiligen Messe zu mir:

»Willst du mit mir in den Wald kommen, um Vogelnester zu suchen?«

»Ich weiß nicht, ob meine Mutter mir das erlaubt,« antwortete ich zaghaft.

»So sage ihr nichts davon, unterwegs pflücken wir Veilchen.«

»Doch, sagen muss ich's ihr, sonst wird sie böse.«

»Also gut, geh und sag ihr's, aber rasch!«

Ich bat also um Erlaubnis und erhielt sie nach längerem Bitten, aber nur unter der Bedingung, dass ich rechtzeitig zum Mittagessen wieder daheim sei.

Wir schlugen den weg nach dem Walde ein, und hatten kaum dreihundert Schritte zurückgelegt, als uns zwei gleichaltrige Kameraden, Simon und Faustino, begegneten. Der letztere trug neue Schuhe, und hob beim Gehen die Füße recht hoch auf, um uns die neuen Sohlen zu zeigen.

»Geht ihr zu den Vogelnestern?«

»Ja,« antwortete ihnen mein Kamerad.

»Wir kommen mit.«

»Habt ihr schon welche gefunden?«

»Nein, wir sind zum ersten Mal hier.«

Auf dem Wege dorthin suchten wir Veilchen unter dem Weißdorn. Anfangs fürchtete ich mich, auf den Platz zu gehen, weil ich Angst hatte vor den Schlangen. Als ich dann aber sah, dass die anderen keine Furcht hatten, und Simon sogar barfüßig umherlief, beschloss ich auch Veilchen zu pflücken, wie sie, bis ich einen schönen Strauß gesammelt hatte, den ich mit auffallender Geschicklichkeit zusammenband, ganz begeistert von dem Gedanken, ihn meiner lieben Rosina mitzubringen.

»Die wollen wir dem Apotheker bringen, der kauft sie uns gewiss ab, um Wohlgerüche daraus zu machen,« sagte Simon.

»Ich nicht,« entgegnete Faustino, »ich bringe sie meiner Mutter.«

Ich schwig, nahm mir aber innerlich vor, mich von meinem Entschluss, sie Rosa zu schenken, keineswegs abbringen zu lassen.

Nun begaben wir uns in den Wald, und Silvano, welcher der geschickteste von uns war, begann mit einem Stock zwischen die Zweige zu schlagen, während er uns zurief:

»Wenn ihr jetzt einen Vogel auffliegen seht, so sagt es mir rasch, weil man dann am besten sehen kann, wo das Nest steckt.«

Wir eilten über Wege und Pfade, wir durchdrangen Dornensträucher und Gestrüpp, aber alles ohne Erfolg. Da plötzlich rief Simon uns zu:

»Jungens, kommt mal schnell her, eben ist hier ein Stieglitz aufgeflogen.«

Wir liefen alle schleunigst herbei und untersuchten mit der größten Vorsicht die Dornenhecken und alle anderen Sträucher; und dann, nach Ablauf von kaum zwei Minuten rief ich freudig aus, wie einst Kolumbus, als er das gesuchte Land entdeckte:

»Seht, da ist es!«

Das Nest enthielt vier Eier.

Um zu berechnen, wie lange es wohl noch dauern konnte, bis wir die Vögel bekommen würden, mussten wir durchaus wissen, ob das Weibchen bereits auf den Eiern gebrütet, oder ob es sie soeben erst gelegt hatte.

»Wir wollen uns verstecken und aufpassen,« sagte Silvano, »denn, wenn es brütet, wird es gewiss gleich zurückkommen.«

Wir versteckten uns also und sahen schon bald den Vogel, wie er langsam in kurzen Kreisen herannahte, um sich zu vergewissern, ob die Gefahr geschwunden sei und er sich ruhig dem Nest nähern könne.

»Das Weibchen brütet,« rief Silvano triumphierend aus, »heut in acht Tagen können wir uns die Vögel holen.«

Von dieser frohen Hoffnung beseelt, traten wir noch vor Mittag den Heimweg an und trennten uns, nicht ohne uns vorher gegenseitig das Versprechen abgenommen zu haben, niemandem etwas von dem Nest zu erzählen, damit uns keiner der anderen Jungen zuvorkomme.

Ich ging nicht gleich nach Hause, sondern zuerst zu meiner Tante Ines, um Rosina den Veilchenstrauß zu bringen, und ihr im geheimen und unter der Bedingung, dass sie zu keinem davon sprechen dürfe, anzuvertrauen, dass wir soeben im Walde ein Stieglitznest mit vier Eiern gefunden hätten.

Die kommende Woche erschien uns allen wie ein Jahr, und wir hatten nur den einen Wunsch: ach, wenn's doch endlich Sonntag wäre!

In solcher Eile hatten wir wohl selten die Sonntagsmesse verlassen, bei der diesmal, Gott verzeih's uns, die nötige Andacht fehlte. – Und dann stürzte ich so rasch wie möglich mit den anderen Kameraden in den Wald.

Währenddessen gesellten sich noch zwei andere Knaben zu uns, und nachdem wir sie endlich mit großer Mühe los geworden, schlugen wir den Weg zu dem Vogelnest ein.

Behutsam näherten wir uns und hörten das leise Piepen kleiner Vögel.

»Habe ich's euch nicht gesagt?« rief Silvano triumphierend aus. »Schon sind die Vögel herausgekrochen, nun schreien sie nach der Mutter, die aufgeflogen ist, als sie uns kommen hörte.«

Vorsichtig versteckten wir uns, um abzuwarten, ob der Vogel zurückkehren würde, und sahen ihn auch gleich darauf mit einem Wurm im Schnabel und einem Gerstenkorn in den Krallen näher kommen.

Bei seinem Herannahen schrien die Kleinen wieder, wenn auch nicht mehr gar so erschreckt, laut auf, streckten die Köpfchen über den Rand des Nestes und öffneten die Schnäbel, damit die Mutter ihnen das Futter hineinstecke.

»Glaubst du, dass wir sie am nächsten Sonntag herausnehmen können?« fragte ich.

»Nein,« erklärte Silvano, »heute in acht Tagen haben sie erst einen leichten Flaum, aber in vierzehn Tagen sind sie schon ganz befiedert.«

So vergingen auch diese zwei Wochen, wie alles im Leben vergeht.

Simon und ich gingen auch am nächsten Sonntag wieder zu dem Nest und sahen, dass die Vögel leicht befiedert waren. Halb und halb befürchteten wir, dass sie am nächsten Sonntag schon ausgeflogen sein könnten, allein Silvano beruhigte uns und sagte, dass das keineswegs so rasch geschehen werde.

Allein die Klügsten irren sich am häufigsten, denn als wir am ersten Sonntag im Juni in den Wald kamen, waren die Vögel, wenn auch nicht fort, so doch im Begriff, auszufliegen, und ergriffen, als Faustino die Hand nach dem Nest ausstreckte, ängstlich die Flucht.

Aber weit kamen sie nicht, denn es fehlte ihnen an Kraft und Übung, und sie fielen sogleich wieder auf die Zweige herab. Dummerweise versteckten sie sich so tief, dass wir sie, trotzdem wir sie sahen, nicht greifen konnten. Zum Glück kehrte die Vogelmutter zurück, während wir noch über den misslungenen Ausgang unserer Absichten sprachen, und begann, als sie das Nest nicht mehr fand, erschreckt nach ihren Jungen zu rufen.

Diese erkannten sofort die Stimme der Mutter und fingen an, aus ihrem Versteck hervorzukriechen, aber sie verließen das eine nur, um in das andere zu schlüpfen und hüpften schnell zu der Stelle, von wo aus die Alte sie, sich immer weiter von uns entfernend, zu sich rief.

Endlich machte einer von ihnen Halt, wie um zu horchen, und es gelang Silvano, ihn unter seiner Mütze zu fangen.

»So, den hätten wir,« sagte er befriedigt, während er ihn, die Finger sorgfältig unter die Mütze schiebend, bei einem Fuß ergriff.

Aber von den drei anderen bekamen wir jetzt keinen mehr zu sehen. Wir hatten gehofft, dass jeder einen Vogel haben würde, und jetzt gab es nur einen für alle!

Wer sollte den bekommen?

Wir mussten losen.

Simon riss einen Strohhalm in vier Teile, drehte sich um und hielt uns dann die geschlossene Hand hin.

»Wer das größte Stück zieht, soll ihn haben.«

In der größten Aufregung zogen wir nacheinander, und Silvano war der glückliche Gewinner.

Ich wurde ganz traurig bei dem Gedanken, dass ich Rosina den versprochenen Vogel nun doch nicht bringen konnte.

»Was für ein Glückspilz bist du!« sagte ich beim Abschied, dem Stieglitz das Köpfchen streichend, während mir die Tränen in die Augen traten.

»Möchtest du ihn sehr gerne haben?« fragte Silvano, der meinen Kummer gewahrte.

»Ja, sehr, sehr sogar,« antwortete ich ohne die geringste Verstellung.

»Dann nimm ihn, ein andermal kannst du mir dafür etwas schenken.«

Ganz berauscht vor Freude ging ich heim.

Ich entsann mich, dass ich auf dem Speicher einen Binsenkäfig gesehen hatte, der im vorigen Jahr für eine Drossel benutzt wurde. Er hatte die Form eines kleinen Bauernhäuschens, sein Dach war schwarz und die Wände weiß, und er war mit kleinen balkonartigen Ausbauten verziert, die als Futterstätten dienten und gleich der Tür und den blinden Fenstern rot und grün gestrichen waren. Ich holte ihn herbei, und setzte den Stieglitz hinein.

»Er wird entfliehen,« sagte meine ältere Schwester zu mir. »Er ist so klein, dass er zwischen den Binsen durchschlüpfen kann, wenn du keine besondere Vorrichtung triffst. Ich werde dir helfen.«

Und bei diesen Worten nahm sie aus ihrem Nähtisch einen blauen Seidenfaden und band den mit einem Ende an den Fuß des Vogels und mit dem anderen an den Käfig.

»Siehst du, jetzt kann er dir nicht mehr entschlüpfen,« sagte sie dann. »Jetzt bringe ihn Rosina.«

Rasch von dieser Erlaubnis Gebrauch machend, bevor sie am Ende wieder zurückgezogen würde, machte ich mich mit dem Vogel auf den weg.

»O, wie reizend!« rief Rosina aus, sobald sie das Vögelchen erblickte und begann, es sanft zu streicheln.

»Wollen wir ihm etwas zu fressen geben?«

»Natürlich,« antwortete ich, hocherfreut darüber, dass ihr mein Geschenk Spaß machte. – Darauf gab ihm Rosina ein wenig aufgeweichten Zwieback, allein der Vogel war nicht dazu zu bringen, den Schnabel zu öffnen. Er flüchtete in eine Ecke des Käfigs, ließ den Kopf hängen und schloss die Augen.

»Armer Kerl,« sagte Rosina mitleidig, »es scheint fast, als wolle er sein Testament machen.« – Schweigend blickte sie den Vogel an, öffnete dann ohne Zögern die Tür des Käfigs und ließ ihn hinaus. Der Stieglitz wollte fliegen, konnte aber nicht. Da ergriff Rosina rasch eine Schere und schnitt die Seidenschnur entzwei, die den Vogel am Flug gehindert hatte. Und schon im nächsten Augenblick saß er auf dem Apfelbaum.

»Wie dumm!« rief ich aus. »Warum hast du ihn denn hinausgelassen?«

»Aber, Junge, hast du ihn denn nicht für mich mitgebracht?«

»Allerdings,« sagte ich. »Aber ich habe mir so viele Mühe gegeben, um ihn zu bekommen,« fügte ich weinend hinzu, »und bin deshalb so oft in den Wald gegangen.«

»Aber wenn du ihn doch für mich mitgebracht hast und ich ihn lieber frei als im Käfig sehe, brauchst du doch wirklich nicht darüber zu weinen.«

Dieser Beweisgrund war stichhaltig, aber ich konnte mich doch beim besten Willen nicht beruhigen und fuhr fort zu weinen, während der Vogel auf dem Apfelbaum laut piepte.

»Hörst du, wie er piept?« fragte mich Rosina, »er ruft wohl nach seiner Mutter. Wie schön ist es doch, einen Gefangenen zu befreien. Freutest du dich nicht auch damals, als deine Mutter dich auf meine Bitte hin aus dem dunklen Hause befreite? Dein Vater hatte dich eingesperrt, weil du der Carmen einen Stein an den Kopf geworfen hattest. Weißt du das noch?«

»Ach was! Du kannst doch einen Vogel nicht mit einem Menschen vergleichen,« rief ich schluchzend aus.

»Ich vergleiche ja auch gar nichts,« sagte meine Cousine, »aber ich kann dir sagen, dass sogar die kleinen Vögel ihre Gefangenschaft schmerzlich empfinden, verstehst du denn das nicht? Hast du nicht gesehen, wie traurig er aussah? Wenn er ein Mensch wäre, würde ich mich noch viel mehr freuen, ihn zu befreien, wenn es in meiner Macht läge. Da wäre mir kein Opfer zu groß.«

***

Fünfzehn Jahre sind inzwischen verflossen, und heute wiederholt sich wiederum die Szene von damals.

Der Käfig hat dieselbe Form, wie der einstige, nur ist er viel größer: Es ist das Haus meiner Cousine.

Auch der Gefangene von heute ist größer, als der damalige, und die Kerkerwärterin hat sich völlig geändert.

Ja, dieselbe Rosina, welche einstmals so weichherzig war, einem Vogel die Freiheit wiederzugeben, und der kein Opfer zu groß erschienen wäre, um einen Gefangenen von seinen Fesseln zu erlösen, hält heute einen Mann gefangen. – Nun, da sie die Macht in der Hand hat, will sie nicht Erlöserin sein.

Im Gegenteil, sie freut sich meiner Gefangenschaft und lässt mich von Jahr zu Jahr auf ein Ja warten, das sie jeden Tag aussprechen zu wollen scheint, und das doch stets unausgesprochen bleibt. Ob meine Gefangenschaft eine freiwillige ist? Nein, glaubet das nur nicht.

Und während Juan diese letzten Worte aussprach, mit denen er die Geschichte seines Unglücks beendete, schloss er langsam seine melancholischen Augen.

»Nein, glaubet das nicht, sie ist nicht freiwillig.

»Als Beweis dafür gelte, dass ich täglich das Haus meiner Cousine mit dem festen Entschluss verlasse, es solle das letzte Mal gewesen sein, und dass ich doch stets wieder am folgenden Tage dorthin zurückkehre.

»Wohl öffnet mir Rosina die Tür des Käfigs, aber sie befreit mich nicht von meinen Fesseln.«

Das erste Kind – Luis Taboada

»Es wäre wahrhaftig ein Segen, wenn Don Filomeno, unser Nachbar, das Glück, das ihm in seinen alten Tagen noch beschieden, ruhig allein genösse und uns, die übrigen Bewohner das Hauses, in Frieden ließe,« stöhnte einer nach dem anderen.

»Aber nein, Herrgott im Himmel! Ihm ist nach dreiundzwanzigjähriger Ehe das erste Kind geboren, und das bringt uns täglich neue Unbequemlichkeiten.«

»Seit der Geburt des Kindes hat er jeden Tag ein anderes Anliegen.«

»Der gnädige Herr lassen bitten« – mit diesen Worten kommt das Dienstmädchen –, »die Herrschaften möchten doch gefälligst nicht so stark auftreten, den Fußboden nicht so häufig scheuern lassen und bei Tisch nicht so arg mit den Tellern klappern.«

»Ist bei Ihnen jemand schwer krank?«

»Nein, aber die gnädige Frau ist etwas angegriffen, und das Kind schläft gerade.«

Don Filomeno, dessen Leben früher daraus bestand, dass er sich Zigaretten drehte und seinen Kanarienvögeln Wasser gab, hat diese wichtigen Beschäftigungen aufgegeben, um sich mit Leib und Seele den Pflichten seiner Vaterschaft zu widmen.

Er geht in die Küche, um nachzusehen, ob das Wasser kocht, da der Arzt wünscht, das Kind solle mit Weidenblüten- und Wolfskirschentee gewaschen werden; von der Küche ins Schlafzimmer zurück, um zu fragen: »Ist alles in Ordnung? Zieht's auch nicht zu sehr?« vom Schlafzimmer auf den Balkon, um auf den Doktor zu warten, vom Balkon an das Hoffenster, wo er selbst die Windeln des Kindes zum Trocknen ausgelegt hat, da er diese zarte Pflicht um keinen Preis einem anderen Menschen überlassen würde.

Die Freundinnen, die kommen, um die junge Mutter zu besuchen, werden von Filomeno in einem abgelegenen Saal im äußersten Flügel des Hauses empfangen.

»Sie nehmen mir's wohl nicht übel, dass ich Sie hier hereinführe. Aber dieses Zimmer ist am weitesten von Anicitas Schlafgemach entfernt, und man kann wirklich nicht vorsichtig genug sein.«

»Ich gebe Ihnen vollständig recht,« entgegnet eine der Damen. »Und wie geht's dem Kinde?«

»Danke, gut.«

»Ich würde es so gern mal sehen!«

»Wenn Sie wüssten, wie klug und verständig der kleine Schlingel schon ist!«

»Ach, wirklich?«

»Wenn er sieht, dass seine Mutter schläft, steckt er sich die Fingerchen in den Mund, um nicht zu weinen.«

»Nein, aber so was!«

»Und mich kennt er schon ganz genau. Das sind die Bande des Blutes ... Ich will ihn Ihnen aber lieber ein andermal zeigen, denn heute ist er schon ein wenig müde. Gestern Abend ging's ihm sehr schlecht, dem armen, kleinen Engel! Er kennt natürlich noch kein Maß, und da seine Mutter ihn soviel trinken lässt, wie er will, hat er sich den Magen überladen. Aber Sie werden sehen, das wird dem klugen, kleinen Kerl eine Warnung sein.«

»Selbstverständlich!«

»Außerdem hat sich gestern jemand aus der Nachbarschaft das Vergnügen gemacht, stundenlang die Trompete zu blasen, sodass der Kleine Kopfschmerzen davon bekommen hat. Ich werde es noch heute zur Anzeige bringen; der Mensch muss ganz empfindlich bestraft werden, denn ich habe ihn mindestens dreimal bitten lassen, aufzuhören, und es hat alles nichts genützt. Ist Ihnen schon solch eine Rücksichtslosigkeit vorgekommen?«

Don Filomeno schien sich einzureden, dass außer ihm niemand auf der Welt Kinder habe, und dass die ganze Menschheit verpflichtet sei, auf den Schlaf dieses Neugeborenen Rücksicht zu nehmen. Selbst die fliegenden Händler versuchte er vom Balkon aus zu vertreiben.

»Still, still!« ruft er ihnen zu.

»Warum denn?« fragt der also Angeredete.

»Weil meine Frau sehr angegriffen ist. Was für ein Land, in dem kein Mensch auf den anderen Rücksicht nimmt!«

Den Wasserträger zwingt er, sich die Stiefel auszuziehen, wenn er über die Treppe geht, das Wasser Tropfen für Tropfen in den großen Zuber zu gießen und den Atem dabei anzuhalten, wenn das Mädchen niest, rennt er in die Küche und fährt sie an:

»Wenn Sie noch einmal niesen, sind Sie entlassen!«

»Warum denn?«

»Weil das Kind sich zu Tode erschreckt; das weiß noch nicht, was »Niesen« ist, und glaubt, in der Küche würde geschossen.«

Auch abgesehen von den Kopfschmerzen wird der kleine Engel mit väterlicher Sorgfalt überhäuft. Wenn er weint, zieht Don Filomeno ihm das Hemdchen und die Windeln ab und reibt ihn mit Öl ein.

»Wo tut's dir weh, mein kleiner Liebling?« fragt er ihn voller Mitleid. »Du hast es ja so gut! So, so, nun wird's schon wieder besser!«

Wenn der Kleine mit den Beinchen strampelt, glaubt Don Filomeno, er sei ungeduldig und sagt zur Kinderfrau:

»Kommen Sie mal her und schütteln Sie ihn ein wenig wie eine Baldrianflasche. Er ist so furchtbar nervös und kann nicht lange auf einem Fleck liegen.«

Don Filomeno gehört dem Verein der Landwirte an; aber seitdem er das unbeschreibliche Glück genießt, Vater zu sein, hat er keiner einzigen Sitzung mehr beigewohnt.

Eines Tages kommt der Vorsitzende des Vereins zu ihm und fordert ihn auf, am Abend zur Sitzung zu kommen, da er allgemein schmerzlich vermisst werde.

»Unmöglich, ich kann meinen Kleinen nicht allein lassen.«

»Aber ...«

»Und außerdem zwingt mich noch ein anderer Grund, den Sitzungen fernzubleiben.«

»Und das wäre?«

»In den Statuten steht, dass man das zwanzigste Lebensjahr erreicht haben muss, um Mitglied des Vereins zu werden. Dieser Paragraf verwehrt meinem Sohn den Zutritt. Und wo mein Sohn nicht sein kann, da will ich auch nicht sein ...«

Die »Nona« – Ernesto Garcia Lavedese

Der junge Graf von Trimonti traf gestern unerwartet in seiner Villa in San Remo ein.

Er war nicht mehr dagewesen seit dem letzten Frühjahr, als er in Begleitung seiner Gattin, einer venezianischen Schönheit mit blauen Augen und rotem Haar, hier geweilt und sein junges Glück in vollen Zügen genossen hatte.

Diesmal aber kam der Graf allein und war traurig und niedergeschlagen.

Man wusste wohl, dass es zwischen dem Grafen und der Gräfin von Trimonti zu Misshelligkeiten und Zwistigkeiten gekommen war, die eine Trennung der beiden Gatten zur Folge gehabt: Sie war mit ihrer Schwester nach Nizza gegangen und er nach Paris, wo er seine Einsamkeit zu vergessen suchte.

So war denn auch niemand überrascht, ihn allein zu sehen.

Am Tage nach seiner Ankunft in San Remo ließ der Graf den Doktor Bonfanti kommen. Er fühlte sich nicht wohl, und obgleich er dies nur den Strapazen der Reise zuschrieb, wünschte er doch den Rat des berühmten Arztes einzuholen, den er von früher her kannte, und zu dem er ein unbegrenztes Vertrauen besaß.

Gleich nach der Begrüßung untersuchte der Doktor den Grafen aufs Sorgfältigste und blickte dann, ohne ein Wort zu sprechen, gleichsam, als handle es sich um einen sehr ernsten Fall, nachdenklich vor sich hin.

»Was ist's, Doktor?« fragte der Patient nach einer Weile, sichtlich beunruhigt.

Ohne einen Augenblick zu zögern, erwiderte der Doktor:

»Der Anfang der Nona!«

»Der Nona?« murmelte Graf Trimonti, aufs Höchste überrascht.

»Ja, mein lieber Graf, ich habe in meinem Beruf manche schmerzliche Pflicht zu erfüllen, und es ist mir unmöglich, mich dem zu entziehen, so schwer es mir oft auch fallen möge, sobald sich die ersten Symptome dieser Krankheit zeigen, ist der Arzt verpflichtet, den Patienten auf die Gefahr aufmerksam zu machen, damit er alle nötigen Dispositionen treffen kann. In solchen Augenblicken zeigt sich die kalte, nüchterne Wirklichkeit mit drohendem Ernst. Ich darf Ihnen nicht verschweigen, dass die Nona in den meisten Fällen tödlich verläuft. Der Name der Krankheit stammt daher, dass sie fast immer um die neunte stunde ausbricht.«

»Was sagen Sie da?« rief der Graf beunruhigt aus.

Und Doktor Bonfanti blickte auf seine Uhr und sagte langsam:

»Leider, leider fehlt nicht mehr viel bis zum Anbruch der verhängnisvollen Stunde.«

»Aber Doktor, so sagen Sie mir doch, wie bin ich denn in diese furchtbare Gefahr geraten?«

»Nur Mut, mein lieber Graf, nicht verzweifeln! Sie sind ein kluger, energischer Mann. Wenn ich mich nicht täusche, haben Sie das Glück kennengelernt, und das können nicht alle Menschen, die ihrer letzten Stunde entgegensehen, von sich sagen.«

»Ja, ich bin glücklich gewesen, aber mein Glück war nur von kurzer Dauer,« stotterte der junge Graf.

»Haben Sie noch einen Wunsch, den ich Ihnen erfüllen könnte? Haben Sie mir irgendetwas anzuvertrauen? Viel Zeit haben wir nicht mehr zu verlieren ...«

»Aber Doktor, gibt es denn gar kein Mittel gegen diese fürchterliche Nona?«

»Keines. Wenn sie sich einstellt, kann nur ein Wunder retten.«

Entmutigt ließ der Graf den Kopf auf die Brust sinken.

»Wünschen sie, dass ich irgendjemanden von den Ihrigen benachrichtige? haben Sie keinen Abschied zu nehmen?« fragte ihn der Doktor in sichtlicher Erregung.

Zögernd antwortete darauf der Graf:

»Doch ja, ich möchte Abschied nehmen.«

»Von wem?«

»Von der Gräfin. Ist noch Zeit genug, um sie aus Nizza kommen zu lassen?«

»Wenn wir sie sofort per Telegramm herbeirufen, kann sie den Kurierzug noch erreichen,« erwiderte der Doktor.

Es wurde also an die Gräfin telegrafiert, und während Graf Trimonti in der fürchterlichsten Angst die Stunden und Minuten verlebte, erzählte er dem Doktor, wie glücklich er mit der Gräfin gewesen, der einzigen Frau, die er jemals geliebt, wie seine Trennung durch nichtige Dinge herbeigeführt, durch Eifersuchtsszenen, gekränkten Stolz und allerhand anderes, dessen er sich nicht einmal mehr recht entsinne, und wie bitter er es nun bereue, so lange schon fern von der Frau gelebt zu haben, an deren Seite er so glücklich gewesen.

»Ach!« rief er tief aufseufzend aus, »der Mensch sollte doch niemals vergessen, dass eine Zeit kommen kann – und meist dann, wenn er sie am allerwenigsten erwartet –, da er sich einsam und verlassen fühlt und ein geliebtes Wesen zärtlich ans Herz drücken möchte.«

Die neunte Stunde rückte stets näher, und noch immer war der Schnellzug aus Nizza nicht eingetroffen.

Der Doktor tröstete den Grafen und gab ihm die Versicherung, dass die Gräfin vor der verhängnisvollen Stunde bei ihm sein würde.

Es fehlten kaum noch zwanzig Minuten, und noch immer war der Zug, der mit Verspätung eintraf, nicht in den Bahnhof von San Remo eingelaufen.

Schon hatte der Graf, der fieberhaft erregt war, die Hoffnung aufgegeben, seine Gattin noch einmal zu sehen, als der schrille Pfiff der Lokomotive ertönte.

Von den Flügeln der Liebe getragen, eilte die Gräfin in die Villa, wo der Graf sie sehnsüchtig erwartete, und umarmte ihn stürmisch:

»O, welch ein Glück, welch ein Glück!« rief Graf Trimonti leidenschaftlich aus. »Uns bleiben nur noch fünf Minuten!«

»Nein, viel mehr noch als fünf Minuten!« rief der Arzt, seine Uhr hervorziehend, freudig aus. »Meine Uhr zeigt schon einige Minuten nach neun; sie geht ganz richtig, und die Gefahr ist also vorüber, denn ich habe Ihnen ja gesagt: um neun Uhr.«

»O, wie schön, wie herrlich!« murmelte die Gräfin und blickte den Doktor an. »Ist das wirklich wahr?«

»Ist es auch sicher, ganz sicher?« fragte der Graf hastig. »Und wie haben Sie mich gerettet? Sagen Sie mir das doch schnell!«

Und Doktor Bonfanti antwortete triumphierend:

»Es war nichts zu fürchten, mein lieber Graf; ich kenne die Nona sehr wohl, ... denn ich selber habe sie erfunden!«